Giulia Conti

Acqua Mortale

Ein Piemont-Krimi

Atlantik

*Atlantik ist ein Imprint des
Hoffmann und Campe Verlags, Hamburg.*

2. Auflage 2022
Copyright © 2022 Hoffmann und Campe Verlag, Hamburg
www.hoffmann-und-campe.de
Umschlaggestaltung: © Hannah Kolling, Kuzin & Kolling,
Büro für Gestaltung, Hamburg
Umschlagabbildung: © LucaLorenzelli / iStock
Karten auf S. 6, 7, 8: Vivian Bencs © Hoffmann und Campe
Satz: Pinkuin Satz und Datentechnik, Berlin
Gesetzt aus der Trump Mediaeval
Druck und Bindung: GGP Media GmbH, Pößneck
Printed in Germany
978-3-455-01237-8

Ein Unternehmen der
GANSKE VERLAGSGRUPPE

Acqua Mortale

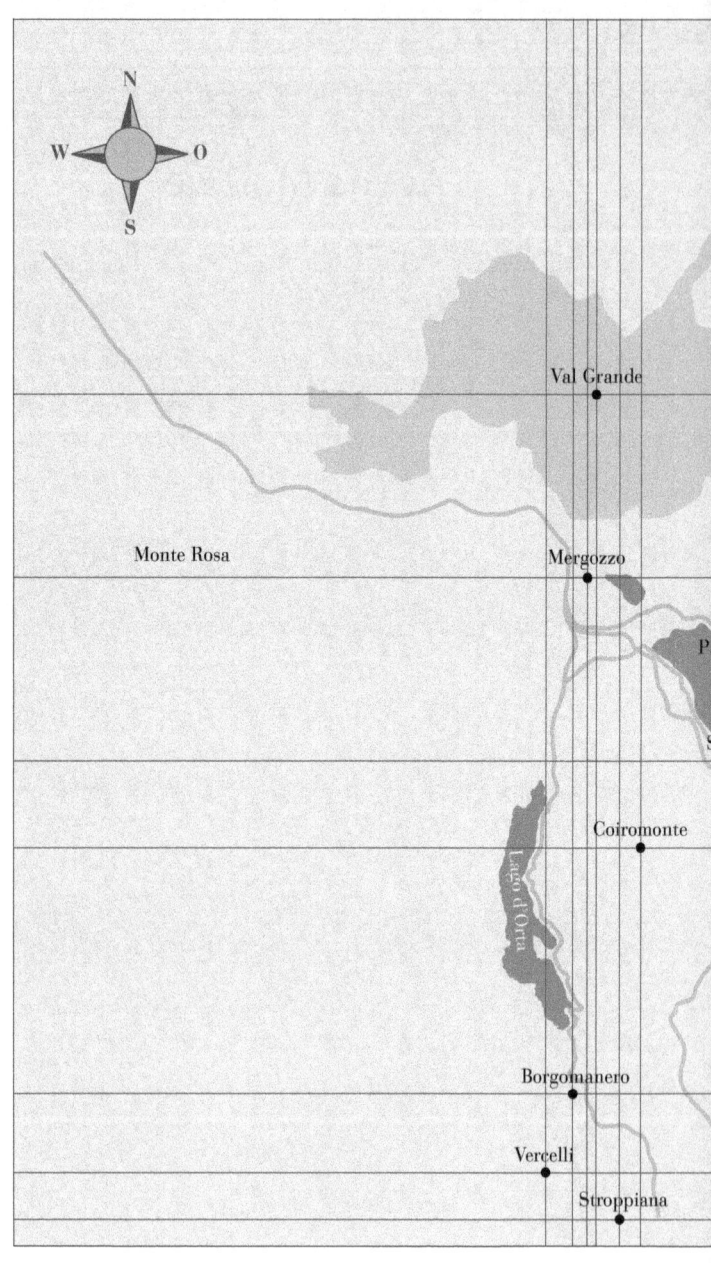

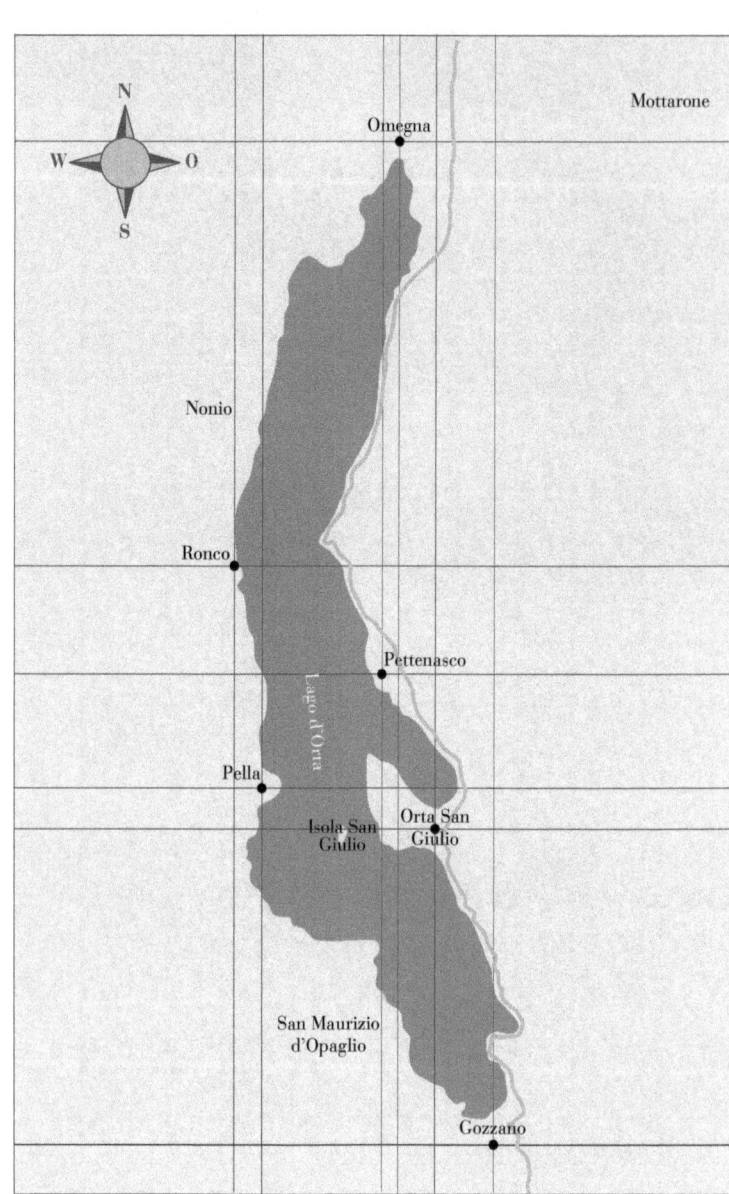

I

Eine leichte Brise strich über den See, trieb kleine Wellen auf, die schwappend an die Ufermauer im Hafen von Pella schlugen. Die Sonne stand grell am Himmel und warf funkelnde Kreise auf das Wasser. So hell war es, dass Simon die Augen davon wehtaten und er ständig blinzeln musste. Er griff in seine Taschen, fand aber nicht, wonach er suchte. Er hatte seine Sonnenbrille zu Hause in Ronco vergessen. Wie ärgerlich! Die hätte er wirklich gebraucht an diesem Tag.

Langsam schob sich jetzt eine Wolke vor die Sonne und ein Schatten legte sich auf den See, wurde nach und nach länger. Nur die kleine Insel vor Pella lag noch in hellem Licht mitten im Wasser, wie angestrahlt. Simons Blick ging auf die andere Uferseite, wo eine Dunstwolke aufquoll, hier und da so durchlässig, dass sie für Momente die Sicht freigab auf in halber Höhe in den Hügeln gelegene Dörfer, Kirchen mit ihren Glockentürmen, blühende Obstbäume in sattem Grün, hochgewachsene Palmen.

Trotz der bevorstehenden Ereignisse war auf dem Wasser an diesem Nachmittag nicht viel los. Ein paar Angler waren in Ruderbooten unterwegs, und eine große Segelyacht nahm gerade Kurs auf das nördliche Ende des Lago d'Orta, wo die Zacken einer ersten Alpenkette in das Himmelblau stachen, überzogen mit klirrendweißem Schnee. Dort oben war es noch bitterkalt. Aber unten am See war es warm, sehr warm für den Monat April. Der Sommer lag schon in der Luft.

Simon hatte seinen alten Peugeot in Ronco stehen lassen, war mit seiner eben erst gebraucht erstandenen Vespa in das nur drei Kilometer entfernte Pella gekommen, gefolgt von Nicola auf dem Fahrrad und Buffon, ihrem Terrier, der auf seinen kurzen Beinen erstaunlich gut neben Simons Ziehtochter mithielt. Sich gegen das Auto zu entscheiden, war weise gewesen. Zwar kannte Simon auch die versteckten Ecken in Pella, wo er immer noch eine Nische für seinen Wagen fand, aber heute war der kleine Uferort bis auf den letzten Platz zugestellt. Es war der Donnerstag vor dem Karfreitag, der in Italien kein Feiertag war, aber eine Ferienwoche stand bevor, es herrschte bereits Osterstimmung und für den Nachmittag war ein Halbmarathon rund um den See angesagt.

Ganz Pella schien auf den Beinen zu sein und auch von weiter her waren viele Leute an den See gekommen, sportlich aussehende Frauen und Männer in enganliegenden, knallbunten Trikots, sehnige ältere Herren mit nackten Waden und unter den Zuschauern Familien mit manchmal etwas dickleibigen Kindern und junge Frauen in sommerlichen Outfits und mit zu großen Sonnenbrillen auf der Nase.

In gut einer halben Stunde würde der Lauf beginnen, nicht weit weg von der Schiffsanlegestelle in Pella, wo vor wenigen Monaten eine neue Bar aufgemacht hatte, in der Simon gerne seinen morgendlichen Cappuccino trank und die jetzt vollkommen überlaufen war. Eigentlich hatten Simon und Nicola vorgehabt, dort noch ein schnelles Bier zu trinken, bevor es losging, aber der Trubel schreckte sie ab, und sich mit dem Hund in eine überfüllte Kneipe zu quetschen, war ohnehin keine gute Idee.

Auf der großen Wiese vor der Bar tummelten sich so kurz vor dem Start die Läufer; Frauen und Männer, Ältere und Jüngere, einige auf dem Rasen stehend, andere sitzend, trafen letzte

Vorbereitungen, machten Dehnübungen, befestigten ihre Startnummer auf der Brust, füllten ihre Wasserflaschen, rieben sich mit Sonnencreme ein, bis Arme und Gesichter fettig glänzten. Die Sonne war wieder hinter der Wolke hervorgekommen, brannte mit einer für die Jahreszeit ungewöhnlichen Intensität auf die Köpfe. Am Anlegesteg neben der Bar hatten ein paar Boote festgemacht, schaukelten schwappend in Wind und Wellen, und gerade legte wieder eines der Verkehrsschiffe an, das noch mehr Menschen an Land entließ, weitere Zaungäste für den Marathon.

»Paolo.« Es war Nicola, die das fast schrie und dabei die Arme über dem Kopf schwenkte. »*Ciao.*« Jetzt entdeckte auch Simon Nicolas Freund unter den Ordnern, die sich ebenfalls auf der Wiese versammelt hatten und letzte Hinweise von einem älteren Mann in einer orangefarbenen Schutzweste bekamen.

Simon kannte Paolo, war aber nicht auf dem Laufenden, ob die beiden noch ein Paar waren oder nur noch gute Freunde. Seit Nico in Turin Tiermedizin studierte und nicht mehr bei ihm in Ronco lebte, war er nicht mehr mit allen Details ihres Lebens vertraut, obwohl sie sich immer noch sehr nah waren. Es war ein paar Jahre her, dass sie plötzlich bei ihm vor der Tür gestanden hatte, mit einem großen Rucksack und ihrem Saxofon, nachdem er ihr halbes Leben lang keinen Kontakt zu ihr gehabt hatte. Dafür hatte ihre Mutter nach dem Ende der Beziehung gesorgt – aus enttäuschter Liebe zu ihm. Ihren richtigen Vater hatte es in Nicos Leben nicht gegeben, denn der hatte mit seiner Tochter nichts zu tun haben wollen. Richtiger Vater? Was war das bloß für eine Formulierung, dachte Simon spontan. War er etwa nicht ihr richtiger Vater? Für ihn und für Nicola war er das zweifellos. Und jetzt stand sie neben ihm am Hafen von Pella und er sah der jungen Frau mit dem knallroten

Haarschopf dabei zu, wie sie Luftsprünge machte, um ihren Freund auf sich aufmerksam zu machen, und er dankte dem Schicksal, dass sie in sein Leben zurückgekehrt war.

Paolo hatte nun auch Nico entdeckt, winkte zurück, zuckte aber bedauernd die Schultern, tippte auf seine Uhr und wandte sich ab, um sich einer Handvoll Kollegen anzuschließen, die die Wiese über die Uferstraße verließen, in Richtung Süden, vermutlich, um entfernter gelegene Streckenposten aufzusuchen. Andere näherten sich mit Listen in der Hand der Startlinie, drängten dort die Zuschauer zurück, nahmen ihre Positionen ein. Einer trug ein Megafon um die Schulter, das noch nicht zum Einsatz kam. Lange konnte es aber nicht mehr dauern, bis es losging.

Simon war missgelaunt. Hätte Nicola nicht darauf bestanden, sich den Marathon mit ihm anzusehen, wäre er lieber zu Hause geblieben. Denn eigentlich hatte er selbst mit auf die Strecke gehen wollen. Hatte sich wochenlang darauf vorbereitet, seinen Weinkonsum reduziert, war jeden Morgen den steilen Weg von Ronco, seinem Heimatort direkt am Seeufer, in den höher gelegenen Dorfteil, nach Ronco superiore, gerannt, zwanzig Minuten hoch bis zu einer kleinen verträumten Kapelle, war atemlos dort oben angekommen und dann in schnellem Lauf über Stock und Stein den Weg wieder hinuntergerannt.

Vor zwei Tagen war es dann passiert. Er war über eine Wurzel gestolpert und der Länge nach hingefallen. Eigentlich hatte er Glück im Unglück gehabt, sich nur sein linkes Handgelenk verletzt. Allerdings war das heftig angeschwollen und hatte scheußlich wehgetan. Nicola war gerade aus Turin für einen Osterbesuch in Ronco angekommen, hatte ihn in ihren kleinen Panda gepackt und sofort ins Krankenhaus nach Omegna gefahren, wo man die Hand röntgte, feststellte, dass nichts gebrochen war, und ihm einen Verband anlegte. Die Ärztin hatte ihn mit dem strengen Rat nach Hause entlassen, die Hand in der nächsten Zeit ruhig zu halten. Inzwischen waren die Schmerzen und die Schwellung etwas abgeklungen und Vespa zu fahren, ging gerade noch. Aber an einen Halbmarathon war nicht zu denken.

Buffon jaulte kurz auf, schnappte dann nach einem Mann im Trikot, der ihm offenbar auf die Pfote getreten war und jetzt erschreckt einen Satz zur Seite machte. »Passen Sie doch auf Ihren Köter auf, Signora!«

»*Scusi.*« Nico zog den Hund an der Leine zu sich. »Komm, Simon«, sagte sie, »lass uns ein Stück weiterfahren, hier ist mir zu viel los. Vorne an dem Strand in Lagna ist doch eine Stelle, wo wir den Lauf besser und auf einem längeren Stück verfolgen können.«

»Muss das wirklich sein?«, antwortete Simon, ohne seine Unlust zu verbergen.

»Ist die Frage ernst gemeint?«

»Ja klar, ich weiß wirklich nicht, was wir da sollen.«

»Das hättest du auch eher sagen können«, fuhr Nicola in gespielt ungehaltenem Ton fort. »Aber ich habe schon verstanden. Du findest es im Moment nirgendwo nett, weil du zum Zuschauen verdammt bist. Ehrlich gesagt nervt das ein bisschen. Sei doch froh, dass du dir diese Strapaze nicht antun musst.« Sie machte eine Pause. »Vor allem in deinem Alter«, setzte sie noch lachend hinzu, als er weiter schwieg, nahm ihn aber zugleich liebevoll in den Arm.

Seine gut drei Jahrzehnte jüngere Ziehtochter provozierte ihn gerne mit seiner Angst vor dem Älterwerden und traf dabei einen empfindlichen Punkt. Simon hatte jetzt die Mitte fünfzig überschritten, war aber eigentlich noch so gut in Form, dass er bei diesem Marathon wahrscheinlich auf den vorderen Rängen gelandet wäre. Zumindest in seiner Altersgruppe. Wenn nur diese blöde Hand nicht dazwischengekommen wäre. Die Wut über seinen Unfall ließ ihn nicht los. Er hasste es, die Verletzlichkeit seines Körpers zu spüren. In jüngeren Jahren hätte er den Sturz einfach weggesteckt, davon war er überzeugt.

Jemand tippte Simon von hinten auf die Schulter, auch Nicola spürte die Bewegung und gab sofort seinen Arm frei. Simon drehte sich um. Carla. *Maresciallo* Carla Moretti. Die Polizistin, die er in den letzten drei Jahren mehrmals, wenn auch eher zufällig, bei der Ermittlung in Mordfällen begleitet hatte. Seine Zweisprachigkeit als halber Italiener und sein kriminalistisches Gespür als ehemaliger Polizeireporter bei einer deutschen Zeitung waren ihr nützlich gewesen, meistens zumindest, denn nicht immer war sie mit seinen eigenwilligen Aktionen einverstanden gewesen. Carla – die er schätzte und mochte und die ihm mit ihrer nüchternen Art und ihrer herben, ein wenig jungenhaften Ausstrahlung fast zu gut gefiel. Wenn da Luisa nicht wäre ... Seine italienische Freundin, die in Frankfurt lebte. Doch Luisa ging gerade ohnehin eigene Wege und der Gedanke an sie versetzte ihm einen Stich. Eigentlich hatte sie vorgehabt, ihn über Ostern zu besuchen, dann aber plötzlich abgesagt, angeblich, weil sie dringend auf einer ihrer Baustellen gebraucht wurde. Luisa war Architektin und an einem Hochhausbau in Frankfurt beteiligt. Simon hatte ein leiser Zweifel beschlichen: Arbeiteten die tatsächlich auch über die Feiertage?

Er schob den Gedanken an sie von sich, irritiert über sein Misstrauen, das wahrscheinlich vollkommen grundlos war, und wandte sich Carla zu. Sie trug Uniform und wie immer sah deren tiefes Dunkelblau an ihrer schmalen Silhouette ausgesprochen elegant aus. Offenbar war sie dienstlich beim Marathon unterwegs, und sie war nicht allein. An ihrer Seite stand ein attraktiver Mann, nicht uniformiert und vielleicht Mitte dreißig, wie sie. Wer war das? Simon kannte ihn nicht, hatte ihn noch nie gesehen.

Carla setzte ihre Uniformkappe ab, strich sich schwungvoll das kurze pechschwarze Haar aus der Stirn, nickte Nicola freundlich zu, streichelte Buffon zärtlich über die Schnauze, strahlte Simon aus ihren grünen Augen an und streckte ihm ihre Hand entgegen: »*Salve*, Simone, *come va*? Ich dachte, Sie laufen hier bestimmt mit?« Im selben Augenblick entdeckte sie den Verband an seiner linken Hand und biss sich auf die Zunge. »O je, was ist denn passiert, Simone?«

»Halb so wild«, sagte er. »Ich bin hingefallen und habe mir das Handgelenk verletzt. Aber es wird schon wieder.«

Carla insistierte nicht. Im Herunterspielen persönlicher Befindlichkeiten war sie Simon sehr ähnlich und verstand sofort, dass sie besser nicht weiter nachhakte. »Das ist Piero, aus Mailand«, stellte sie ihren Begleiter vor.

Die beiden Männer nickten sich zu, freundlich, aber wortlos. Carla fuhr erneut mit der Hand durch ihr widerspenstiges Haar, das sich einfach nicht in Form bringen ließ, und wandte sich an Nicola: »Puh, ist das heiß heute. Und du machst einen Osterbesuch am See?«

»Ja, ich bleibe nur ein paar Tage. Mal wieder ein bisschen Seeluft schnuppern, das tut auch Buffon gut.«

»Und deinem Vater auch«, erwiderte Carla mit verschmitztem Grinsen. »Der vermisst dich, glaube ich.«

Woher wollte Carla das wissen?, fragte sich Simon. Es war eine ganze Weile her, dass er und die Polizistin sich zuletzt begegnet waren, und außerdem sprachen sie über persönliche Dinge eigentlich nicht miteinander, auch wenn sie sich mochten und zweifellos zueinander hingezogen fühlten. Jedenfalls Simon zu Carla. Und inzwischen war er sich ziemlich sicher, dass das auch umgekehrt zutraf, vor allem, seit sie sich beim letzten Fall vor mehr als einem Jahr doch etwas nähergekommen waren. Aber sie waren beim Sie geblieben, ein Zeichen dafür, dass sie beide, aus welchen Gründen auch immer, es für angemessen hielten, eine gewisse Distanz zueinander zu halten.

»Die Frage ist allerdings, ob er auch mir guttut«, sagte Nicola lachend zu Carla und hakte Simon wieder unter.

An der Startlinie hatte sich inzwischen ein großer Pulk von Läufern formiert und es sah ganz so aus, als ob der Marathon gleich starten würde.

»Ich muss los«, sagte Carla, »der Job ruft. Bestimmt laufen wir uns nachher noch über den Weg. *A dopo.*« Sie setzte ihre Kappe wieder auf, hob die Hand zu einem Gruß in die Runde und verschwand in ihrem leicht burschikosen Gang in Richtung der Startlinie, gefolgt von ihrem Mailänder Freund, den sie dazu allerdings nicht aufgefordert hatte, was Simon aufmerksam registrierte. Es ging ihn zwar nichts an, aber es hätte ihn doch sehr interessiert, wer das war.

Simon blickte Carla immer noch nach, als einer der Ordner sich am Start gewichtig in Stellung brachte, eine Pfeife im Mund, dann die rote Fahne mit Schwung senkte. Das Signal ertönte. Die Läufer setzten sich in Bewegung, in einem riesigen Pulk, erst langsam, dann an Tempo zulegend, etwas chaotisch und sich hier und da ins Gehege kommend. Bestimmt dreihundert Teilnehmer waren es, die eng zusammengedrängt die ersten Schritte machten, den Rhythmus noch suchend. Einer der älteren Läufer wäre in dem wilden Gemenge fast gestrauchelt, fing sich aber wieder. Dann wurde der Raum zwischen den Sportlern schnell größer, und schon hatte sich eine Spitzengruppe vom Hauptfeld abgesetzt.

Simon folgte nun doch Nicolas Vorschlag und sie machten sich auf den Weg weiter nach Süden, zu dem Strand in Lagna. Oben am Parkplatz stellten sie Vespa und Fahrrad ab und gingen zu Fuß hinunter zum Ufer, wo der Marathonparcours auf einen erdigen schmalen Pfad führte, parallel zu einem lang gezogenen Strand, der im Sommer bei den Einheimischen besonders beliebt und mit dem unverstellten Blick auf die vorgelagerte, rundum mit alten Häusern bebaute Isola San Giulio eine der attraktivsten Stellen am See war. Hier mussten bald die ersten Läufer eintreffen und mit Abstand dann der Pulk. Das Feld hatte sich inzwischen wahrscheinlich schon sehr gestreckt.

Nicht nur Simon und Nicola waren auf die Idee gekommen, den Marathon hier, an dieser übersichtlichen Stelle, zu verfolgen. Hinter der Absperrung ballten sich erwartungsvoll die Zuschauer, und vor dem Kiosk mit ein paar Tischen und roten Plastikstühlen hatte sich unter hohen Bäumen eine Schlange gebildet. Simon blickte auf das Treiben, ließ die muntere Atmosphäre auf sich wirken, hoffte, dass sie ihn anstecken würde, aber unwillkürlich musste er zurückdenken an ein Ereignis im Winter des letzten Jahres, was seine Stimmung eher noch etwas mehr verdüsterte.

Genau hier an diesen Strand war vor gut einem Jahr eine tote Nonne angeschwemmt worden, ermordet, eine wunderschöne junge Frau, gerade mal zwanzig Jahre alt. Nur wenige Monate zuvor war sie aus Deutschland in das Kloster auf der Insel gekommen. Allein bei dem Gedanken an diese Geschehnisse, ausgerechnet in der Weihnachtszeit, spürte Simon eine ähnliche Beklemmung wie damals. So scharf, als wäre es gestern gewesen, tauchten die Bilder wieder vor ihm auf, der frostige Morgen, an dem alles angefangen hatte, der verwaiste Strand, die zierliche Frau mit der Wunde am Hinterkopf, die Leichenträger, die sie in den Zinksarg hoben und abtransportierten. Aber unvermittelt rissen ihn jetzt die ersten Läufer und das Gejohle, mit dem die Schaulustigen sie empfingen, wieder aus seinen dunklen Gedanken.

In der Spitzengruppe waren gut zwanzig Läufer, darunter zwei Frauen, die, ohne aus dem Tritt zu kommen, zu den Wasserflaschen griffen, die ihnen die Ordner entgegenhielten, sie dann im Weiterlaufen über ihren Köpfen ausschütteten, statt aus ihnen zu trinken. Der Himmel war nunmehr wolkenlos und von der kühlenden Brise nichts mehr zu spüren, der See still und spiegelglatt, die Isola San Giulio ragte flirrend aus dem Wasser wie an einem brütend heißen Augusttag. Wieder einmal dachte Simon, wie perfekt sie war, sozusagen der Inbegriff einer Insel, so klein und rund und kompakt, wie ein Modul aus einem Modelleisenbahnkatalog. Simon wischte sich den Schweiß aus der Stirn. Die Hitze machte ihm langsam zu schaffen, und je mehr er schwitzte, umso weniger bedauerte er es nun, dass er an dem Marathon nicht teilnahm. Wahrscheinlich war es besser, seinem ohnehin manchmal stolpernden Herz die Anstrengung bei diesen Temperaturen nicht zuzumuten.

Wieder näherte sich eine Gruppe Sportler, wieder brandeten Applaus und Gejohle auf, auch Anfeuerungsrufe, die einzelnen Läufern galten. »*Avanti, Carlo, forza Silvana!*«

Simon machte es Spaß, die Teilnehmer zu beobachten – dieses vielfältige Spektakel unterschiedlicher Laufstile. Da gab es Geschmeidige, die rund liefen wie eine Nähmaschine, und Hektiker, die sich eigenartig zuckend bewegten. Andere waren so schleppend unterwegs, dass man um sie fürchtete, sich fragte, ob sie die lange Strecke überstehen würden. Es gab die

Nervösen, die Bedächtigen und die Dynamischen. Unter denen, die eher schleppend auf der Piste unterwegs waren, entdeckte Simon auch seinen Erzfeind, Davide Longhi, Chef der regionalen Tourismusbehörde. Einer, der am See etwas zu sagen hatte, auch wenn das meist nicht zu dessen Bestem war, fand jedenfalls Simon. Ein Wichtigtuer, mit dem er schon öffentlich aneinandergeraten war, ein Schnösel, der, wenn er Simon begegnete, stets ein abfälliges *ciao, tedesco*, auf den Lippen hatte. Dem hätte er es bei dieser Gelegenheit gerne gezeigt, schoss es Simon durch den Kopf. Also doch schade, dass er nicht mitlaufen konnte!

»*Avanti, Davide*«, schallte es schon aus dem Publikum, und es klang ganz nah. Simon wandte sich um und entdeckte nur wenige Meter entfernt den ihm nicht weniger verhassten Bruder des Managers, Claudio Longhi, mit hochrotem Kopf, seine Leibesfülle in ein sportliches Trikot gezwängt, auch wenn er hier nur Zuschauer war. Aber besser so, dachte Simon. Um den hätte man sich wirklich Sorgen machen müssen ...

Simon drehte sich um, schaute wieder nach den Läufern, die jetzt in einem großen Feld an ihm vorbeizogen. Wo war eigentlich Nicola? In dem ganzen Trubel und weil seine Aufmerksamkeit dem Marathon und den Longhis gegolten hatte, hatte er sie aus den Augen verloren. Er blickte sich suchend um. Nichts. Auch Buffon war nirgendwo zu sehen, kein Laut von ihm zu hören. Dann entdeckte Simon ihren roten Haarschopf in der Schlange am Kiosk, wo sie sich wahrscheinlich ein Eis holte, vielleicht sogar auch eins für ihn, und er beschloss, ihr entgegenzugehen.

Aber was war das? Mit einem Schlag hatte sich die Geräuschkulisse verändert. Die Anfeuerungsrufe waren verstummt, irgendetwas musste passiert sein, Aufregung lag spürbar in der

Luft. Die Zuschauer reckten die Köpfe, blickten alle in dieselbe Richtung, zu der Gabelung gut zweihundert Meter weiter, wo der Uferweg hinter einer Mauer verschwand. Eine tückische Stelle, wie Simon von seinen eigenen Joggingrunden wusste. Da gab es am Boden ein paar tief im Erdreich verankerte Wurzeln, über die man leicht stolpern konnte, auch wenn sie vor jedem Wettlauf in knalligem Orange markiert wurden.

Die Situation hatte sich im letzten Herbst noch verschlimmert, weil ein Hochwasser den Boden weiter ausgehöhlt und die Wurzeln noch mehr freigelegt hatte. Wenn man genau hinsah, erodierte seither eigentlich der ganze Strand.

Jetzt stockte der Marathon an der Stelle, wo die Wurzeln waren. Einige Läufer waren stehengeblieben, bückten sich, gingen in die Knie, und tatsächlich sah es aus der Ferne so aus, als läge dort jemand am Boden. Vielleicht war einer der Läufer über die Wurzeln gestolpert? Die Ordner waren sofort dorthin geeilt und hatten alle Hände voll damit zu tun, die Zuschauer auf Abstand zu halten. Auch Simon war neugierig, aber Voyeurismus lag ihm nicht, also hielt er sich zurück und blieb, wo er war. Er wartete auf Nicola, die jetzt mit zwei Eistüten in der Hand und mit Buffon hinter sich auf ihn zugelaufen kam. »Was ist denn da vorne los, hast du eine Ahnung, Simon?«

»Nein, habe ich nicht. Sieht so aus, als ob da jemand gestürzt ist. Oder umgefallen. Das wäre ja auch kein Wunder bei der Hitze.«

»Da siehst du es. Ich habe es dir gleich gesagt. Gut, dass du nicht mitgelaufen bist ...«

Jetzt riss Simon doch der Geduldsfaden. »Behandle mich bitte nicht ständig wie einen alten Mann.«

»Okay, okay. Komm, dann schauen wir mal, was da los ist.« Sie ergriff Simons Hand und zog ihn in Richtung der vermutlichen Unfallstelle. Etwas widerwillig gab Simon nach.

In der Ferne ertönte jetzt ein Martinshorn und kurz darauf kämpfte sich auf dem schmalen Uferweg ein Rettungswagen mit Blaulicht durch die Menge. Dahinter ein Motorrad der *Carabinieri*. Als die Maschine auf gleicher Höhe mit Simon war, erkannte er trotz des schweren Helmes, wer sie lenkte: Carla. Auch sie bemerkte ihn aus den Augenwinkeln und nickte ihm zu.

Verdutzt nickte Simon zurück. Das war schon wieder etwas, was er nicht von ihr gewusst hatte. Carla war zweifellos sportlich und trotz ihrer schmalen Gestalt robust, aber auf einem Motorrad hatte er sie noch nie gesehen. Jetzt zog es ihn doch an den Ort des Geschehens, unter die Schaulustigen, dorthin, wo Carla war.

Er hielt sich allerdings weiter im Hintergrund, wie auch Nicola. Beide vermieden sie aufdringliche Blicke. Aber es reichte, um zu begreifen, was dort los war. Ein nicht mehr junger und ziemlich stämmiger Mann lag seitlich auf dem Boden, die kräftigen Beine unter den Shorts in eigenartig gekrümmter Haltung, offenbar nicht bei Bewusstsein. Vielleicht hatte er einen Kreislaufkollaps, womöglich sogar einen Herzinfarkt erlitten. Arzt und Rettungssanitäter gingen routiniert ihrem Job nach, und es vergingen keine fünf Minuten, bis der Mann, mit der nötigen medizinischen Ersthilfe versehen, auf eine Trage gehoben, in den Krankenwagen verfrachtet und abtransportiert wurde.

Der Marathon ging weiter, einer nach dem anderen hatten sich die Läufer nach anfänglichem Zögern wieder auf den Weg gemacht, und es dauerte nicht lang, bis fast alle Teilnehmer den Strand passiert hatten und auch die Zuschauer sich allmählich verliefen.

Carla kam auf Simon zu. Sie hatte ihre Uniformjacke geschultert, sah in ihrem hellblauen Polizeihemd verschwitzt und erschöpft aus, sogar ihre grünen Augen waren ungewöhnlich matt. Ihr Mailänder Begleiter war nicht mehr an ihrer Seite, und Simon verkniff sich die Frage, wo er abgeblieben war.

»Das sieht nicht gut aus«, sagte sie.

»Wissen Sie, was mit dem Mann passiert ist?«, fragte Simon zurück.

»Nein, aber der Arzt schien sehr besorgt. Könnte sein, dass er das nicht überlebt.«

»Kennen Sie ihn?«

»Ja, Sie etwa nicht? Es ist Franco Borletti, ein Reis-Unternehmer aus Vercelli. Der war in letzter Zeit öfter in der Zeitung. Fragen Sie mal Ihren Kollegen Gianluca Rossi von *Il Giorno*. Mit dem sind Sie doch befreundet, der kann Ihnen sicher mehr erzählen.«

Der Name Borletti löste tatsächlich eine vage Erinnerung bei Simon aus, er musste etwas über ihn gelesen habe, aber was es gewesen war, fiel ihm im Augenblick nicht mehr ein. Eigentlich ließ er sich nur ungern bei Gedächtnislücken auf die Sprünge helfen, schon gar nicht von Carla, aber dann fragte er doch: »Und was war mit dem, was ist an diesem Borletti so interessant, dass er damit in die Zeitung gekommen ist?«

»Trinken wir einen Espresso zusammen? Den könnte ich jetzt gut gebrauchen. Und wenn Sie wollen, erzähle ich Ihnen dann kurz etwas dazu.«

»Ja, einverstanden.« Carla ahnte wahrscheinlich nicht, wie sehr er sich über ihren Vorschlag freute. Es war selten vorgekommen, auch in Zeiten, in denen sie sich häufiger begegneten, dass Carla ihm einen Barbesuch antrug, einfach so, ohne jeden beruflichen Hintergrund.

Sie wandte sich an Nicola: »Und was ist mit dir? Also mit euch?« Wieder strich sie Buffon über die Schnauze, der ihr den Kopf entgegenstreckte und sich ihre Geste wohlig gefallen ließ. Der Hund war ihr ähnlich ergeben wie Simon. »Was ist, kommt ihr beiden auch mit?«

»Nein. Mir reicht es für heute, ehrlich gesagt. Ich drehe oben noch eine kleine Runde mit Buffon, und dann geht es mit dem Fahrrad zurück nach Ronco. Da hat der Hund noch genug vor sich. Der ist ja auch nicht mehr der Jüngste.« Sie grinste Simon an.

Das mit dem Hund war wohl nur ein Vorwand, ahnte Simon. Nicola wusste von seiner Schwäche für Carla und gönnte ihm offenbar die Zweisamkeit mit der Polizistin. Obwohl sie es ihm niemals verzeihen würde, wenn er eine Affäre mit Carla hätte, da war er sich sicher. Dafür war Nicos Faible für Luisa zu ausgeprägt. Vielleicht wollte sie auch nur ihre Sticheleien wiedergutmachen.

Sie drückte Simon einen Kuss auf die Wange, rief Buffon zu sich, der gerade hingebungsvoll eine weggeworfene Eistüte ausschleckte, und verschwand mit dem Hund zu ihrem Fahrrad. »*Ciao*, junger Mann, wir sehen uns später«, rief sie Simon noch grinsend zu, als sie schon fast um die Ecke war.

»In der Bar an der Anlegestelle?«, fragte Carla und verschwand ebenfalls zu ihrem Motorrad.

Zehn Minuten später saßen sie sich beim Espresso gegenüber, draußen auf der Terrasse, wo es nicht mehr so heiß und außerdem der Wind wieder aufgefrischt war und für etwas Kühlung sorgte. Die Bar war weniger voll als vor dem Lauf, und sie hatten Glück und sofort einen freien Platz ergattert.

Seit Lino seine Bar in Pella zugemacht hatte und aus dem Ort verschwunden war, ohne dass jemand wusste, wohin, war die neue Bar am Anlegesteg der Verkehrsschiffe Simons Stammplatz für den morgendlichen Cappuccino geworden. Er hatte allerdings eine Weile gebraucht, um sich umzustellen und an die neue Bar zu gewöhnen, obwohl sie schön war, die Terrasse einen wunderbaren Blick auf den See und die Insel bot und die Brioches gut schmeckten. Aber es war eben doch etwas ganz anderes als die alte Bar mit Linos volltönendem Bass, der lauten Espressomaschine, den Plastiktischen und dem stets laufenden Fernseher. Und zum Cappuccino gab es auch nicht mehr seine *Frankfurter Nachrichten*, das Blatt, das Lino immer für Simon vorgehalten hatte und für das Simon viele Jahre als Polizei- und Gerichtsreporter berichtet hatte. Solange, bis er sich plötzlich auf seine halb italienischen Wurzeln besann – seine Mutter war Italienerin –, sich für das Leben in Italien entschieden und das Haus am Lago d'Orta gekauft hatte. Das war inzwischen schon bald acht Jahre her. Und jetzt war mit der Printausgabe der Zeitung das letzte Stück Papier aus Simons Leben verschwunden und auch die Antwort auf die Frage, wie die Eintracht gespielt hatte, gab ihm nun das iPad.

Simon war keiner, der überfälligen Gewohnheiten nachtrauerte, und schon gar keiner, der in das Lamento über den angeblich zunehmenden Kulturverfall einstimmte. Aber es war natürlich ein Zeichen für den Wandel des *Bel Paese*, dass die alten Bars verschwanden und modischer und schicker gestrickte an deren Stelle traten. Am besten, fand Simon, hielt man sich jedoch immer noch an den sizilianischen Schriftsteller Tommaso di Lampedusa und seinen viel zitierten Satz aus dem *Gattopardo*, dass sich alles ändern muss, damit alles bleiben kann, wie es ist. Und für Kontinuität in der neuen Bar sorgte ein Quartett von Frauen, die sich früher jeden Morgen bei Lino getroffen und ihr Kartenspiel jetzt in die neue Bar verlegt hatten.

»Und was ist nun mit diesem Franco Borletti?«, fragte Simon und schnupperte an seinem duftenden Espresso, bevor er ihn mit einem Schluck austrank.

»Sie müssten ihn eigentlich aus Ihrer Küche kennen, Simone. Sie sind doch ein guter Koch, soviel ich weiß.«

»Naja, ich bemühe mich jedenfalls ... Wenn Sie mögen, serviere ich Ihnen mal eine Kostprobe«, antwortete Simon.

Carla ging auf dieses durchaus ernst gemeinte Angebot nicht ein, verrührte den Zucker in ihrem Espresso, kippte ihn dann ebenfalls in einem Zug herunter, sah ihn an. »*Riso Borletti*, die Marke sagt Ihnen vielleicht etwas?«

»Ja, das habe ich, glaube ich, schon mal gehört.«

»Die machen Risotto-Reis, Carnaroli, Arborio, Roma, alles, was Sie wollen, aber im großen Format, auch Fertiggerichte mit Reis, also das, was Sie so im Regal im Supermarkt finden. Wahrscheinlich nicht ganz Ihr Fall, wie ich Sie kenne. Bei Ihnen geht es in der Speisekammer bestimmt etwas gehobener zu.« Carla sah nicht mehr so erschöpft aus und in ihren Augen war der alte Glanz, als sie ihn verschmitzt anblickte.

Diesmal war es Simon, der ihre Bemerkung überging.

»Borletti hat seine Reisproduktion bei Vercelli«, fuhr Carla unbeirrt fort. »Und ist vor ein paar Wochen damit in die Zeitung gekommen. Er soll Ware ausgeliefert haben, die Spuren von Unkrautvernichtern enthielt, und da gab es einen Krankheitsfall. Die Untersuchungen laufen aber noch. Er hält sich bedeckt, behauptet, das seien Manöver, Angriffe von Leuten, die ihm und *Riso Borletti* an den Kragen wollten, die Konkurrenz, auch die politische ...«

»Wieso die politische?«

»Er ist ein Lega-Mann, ist in der Kommunalpolitik in Vercelli aktiv.«

»Also bei den Rechtspopulisten?«

»Ja. Aber ich weiß nichts Genaues darüber. Ich beschäftige mich nicht mit Politik, ist ja auch nicht mein Job. Jedenfalls steckt Borletti wohl ziemlich in Schwierigkeiten.«

Simon wollte noch eine Frage stellen, aber kam nicht dazu. Carlas Handy klingelte.

Sie ging sofort ran. Eine Weile hörte sie nur zu, dabei wurde ihre Miene mit einem Schlag sehr ernst. »Danke für die Information«, sagte sie schließlich, und ihre Stimme klang noch etwas tiefer als üblich. »Ich kümmere mich darum. Und melde mich gleich wieder bei Ihnen.«

Sie legte ihr Handy zurück auf den Tisch, schwieg. Simon schaute sie erwartungsvoll an. Ihm war klar, dass sie gerade eine wichtige Information erhalten hatte.

Schließlich beugte Carla sich zu Simon vor, sah ihn an und sagte mit leiser Stimme: »Das war der Arzt aus dem Krankenhaus in Borgomanero. Borletti ist tot. Und die Symptome seien eindeutig, sagt der Arzt. Borletti ist vergiftet worden.«

2

»Hi, Simon.« Nicola kam im Bademantel, auf nackten Füßen und das kurze rote Haar vom Schlaf zerzaust, auf die Terrasse, zog sich einen Stuhl heran und setzte sich zu Simon in den Schatten unter den Sonnenschirm. »Machst du mir einen Cappuccino?«, fragte sie, streckte die Beine lang aus, gähnte ungeniert und strich dem Hund über das Fell. Buffon war hinter ihr her getrabt, hatte sich auf dem warmen Steinboden eingerollt und schlief weiter.

»Ist wohl spät geworden?« Simon hatte Nico am Abend vorher nicht mehr gesehen, war jedoch mitten in der Nacht von einem Bellen geweckt worden und hatte gehört, wie die Haustür aufging. Aber bestimmt würde er sich nicht erkundigen, wo sie gewesen war.

Nicola sah ihn verschlafen an. »Ist das eine Antwort auf meine Frage?«

»Natürlich mache ich dir einen Cappuccino. Ich habe übrigens eine *Frittata* gemacht. Die ist noch lauwarm. Willst du etwas davon?«

Simons *Frittata* war ein Crossover von deutschem Frühstücksrührei mit einem italienischen Antipasto. Er liebte die Mischung aus in Olivenöl gebratenen Eiern mit geriebenem Parmigiano, gehacktem Salbei und Zwiebeln, die kein Italiener schon am frühen Morgen verspeisen würde. Auch Nicola lehnte dankend ab.

Als er mit zwei Tassen Cappuccino und ein paar Keksen zu

ihr zurückkam, saß sie an seinem iPad und schaute sich die Schlagzeilen von *Il Giorno* an.

»Hast du das gesehen? Der Mann gestern hat das nicht überlebt.«

Simon nickte. Er hatte den Bericht, den sein Freund und Kollege Gianluca verfasst hatte, schon gelesen. Allerdings war darin noch keine Rede davon, dass der Reis-Unternehmer wohl vergiftet worden war. Noch hatte Carla die Presse anscheinend darüber nicht informiert. Und Simon würde auch Nicola nichts davon sagen.

Sie tranken schweigend ihren Cappuccino.

»Wo ist eigentlich Daphne?«, brach Nico schließlich das Schweigen.

»Unterwegs im Dorf.«

Daphne war eine Katze. Schwarz und zierlich, mit sehr hellen Augen. Sie hatte einem Priester gehört, den Carla und Simon im Winter vor einem Jahr mit einem Schwert im Rücken in seiner Küche aufgefunden hatten, der zweite Mord nach dem an der jungen Nonne. Seitdem lebte Daphne bei Simon.

»Wie, unterwegs im Dorf? Mitten unter diesen Raubkatzen?«

Ronco war tatsächlich voll von halbwilden Katzen, die meisten groß und gut genährt, da ihnen eine Tierfreundin einmal in der Woche riesige Mengen Futter an die Piazza stellte, wofür sie extra von weither gefahren kam. Sogar vor Buffon hatten die Biester keine Angst, im Gegenteil, wenn er sich ihnen näherte, schlugen sie mit ihren Krallen nach ihm, und er nahm so schnell es ging Reißaus.

»Ich habe mich auch gewundert. Aber die anderen lassen sie in Ruhe. Sogar die fette Rote.«

»Kanntest du diesen Borletti eigentlich?«, kam Nico doch wieder auf den toten Reis-Unternehmer zurück.

»Nein, woher auch. Aber er scheint kein besonders angenehmer Zeitgenosse gewesen zu sein.« Dass man über Tote nicht schlecht reden sollte, war ein Anstandsgebot, an das zu halten Simon sich während seiner langen Tätigkeit als Polizei- und Gerichtsreporter abgewöhnt hatte. Angesichts der menschlichen Abgründe, denen man in diesem Job begegnete, empfand er das überwiegend als pure Heuchelei.

»Den Eindruck habe ich allerdings auch«, sagte Nicola. »Der war anscheinend ein strammer Rechter, außerdem hat er verunreinigten Reis ausgeliefert.«

»Ja, aber das mit dem Reis, das ist bisher nicht nachgewiesen, im Moment also reine Spekulation.« Simon hatte nie versucht, Nico zu erziehen, dazu ohnehin kaum Gelegenheit gehabt, weil sie ausschließlich bei ihrer Mutter aufgewachsen war und inzwischen sowieso zu alt dafür. Aber vorschnelle Urteile gingen ihm gegen den Strich und die ließ er ihr niemals durchgehen. Ganz erfolgreich war er dabei nicht, dafür war seine deutsche Ziehtochter zu engagiert und zu impulsiv und daher zuweilen voreilig – fast wie Luisa. Die war mit ihrem Temperament und ihren überschießenden Gefühlen meist ebenfalls schnell mit Urteilen bei der Hand. Nico war seiner italienischen Freundin ohnehin viel ähnlicher als ihm und als ihrer deutschen Mutter, jedenfalls wie Simon sie in Erinnerung hatte.

Nico klappte das iPad zu. »Meine Güte, ist das schon wieder heiß. Haben wir tatsächlich April? Am liebsten würde ich ins Wasser springen.«

»Nur zu, Nico. Luisa macht das bei solchen Temperaturen auch. Ich schätze, um die vierzehn Grad hat der See ...«

Als Luisas Name fiel, hellte sich Nicolas Miene sofort auf und auch Buffon sprang hoch, als er den Namen von Simons Freundin hörte und rannte erwartungsvoll zur Haustür. »Wo bleibt Luisa eigentlich?«, fragte Nicola munter. »Die wollte doch auch über Ostern kommen?«

»Sie hat gestern abgesagt.«

Damit war für Simon das Thema abgehakt. Was ihm auch anzusehen war. Nico war jedoch nicht so rücksichtsvoll wie Carla und insistierte. »Wie abgesagt? Warum denn?«

»Warum wohl schon. Ist doch immer dasselbe. Sie hat zu tun.«

»Über Ostern?«

»Hochhausbau kennt anscheinend keine Feiertage.«

Nicola schwieg. Die Munterkeit war wie weggeblasen, Skepsis lag in ihrem Blick. Und es war offensichtlich, dass sie mit sich kämpfte, ob sie noch mehr dazu sagen sollte. Schließlich gab sie sich einen Ruck. »Wenn ihr beiden so weitermacht, ist bald Ende Gelände.«

»Sag das Luisa.«

»Bullshit, Simon. Das liegt mindestens genauso an dir. Eher mehr. Und das weißt du auch. Aber macht doch, was ihr wollt.«

Sie trank den Rest ihres Cappuccinos, erhob sich so abrupt aus ihrem Stuhl, dass der fast nach hinten umkippte und verschwand ins Badezimmer.

Simon nahm sich noch einen Keks, kaute nachdenklich darauf herum. Vom Steg, der neben seiner Terrasse ins Wasser führte, wehte ihm der süßliche Duft seiner Magnolien entgegen. Vor wenigen Tagen erst waren die Knospen aufgegangen. Die in leuchtendem Rosarot blühenden Pflanzen hatte er im letzten Frühjahr gemeinsam mit Luisa für die Terrasse gekauft und mit dem Boot in großen Tontöpfen über den See nach Ronco transportiert. Unterwegs hatten sie die Route eines der Verkehrsschiffe gekreuzt und der Wellengang hatte Simons Boot so heftig ins Torkeln gebracht, dass die Pflanze beinahe über Bord gegangen wäre. Luisa reagierte sofort, griff entschlossen nach dem Kübel, wäre ihm wahrscheinlich sogar in voller

Kleidung ins kalte Wasser hinterhergesprungen. So etwas war ihr zuzutrauen. Aber dann war es gerade noch einmal gut gegangen. »*Meno male!* Gott sei Dank!«, hatte sie gerufen, ihre Arme um ihn geschlungen, ihn angestrahlt und geküsst. Luisa war begabt für das Glück. Konnte sich auch über Kleinigkeiten wie die Rettung einer Pflanze diebisch freuen. Aber war das denn eine Kleinigkeit? Luisa hätte Simon heftig widersprochen. Dafür liebte er sie.

Jetzt bloß nicht sentimental werden, mahnte er sich. Aber wahrscheinlich hatte Nico recht, auf Dauer forderte das getrennte Leben zwischen Frankfurt und Italien eben seinen Preis. Vielleicht mussten er und Luisa sich doch irgendwann wieder für ein Zusammenleben an einem dieser beiden Orte entscheiden, wenn sie sich nicht verlieren wollten. Aber wie sollte das gehen? Luisa liebte das Leben in der Stadt, wollte Frankfurt und ihren guten Job dort nicht aufgeben, er nicht das Leben in Italien und seinen wunderbaren See.

Simons Blick schweifte über das silbrig glitzernde Wasser. Noch lag der Lago d'Orta in einem milchigen Morgendunst, der die Hügelketten um ihn herum weichzeichnete und alle Details, die Dorfhäuser, Kirchen und Palazzi an den Hängen verschluckte. An einer etwas höher gelegenen Stelle auf der anderen Uferseite stieg Qualm auf, wahrscheinlich verbrannte jemand dort seine Gartenabfälle. Das war zurzeit strikt verboten. Denn nach der langen Trockenheit, seit Dezember war kein Regen mehr gefallen, konnte schon ein Funke genügen, um einen verheerenden Brand zu entzünden. Und auch dieser Tag würde wieder sehr heiß werden, zu heiß für die Jahreszeit, auch wenn es schon fast Mai war.

In den letzten Monaten hatte das Wetter wieder alle Kapriolen geschlagen, die es hier zwischen Meer und Alpen im Angebot hatte. Im November hatte es drei Wochen lang sturzbachartig geregnet, fast ohne Pause, und Simon war mit seinem quasi im See gelegenen Haus nur knapp an einer Überschwemmung vorbeigekommen. Gerade mal dreißig Zentimeter fehlten noch, dann hätte sein Wohnraum unter Wasser gestanden. An einem einzigen Tag war der See um einen halben Meter gestiegen. Simon stellte sich die enorme Wassermenge vor, die dafür vom Himmel fallen musste; der Lago d'Orta, der *Cusio*, wie die Einheimischen ihn nannten, war immerhin dreizehn Kilometer lang und bis zu zweieinhalb Kilometer breit. Da kam schon etwas zusammen, wenn der Wasserspiegel so beträchtlich stieg. Und der See hatte nur einen Ablauf, die Nigoglia, die in Omegna gen Norden floss – also kurioserweise eigentlich in die falsche Richtung, nämlich erst einmal auf die Alpen zu und über den Fluss Toce schließlich in den Lago Maggiore – *il fiume che va in su*, sagten die Einheimischen und waren stolz auf den Eigensinn ihres Flusses, der sozusagen nach oben floss. Dort, wo die Nigoglia vom See abging, gab es eine Schleuse, mit der man den Abfluss regulieren konnte. Womit man bei Hochwasser im besten Fall eine gerechte Verteilung der Wassermassen auf die Seen und damit schließlich auch auf den Po und die an ihm liegenden Städte bewirkte. Ein kompliziertes Wassermanagement, über das eine Kommission entschied, aber wie genau die zusammengesetzt war und wie der Abgleich funktionierte, hatte Simon bisher nicht herausbekommen. Er ahnte, dass das eine sehr komplexe und von vielen unterschiedlichen Interessen geleitete Angelegenheit sein musste.

Im letzten Jahr war es dann gerade noch einmal gut gegangen und Simon war von einer Überschwemmung verschont geblieben. Ende November hatte der Regen schlagartig aufgehört und das übliche kalte und sonnige Winterwetter war gekommen und über Monate geblieben, sodass der See wieder auf seinen tiefsten Stand gefallen war und die Böden nun im Gegenteil vollkommen ausgetrocknet waren.

Simon musste an die vom Hochwasser freigelegten Wurzeln am Strand bei Lagna denken, wo am Tag zuvor der vom Gift schon geschwächte Borletti gestürzt war. Er sah die Szene wieder vor sich. Wie der Mann da am Boden gelegen hatte. Wer hatte es wohl auf ihn abgesehen? Hatte Carla bereits die Ermittlungen aufgenommen? Ob er sie anrufen sollte? Nein, besser nicht, so aufdringlich wollte er nicht sein.

In diesem Moment meldete sich sein Handy. Er war sofort dran. Es musste Gedankenübertragung gewesen sein. Es war Carla.

»*Salve*, Simone. Ich habe Sie doch hoffentlich nicht geweckt?«

»Nein, natürlich nicht, ich bin schon eine ganze Weile auf den Beinen. Gibt es denn etwas Neues?«

»Das würde ich Ihnen lieber persönlich erzählen. Haben Sie Zeit? Fahren Sie mit mir nach Vercelli? Ich könnte Sie mal wieder an meiner Seite gebrauchen.«

»Ja klar, natürlich fahre ich mit. Sehr gerne. So gut kennen Sie mich doch inzwischen. Und worum geht es?« Es musste einen konkreten Grund geben, warum sie ihn einbezog, das war Simon klar.

»Ich will mir das Unternehmen von Borletti ansehen, mit den Leuten da sprechen, aber auch mit der Frau, mit der er zusammengelebt hat.«

»Also mit seiner Frau?«

»Nein, die sind getrennt. Er hatte eine Geliebte, die seit einiger Zeit bei ihm wohnt. Die kommt aber ursprünglich aus Hamburg. Eine Sonia Berger. Stefano hat mit der Ehefrau telefoniert, von ihr wissen wir das«, fuhr Carla fort. »Diese Sonia Berger und Borletti sind, also waren seit ein paar Monaten zusammen.

Sie ist anscheinend seinetwegen aus Deutschland hierhergekommen. Und spricht wohl nur rudimentär Italienisch.«

Wieder mal beglückwünschte sich Simon innerlich zu seiner Entscheidung, sich nach anfänglichem Zögern doch um eine Zulassung als Dolmetscher bemüht zu haben. Das ermöglichte Carla, ihn ganz offiziell in ihre Ermittlungen einzubinden. Was sie aber nicht allein aus diesem Grund tat, davon war er inzwischen überzeugt. Es war jedenfalls eine Allianz, von der sie beide profitierten, in vielerlei Hinsicht. »Und wie hat sie sich dann mit Borletti verständigt?«, fragte er.

»Keine Ahnung. Vielleicht war bei denen was anderes wichtiger, als miteinander zu reden ...«, sagte Carla, und Simon sah sie vor sich, das ironische Lächeln in ihren Augen. »Wir werden es vielleicht erfahren. Sie kommen also mit?«

»Holen Sie mich ab?«, fragte Simon und die gespannte Erwartung war unüberhörbar.

»Ich bin in einer halben Stunde bei Ihnen in Ronco, oben auf dem Parkplatz, und rufe Sie kurz an, dann kommen Sie hoch, *va bene?*«

»*Va benissimo*, Sie brauchen mich aber nicht anzurufen. Ich erwarte Sie oben. Bis gleich also.«

Auf dem Parkplatz standen nur wenige Autos. Um diese Zeit des Jahres war in Ronco noch nicht viel los. Der Osteransturm an den Lago d'Orta erreichte zwar stets auch das kleine, am Ende einer Sackgasse gelegene und ziemlich aus der Welt gefallene Dorf mit seinen gerade mal sechzig Einwohnern, hielt sich aber gemessen an dem Auftrieb in Orta San Giulio auf der anderen Seeseite in Grenzen. Zwar kamen in den letzten Jahren doch mehr Touristen in das wunderschöne Dorf und die wenigen noch unbewohnten Häuser waren nach und nach fast alle verkauft worden, durchweg an Deutsche und Schweizer.

Die neuen Besitzer renovierten sie aufwendig, kamen dann aber meist nur für ein paar Wochen und mit Vorliebe im Sommer an den See. Italiener interessierten sich nur selten für die alten Gemäuer. Sie waren ihnen zu teuer, außerdem hatten sie den in ihren Augen erheblichen Nachteil, dass man nicht mit dem Auto bis vor die Haustür fahren konnte, sondern es oben im Dorf auf dem Parkplatz abstellen musste. Und im Sommer fuhren die meisten Italiener ohnehin lieber ans Meer oder ins Gebirge.

Es dauerte keine fünf Minuten, bis Carla mit dem dunkelblauen Polizei-Jeep in Ronco ankam, auf dem Parkplatz zügig wendete, Simon die Seitentür aufhielt und ihn mit einer fast herrischen Geste zum Einsteigen aufforderte. Ganz fremd waren ihr die zuweilen strengen Allüren der italienischen Polizei auch nicht, dachte Simon. Dann aber, als er neben ihr saß, strahlte sie ihn an: »Danke, dass Sie mitkommen, Simone.«

Sie fuhr los, beschleunigte kräftig und Simon schwieg, obwohl er es kaum erwarten konnte, von ihr die Neuigkeiten in dem Fall zu erfahren. Aber er wusste, dass sie ohnehin gleich von sich aus zur Sache kommen würde. Und so war es auch.

»Borletti ist wirklich vergiftet worden, daran gibt es keinen Zweifel«, berichtete sie, kaum dass sie die erste Kurve auf der Uferstraße genommen hatten. »Die Gerichtsmedizin hat das bestätigt. Aber die genaue Analyse läuft noch. Es scheint ein sehr spezieller, nicht sehr verbreiteter Wirkstoff zu sein, aber mit einer schnellen toxischen Wirkung. Es hat ja nach seinem Zusammenbruch nicht einmal eine Stunde gedauert, bis der Mann tot war.«

»Und haben Sie denn schon eine Idee, wie das mit dem Gift passiert ist? So bringt man sich doch nicht selbst um, jemand muss ihm also das Zeug untergemischt haben.«

»Ich vermute, es war in einer Wasserflasche. Also entweder hat er die selbst dabeigehabt und das Gift war da schon drin, oder jemand, ein Zuschauer oder ein Ordner, hat ihm die Flasche mit dem Gift zugesteckt. Wahrscheinlich irgendwo auf der Strecke zwischen Pella und der Stelle am Strand, wo er dann gestürzt ist. Wenn wir mehr über den Giftstoff und seine Wirkung wissen, können wir das vielleicht noch genauer lokalisieren. Jedenfalls haben wir alle Flaschen eingesammelt, die wir unterwegs finden konnten, auf der Strecke und in den Abfalltonnen am Rand. Und die untersuchen wir jetzt. Wenn wir Glück haben, finden wir das Corpus Delicti.«

»Das müssen ja einige sein ...«

»Sie sagen es. Leider. Stefano war heute Morgen schon sehr früh damit beschäftigt, dafür zu sorgen, dass die alle eingesammelt werden. Ich habe ihn lieber nicht gefragt, wie viele das sind. Seiner Miene nach zu urteilen, ein ganzer Berg.«

Stefano war so etwas wie Carlas Assistent. Simon war dem *Carabiniere* schon einige Male begegnet und von seinen Fähigkeiten nicht ganz überzeugt. Aber Stefano war Carla sehr ergeben und versuchte immer, es ihr recht zu machen. Wahrscheinlich war so eine Fleißaufgabe bei ihm in guten Händen.

Wie am Tag zuvor war es heiß, der Himmel wieder fast wolkenlos, die Sonne grell. Carla hatte die Klimaanlage eingeschaltet und ihre Sonnenbrille aufgesetzt, fuhr schnell und konzentriert, und schon nach zehn Minuten erreichten sie die Auffahrt zur Autobahn Richtung Genua. Auf den letzten Kilometern waren sie beide verstummt und hingen ihren Gedanken nach. Carla war generell nicht besonders redselig, und es gehörte zu den angenehmen Seiten ihrer Beziehung, fand Simon, dass sie sich in Ruhe lassen und gut miteinander schweigen konnten.

»Und wer könnte Borletti nach dem Leben getrachtet haben?

Haben Sie denn vielleicht schon eine Idee?«, fragte er schließlich, als sie die Mautstelle passiert hatten.

»Da fragen Sie mich etwas. Konkretes habe ich bisher nicht, aber eines steht fest: Der Mann hatte viele Feinde. Wer ihm allerdings so übel gesinnt war, um ihn zu vergiften, keine Ahnung.«

»Feinde?«, fragte Simon nach.

»Ich würde sogar sagen, er war umstellt von Feinden«, antwortete Carla. »Er war ja mit seinem Unternehmen in Schwierigkeiten und hat ziemlich viel Mist gebaut. Aber davon habe ich Ihnen ja gestern schon erzählt, und heute Morgen stand es ja auch in der Zeitung. Ihr Freund Gianluca Rossi, der den Artikel verfasst hat, ist natürlich wie immer gut informiert ... Ich schätze, Sie haben seinen Artikel gelesen?«

Simon nickte.

»Und außerdem haben wir noch eine verlassene Ehefrau und eine Geliebte. Jedenfalls muss der Mörder oder die Mörderin das von langer Hand geplant haben. An so einen Giftstoff, egal, was es war, kommen Sie nicht so einfach heran.«

Simon fiel auf, dass Carla betont von einer möglichen Mörderin sprach, und sie hatte natürlich recht: Giftmorde gingen, wenn sie nicht vom russischen Geheimdienst verübt wurden, statistisch eher auf das Konto von Frauen. Würden sie in Vercelli Borlettis Mörderin begegnen?

3

Hinter der Ausfahrt nach Ghemme, einem kleinen Ort, in dessen Hinterland es ein paar Rebhänge gab, die einen weniger bekannten, aber von Simon besonders geschätzten piemontesischen Wein lieferten, wechselte die Landschaft längs der Autobahn ihr Gesicht. Sie näherten sich schnell Vercelli – und nun war rundum Wasser. Hier begann das Reisanbaugebiet, das größte in Europa, wie Simon wusste, seit er im letzten Jahr schon einmal mit Carla in diese Gegend gefahren war. Soweit das Auge reichte, weitete sich eine flache, kunstvoll von Kanälen und Schleusen durchzogene Landschaft mit riesigen, fast geometrisch angeordneten und mit einem Nivelliergerät auf gleichmäßige drei Zentimeter Höhe eingeebneten Feldern, die jetzt im späten April meist geflutet waren. Gespeist wurden die Kanäle unter anderem von einer großen Wasserader, dem Canale Cavour. Das von einem Politiker dieses Namens im 19. Jahrhundert erdachte geniale Bauwerk brachte das Wasser des Po über ein weitläufiges Netz in die Reisfelder und schuf so die Voraussetzungen für deren großflächige Bewirtschaftung. Eigens dafür angestellte Arbeiter, die *acquaioli*, sorgten dafür, dass das mit System geschah, kontrollierten die Schleusen und dosierten die Wasserzufuhr.

In den von Erdwällen eingefassten Becken stand spiegelglatt das Wasser, hier und da ragte eine schiefe Pappel am Wegesrand hervor oder säumten Büsche die Kanäle. Ein paar Fischreiher spähten nach Beute, und in der Ferne erhob sich eine

Schar Enten aus dem Wasser. Mittendrin lagen weit verstreut und isoliert die Landgüter, kleine Bastionen, oft in Backstein gemauert, die den Reis für den Risotto lieferten, den Carnaroli und den Arborio – Köstlichkeiten der piemontesischen Küche, die Simon gerne selbst zubereitete, am liebsten mit Steinpilzen oder mit Spargel oder mit Gorgonzola und Birnen oder ...

Es war eigentlich eine eher eintönige Landschaft, die sich dort in der platten Ebene bis zum Horizont und im Norden auf die gewaltige Westalpenkette zu streckte. Aber je nach Jahreszeit und Wetter veränderte sie vollkommen ihr Gesicht und entfaltete ungeahnte und immer wieder neue Reize. Bei Simons letztem Ausflug mit Carla in der Weihnachtszeit war sie in dichten Nebel gehüllt und im Dunst verschwommen, und das hatte sehr poetisch ausgesehen. Jetzt brannte die Sonne auf die Felder herunter, versilberte das Wasser in den Becken und setzte die ganze Ebene in ein hartes Licht mit scharfen Konturen.

Um diese Zeit waren früher Saisonarbeiterinnen aus ganz Italien in das Reisgebiet gekommen, um sich für einige Wochen für das Unkrautjäten, die *monda*, zu verdingen. Es war Schwerstarbeit gewesen, stundenlang standen die *mondine* mit gebeugtem Rücken bei oft glühender Hitze im Wasser der Reisfelder, das damals noch viel höher war. Aber so hart der Job war, zugleich war er für die meist jungen Frauen eine der wenigen Möglichkeiten, Geld zu verdienen – und für ein paar Monate der familiären Kontrolle zu entkommen. Stattdessen waren sie allerdings der Willkür der Gutsbesitzer ausgeliefert. *Riso Amaro*, *Bitterer Reis*, hieß der 1949 gedrehte Spielfilm mit Silvana Mangano, der die Saisonarbeiterinnen in Szene gesetzt hatte, ein Meisterwerk des italienischen Neorealismus, für Simons Geschmack allerdings etwas zu melodramatisch.

Aber die Zeit der *mondine* war schon lange vorbei. Inzwischen hatte man für die Unkrautvertilgung andere und, wie im Fall von Franco Borletti, vielleicht manchmal bedenkliche Mittel dagegen gefunden; der gesamte Reisanbau war mechanisiert und von den Reisgütern, früher richtige kleine Dörfer, waren die Menschen weitgehend verschwunden. Das blieb auch so, wenn im Herbst die Landschaft erneut ihr Gesicht veränderte, das Wasser abgelassen wurde, die Felder gelb wurden, die Körner in den Rispen reif waren und das Rohprodukt schließlich mit Mähdreschern geerntet wurde. Bis dahin hatten die Reispflanzen mindestens hundert Tage im Wasser verbracht, von der dort gespeicherten Wärme und den fruchtbaren Sinkstoffen profitiert.

Aber nicht nur der Reis gedieh gut im Wasser, wusste Simon. In den überfluteten Wiesen wuchsen auch die Quälgeister der kommenden Wochen und Monate heran. Sie waren eine Brutstätte für Stechmücken, die eine solche Plage sein konnten, dass sie mit Helikoptern aus der Luft bekämpft werden mussten. Im Sommer saßen viele Reisbauern in Schutzkäfigen auf ihren Terrassen, um sich dieser Peiniger zu erwehren.

Beim Blick vom Auto auf die weiten Wasserflächen hatte Simon schon das helle »bssssss« der Stechmücken im Ohr. An seinem See blieb er allerdings weitgehend von ihnen verschont, denn da tauchten sie nur an manchen Tagen auf, je nach Wetterlage, vorzugsweise wenn es schwül war, und am liebsten in der Dämmerung. Dann konnten die Sommerabende auch auf seiner Seeterrasse unangenehm werden. Von Nicola, der angehenden Tiermedizinerin, wusste Simon, dass nur die Weibchen stachen, um mit dem Blut ihre Brut zu versorgen, und damit kehrten seine Gedanken zu der möglichen Giftmörderin zurück.

»Wohin fahren wir denn zuerst?«, wandte er sich an Carla. Sie hatten die Autobahn verlassen, näherten sich Vercelli und Carla folgte nun den Anweisungen ihres Navis.

»Zu ihm nach Hause. Zu der Frau, mit der er zusammengelebt hat. Der Deutschen, von der ich Ihnen schon berichtet habe. Ich hoffe, wir treffen sie an. Bei Borletti zu Hause geht niemand an den Apparat. Ich habe das schon mehrmals probiert, wollte mich bei ihr ankündigen. Ich muss ihr die Nachricht vom Tod Borlettis noch überbringen, wenn sie es nicht schon anderweitig erfahren hat. Und vielleicht weiß sie ja irgendetwas, ich baue da ganz auf Sie, Simone ...«

»Und das Krankenhaus hat sie nicht schon längst informiert?«

»Nein, nur die Ehefrau. Die Geliebte nicht, das dürfen sie ja nicht.«

»Wie hieß die nochmal?«

»Berger, Signora Berger. Sonia Berger.«

»Und wie alt?«

»Weiß ich nicht, deutlich jünger als er jedenfalls. Ich habe mir Fotos von ihr angesehen, die hat Stefano mir besorgt, aus dem Netz.«

»Und?«

»Vielleicht um die dreißig. Keine Schönheit, aber ganz hübsch. Und blond natürlich.«

Das Wohnviertel am Stadtrand von Vercelli, durch das Carla jetzt den Jeep lenkte, war ausgesprochen luxuriös, beiderseits der Straße reihten sich Villen und Palazzi in weitläufigen Parks mit uralten Bäumen, ausladenden Zedern und sich schlank in den Himmel streckenden Zypressen und Palmen.

Vor einem mit Efeu bewachsenen, schmiedeeisernen Tor bremste Carla den Wagen ab, parkte ihn auf der anderen

Straßenseite hinter einem ebenfalls hochpreisig aussehenden Sportwagen mit Hamburger Kennzeichen. Das Tor zur Villa stand halb offen, wie Simon schon im Vorbeifahren aus dem Auto heraus erstaunt bemerkte. Carla überprüfte noch vorsorglich ihr Halfter – in dieser Hinsicht war sie stets vorsichtig –, dann stiegen sie beide aus dem kühlen Wagen. Schlagartig überfiel sie wieder die Hitze dieses verfrühten Sommertages.

Es gab kein Namensschild am Tor und niemand öffnete auf Carlas Klingeln. Schließlich nahmen sie den Kiesweg zu der etwas höhergelegenen Villa, vorbei an einem großen Springbrunnen mit verwitterten Drachenköpfen, aus deren weit aufgerissenen Mäulern nur ein Rinnsal floss. Umso üppiger gediehen rund um die Villa Bougainvillea und Oleander, Wildrosen und Magnolien. Schwerer Blütenduft hing in der warmen Luft. Carla schien jedoch kein Auge für die botanischen Schönheiten zu haben, wirkte im Gegenteil beunruhigt und steckte Simon damit an, denn auf den siebten Sinn der Polizistin, das wusste er inzwischen, konnte man sich verlassen. Vielleicht fürchtete sie aber auch nur die Begegnung mit einem Wachhund. Keine unbegründete Sorge, wie Simon aus schlechter Erfahrung wusste. Auch er hatte daher schon nach einer Hundehütte oder einem Wassernapf Ausschau gehalten, aber nichts dergleichen auf dem Grundstück entdeckt.

Am Ende des Kieswegs führte eine weiße Marmortreppe hoch zum Eingang der Villa, mit tiefen Stufen, die gesäumt waren von Zitronenbäumen voll reifer, sattgelber Früchte. Auch die schwere Eichentür oben stand einen Spalt offen. Carla griff zu ihrer Waffe, stieß die Tür mit dem Fuß vollends auf und mit einem knappen, unmissverständlichen Blick signalisierte sie Simon, dass er ihr nicht folgen sollte.

Natürlich hielt er sich nicht daran und ging ihr nach. Er

würde doch die Polizistin in einer womöglich gefährlichen Situation nicht allein lassen. Sie war eine mutige Frau. Vielleicht aber in diesem Fall doch etwas vorschnell? Denn eigentlich, ging es Simon durch den Kopf, brauchte sie einen Durchsuchungsbeschluss. Aber Carla war wohl der Meinung, dass Gefahr im Verzug war. Allerdings sollte sie dann besser Verstärkung anfordern, überlegte Simon. Aber er hielt den Mund. Mit seinen notorischen Alleingängen war er zweifellos der Falsche, um ihr solche Ratschläge zu geben. Inzwischen war sie schon ein Stück weiter, sah sich im Eingang vorsichtig nach allen Seiten um, entdeckte kopfschüttelnd Simon hinter sich, der beschwichtigend die Hände hob. Aber sie ließ ihn gewähren, ob nun aus Resignation oder weil sie doch froh über seine Begleitung war.

Die Halle, in die sie kamen, war mit dunkelrotem Marmor gefliest und bis auf einen alten Sekretär und einen riesigen Wandspiegel vollkommen leer. Eine geschwungene Steintreppe führte hoch ins erste Stockwerk, linker Hand stand die Tür zum Salon des Hauses offen. Ein Kamin, ausladende Sofas und Sessel, pastellfarbene Wände, Bleiglasfenster, ein Kristalllüster an der Stuckdecke. Aber keine Menschenseele, alles still und ausgestorben.
　Es war unheimlich. Etwas stimmte hier nicht, das spürten Carla und Simon unabhängig voneinander. Sie schwiegen und spitzten beide die Ohren.
　»Ist da jemand?«, rief Carla schließlich, die Pistole im Anschlag. Keine Antwort. War das Haus leer? Oder versteckte sich irgendwo jemand? Und wo war Sonia Berger? Der Sportwagen vor der Tür musste eigentlich ihrer sein. Warum war sie dann nicht da? Vielleicht machte sie nur einen Spaziergang, dachte Simon. Aber wer weiß.

Auch Carla gab keine Entwarnung. Noch immer lag die Pistole schussbereit in ihrer Hand. Jetzt ging sie damit auf die Treppe zu, nahm gewohnt forsch die ersten Stufen. Simon wollte ihr wieder folgen, aber diesmal war der Blick, den sie ihm zuwarf, so eindeutig, dass er sich fügte und tatsächlich zurückblieb.

Er würde dann eben das Parterre und den Eingang im Auge behalten, während Carla im oberen Stockwerk unterwegs war. So konnte er reagieren, falls doch jemand plötzlich auftauchen sollte, ein Verfolger oder Sonia Berger selbst. Vielleicht machte die doch nur einen Spaziergang, führte den Hund aus und kehrte plötzlich ins Haus zurück. Dann könnte er ihr den unangemeldeten Besuch kurz erklären. Er würde also Wache stehen, solange Carla sich oben umschaute, und gab ihr so wenigstens etwas Schutz.

Über ihm tat es einen Schlag. Simon fuhr zusammen. Das kam aus dem ersten Stock. Jetzt zögerte er keinen Moment, schon war er am Fuß der Treppe, nahm mit Schwung die ersten Stufen. Aber da kam Carla ihm bereits entgegen, die Pistole abgesenkt und mit entschuldigendem Blick.

»Tut mir leid, Simone, ich habe Ihnen bestimmt einen schönen Schrecken eingejagt, bin aber bloß über einen Hocker gestolpert, also alles okay. Und da oben ist auch niemand. Es sieht eigentlich alles ganz normal aus. Keine Unordnung. Kein Blut. Die Schränke voll mit Kleidern. Vielleicht ist die Signora nur mal kurz weg und gleich wieder zurück.«

Simon atmete tief durch. Es dauerte einen Moment, bis sein Herz wieder ruhig schlug und er ihr antworten konnte. »Mag sein, ja. Obwohl es schon sonderbar ist, dass hier alle Türen offen stehen. Ich vermute, in diesem Haus gibt es einiges Wertvolles zu holen. Da schließt man doch eigentlich die Türen hinter sich zu, wenn man es verlässt, oder?«

»Eigentlich ja. Zumal da oben im Ankleidezimmer reichlich Schmuck herumliegt und der sieht nicht gerade billig aus. Also waren jedenfalls keine Einbrecher am Werk. Die hätten den mitgehen lassen.« Sie steckte ihre Pistole weg. »Ich nehme mir nochmal die Räume hier unten vor. Sie halten bitte weiter den Eingang im Blick, Simone, ja?«

Simon nickte.

Carla wandte sich nach rechts zur nächstgelegenen Tür, griff doch wieder zu ihrer Waffe, bevor sie sie mit Schwung öffnete. Sofort wich sie zurück. Simon war mit einem Satz bei ihr, blickte ihr über die Schulter. Der Raum sah aus wie ein Schlachtfeld. Es musste das Arbeitszimmer von Franco Borletti sein. Anders als der elegante Salon war er nüchtern und zweckmäßig eingerichtet. Am Schreibtisch waren alle Schubladen aufgezogen, ihr Inhalt wild auf dem Boden verteilt. Der Schreibtischstuhl umgeworfen, die Regale weitgehend leer geräumt, die Ordner zum Teil geöffnet. Kein Computer war zu sehen, aber ein Netzkabel und ein Drucker.

Hier hatte zweifellos jemand etwas gesucht. Aber was? Konnte das Sonia Berger gewesen sein? Hatte sie etwas mit dem Tod ihres Geliebten zu tun? Aber warum hätte sie so ein Chaos anrichten sollen? Wo war sie? Warum stand ihr Auto dann vor der Tür? Wenn sie es nicht war, war es Borlettis Mörder, der hier im Arbeitszimmer gewütet, den Schreibtisch durchwühlt und den Computer mitgenommen hatte? Und hatte Sonia Berger den Eindringling vielleicht überrascht, ihn bei seiner hektischen Suche gestört? Was hatte er gesucht? Den Computer hatte er, so wie es aussah, mitgenommen. Und hatte er womöglich auch der Deutschen etwas angetan? Simon wusste, dass Carla die gleichen Fragen durch den Kopf schossen. Im Moment gab es darauf keine Antworten. Alles war mehr als rätselhaft.

»Ich muss die Kollegen hier in Vercelli informieren«, sagte Carla und zückte schon ihr Handy. »Wir brauchen außerdem die Spurensicherung, das sollen die Kollegen ebenfalls übernehmen. Dieser Sonia Berger ist auch etwas passiert, das sagt mir mein Instinkt.«

4

Carla trat ungeduldig von einem Bein auf das andere. Die Uniformjacke locker geschultert, stand sie mitten in Borlettis Arbeitszimmer, neben ihr ein ebenfalls uniformierter Kollege aus Vercelli, der leise und eindringlich auf sie einredete. Bei seinem Eintreffen hatte er Carla überschwänglich mit Handschlag begrüßt, ihre Hand dann einen Moment zu lange festgehalten, bis sie sie ihm entzog. Die beiden mussten sich von irgendwoher kennen, vermutete Simon.

Zwei Mitarbeiter der Spurensicherung und ein weiterer *Carabiniere* waren damit beschäftigt, alles in dem chaotischen Raum zu fotografieren und die verstreuten Gegenstände und Unterlagen in Kisten zu packen, während Simon sich abseits hielt, das Geschehen beobachtete, sich aus der Distanz jedes Detail einprägte, ganz wie er das früher als Polizeireporter an einem Tatort immer gemacht hatte.

Er sah Carla an, dass sie endlich aufbrechen wollte; für sie gab es in der Villa nichts mehr zu tun. Der Kollege bemerkte ihre Ungeduld nicht, redete weiter auf sie ein, und sie wurde immer unruhiger. Schließlich strich sie sich, wie um ein Aufbruchssignal zu senden, die Haare aus der Stirn, setzte ihre Kappe auf und fiel ihm unvermittelt ins Wort. »Kommen wir doch bitte zurück zur Sache, *collega*«, sagte sie in schroffem Ton.

Der *Carabiniere* verstummte und sah sie überrascht an.

»Vielleicht, ja sogar wahrscheinlich, hat das Verschwinden von Signora Berger mit dem Mord an Franco Borletti zu tun«, fuhr sie eine Nuance freundlicher fort, als ob sie sich selbst bei einem Übermaß an Schroffheit ertappt hatte. »Sie halten mich jedenfalls auf dem Laufenden über das, was Sie herausfinden.«

»Selbstverständlich informiere ich Sie über alles, *Maresciallo*«, erwiderte der Polizist, trotz Carlas rüdem Tonfall höflich und fast etwas zu bemüht. »Wir tun, was wir können, um die Signora zu finden. Hier in Vercelli war sie nicht gemeldet, und eine Handynummer von ihr haben wir auch nicht. Das Auto da draußen gehört jedenfalls ihr und zugelassen ist es auf sie in Hamburg, das haben wir schon überprüft, und wir haben jetzt auch ihre deutsche Adresse.«

»Und was ist mit den Nachbarn, vielleicht haben die ja etwas mitbekommen von dem, was hier passiert ist?«

»Da sind wir dran. Einer von unseren Leuten hört sich gerade in der Nachbarschaft um. Und wir werden natürlich Kontakt mit den Kollegen in Deutschland aufnehmen. Darum kümmere ich mich gleich persönlich. Es könnte ja sein, dass es für das alles hier eine einfache Erklärung gibt, ein Streit zum Beispiel, und die Signora Berger ist nach Hamburg zurückgefahren.«

Carla schüttelte den Kopf. »Ohne Auto?«, fragte sie lakonisch. »Außerdem sieht es hier danach wirklich nicht aus«, fuhr sie fort, »und Sie sollten auch nicht vergessen, dass wir einen Toten haben, dem die Signora Berger nahegestanden hat und der vergiftet wurde. Ich fahre jetzt jedenfalls zu dessen Firma und spreche mit seiner Frau. Ich hoffe, die weiß mehr und kann uns weiterhelfen. Wir hören dann voneinander.«

Carla drehte sich abrupt auf dem Absatz um und verließ schnurstracks den Raum, ohne Simon irgendein Zeichen zu geben. Einen Moment zögerte er, dann folgte er ihr unaufgefordert. Sie war rauer im Umgang geworden, das stand fest. Immer schon war sie beherzt, energisch und direkt gewesen, keine Umwege gegangen. Womit sie Simon von Anfang an beeindruckt hatte und was ihm gut gefiel, genauso wie die Tatsache, dass sie niemals gefühlig war. Aber sie hatte durchaus eine empfindsame Seite, wie er inzwischen wusste. Allerdings war von der zurzeit weniger zu spüren. War es der harte Polizeialltag, der auch bei ihr seine Spuren hinterließ?

Wortlos setzte er sich zu ihr ins Auto und schwieg auch noch, als sie die neue Adresse in ihr Navi eingab und den Wagen startete. Die erste Kurve aus dem Villenviertel heraus nahm sie mit so viel Schwung, dass der Wagen leicht ins Schleudern geriet. Simon protestierte.

Carla nahm sofort den Fuß vom Gas. »Sorry, Simone«, sagte sie. »Sie haben ja recht.«

»Ist irgendetwas?« Simon versuchte, seine Frage beiläufig klingen zu lassen. Carlas Innenleben ging ihn ja nichts an.

»Ist schon okay.«

Sie fuhr nun langsamer und sie schwiegen wieder. Hinter der Stadtgrenze von Vercelli nahmen sie die Provinzstraße in südliche Richtung. Bis zu *Riso Borletti* konnte es nicht mehr weit sein.

»Ich kannte den Kollegen«, sagte Carla unvermittelt.

»Aber Sie mögen ihn wohl nicht besonders?«, wagte Simon sich mit einer Frage vor.

»Nein, das ist es nicht, darum geht es nicht.« Sie machte eine Pause. »Schauen Sie bitte mal vorne ins Handschuhfach, Simone. Da müssten Trüffel sein. Sie können sich gerne auch bedienen.«

Er hielt ihr die Tüte hin, sie nahm sie entgegen, schob sich eine Kugel in den Mund, ließ sie sehr langsam auf der Zunge zergehen, sagte eine Weile nichts mehr.

»Er ist der Kollege eines Kollegen.« Carla sprach jetzt leise, mit noch tieferer Stimme als gewöhnlich. Sie schob einen weiteren Trüffel nach. »An den ich nicht so gerne erinnert werde.«

Simon kam eine Ahnung, wovon sie sprach. Ein Kollege von Carla, der, davon war er inzwischen überzeugt, ganz sicher mehr als das gewesen war, war vor ein paar Wochen in Deutschland in der Nähe von Frankfurt ermordet aufgefunden worden. Zwei Jahre hatte er da im Dickicht gelegen, bis ein Spaziergänger mit einem Hund zufällig an der Stelle vorbeikam und seine Überreste fand.

Der tote *Carabiniere* gehörte zu einer Spezialtruppe, die zur Frankfurter Sanitärmesse entsandt worden war, um Fälschungen italienischer Produkte auf die Spur zu kommen. Er musste im Zuge dessen auf eine Mafia-Fährte geraten sein, die er einsam und mit fatalem Ende verfolgt hatte. Simon hatte von dem Fund der Leiche gehört. Ein Kommissar aus Frankfurt, den er noch aus seiner Polizeireporter-Zeit in der Mainstadt kannte und den er vor langer Zeit auf Carlas Bitte schon einmal in dieser Vermissten-Angelegenheit kontaktiert hatte, hatte ihn unmittelbar nach der Entdeckung des Toten informiert, und Simon hatte sich eigentlich sofort bei Carla melden wollen, die ganz sicher auch davon erfahren hatte, aber er hatte das dann doch sein lassen. Und dann war einfach zu viel Zeit seit der Todesnachricht vergangen und es war zu spät dafür gewesen.

»Sie wissen doch, von wem ich rede, oder?«, fragte Carla.

»Ich denke ja.«

»Und Sie wissen auch, dass er tot ist?«

»Ja.«

Sie schwiegen wieder.

»Wollen Sie darüber sprechen?«, fragte Simon.

»Nein«, sagte Carla und packte die halbvolle Trüffeltüte ins Seitenfach. »Wir sind ohnehin gleich da. Da vorne ist *Riso Borletti*.«

Das ist kein Bauernhof, das ist eine Fabrik, dachte Simon, als sie auf die flachen, nüchternen Gebäude zufuhren. Auf dem Dach in kapitalen roten Neonlettern der Schriftzug *Riso Borletti*, um den Betrieb herum ein großes planiertes Gelände, auf dem sich Paletten viele Meter hoch türmten und ein paar Firmenwagen und ein Gabelstapler standen.

Carla und Simon hatten das Auto in einer Ecke abgestellt, in der einige Privatfahrzeuge parkten, und steuerten jetzt auf den verglasten Eingang zu. Gerade kam ein Lastwagen angefahren, rauschte an ihnen vorbei und hielt an einer etwas erhöhten Plattform weiter hinten, die nach einer Warenausgabe aussah. Der Fahrer sprang heraus, blickte sich suchend um, stieg zurück auf den Fahrersitz, hupte mehrmals.

Es war alles wie leer gefegt, hier draußen niemand zu sehen. Und es roch auch nicht. Simon dachte an die Brotfabriken, die wenigstens einen verlockenden Duft von Backwerk verströmten, bevor man ihrer ansichtig wurde. Und er hatte das Jasmin-Aroma in der Nase, das in seiner Küche aufstieg, wenn er Reisgerichte zubereitete. Nichts von dem lag hier in der Luft. Und genauso wenig erinnerte dieses Unternehmen an das traditionelle Reisgut, das er vor gut einem Jahr bei seiner letzten gemeinsamen Ermittlung mit Carla besucht hatte, einen mitten in den Feldern gelegenen, bestechenden Dreikanthof aus Backstein.

»Sie sind überrascht?«, fragte Carla. »Das haben Sie sich wohl ein bisschen anders vorgestellt?«

Simon nickte, obwohl er seine Naivität ungern zugab. Was Industrieproduktion anging, hatte er aus einem weit zurückliegenden, nach wenigen Semestern abgebrochenen Ökonomiestudium durchaus einen gewissen Sachverstand, schrieb sogar hin und wieder von Italien aus Wirtschaftstexte für ein kleines deutsches Magazin. Und es war auch nicht das erste Mal, dass er mit industrieller Lebensmittelherstellung konfrontiert war. Allerdings wusste er auch – und daher rührte vermutlich seine Überraschung – dass die meisten Reisproduzenten in der Region eine lange Tradition hatten, und dass ihre Betriebe, auch wenn sie modernisiert und fast vollständig mechanisiert waren, oft noch in der Hand von alteingesessenen Familien waren und ihren Sitz auf deren alten Landgütern hatten.

»Borletti macht eben viel mehr als nur Risotto-Reis«, erläuterte jetzt Carla. »Die kaufen den Reis in großen Mengen von den Produzenten an der internationalen Reisbörse in Vercelli ein und machen damit auch Fertiggerichte, Reispfannkuchen, Reissnacks und dergleichen mehr. Also alles, was Sie vermutlich selbst nicht essen.« In ihren Augen stand wieder das alte schelmische Glitzern.

Am Eingang in den Betrieb fiel Simons Blick auf ein Graffito an der Außenwand – im gleichen Neonrot und ähnlichen Lettern wie der Firmenschriftzug auf dem Dach: *attenzione riso tossico*. Die Warnung vor giftigem Reis sah ziemlich frisch aus. Es konnte nicht allzu lange her sein, dass jemand das an die Wand gesprüht hatte.

»Sehen Sie das?«, wandte er sich an Carla.

»Ja klar, ich bin ja nicht blind. Und ich habe Ihnen doch erzählt, dass Borletti jede Menge Ärger hat ...«

Ein Pförtner nahm sie in Empfang, führte ein kurzes Telefonat und wies ihnen dann den Weg in den ersten Stock, wo Elena Borletti ihr Büro hatte.

»Was wissen Sie eigentlich über die Signora Borletti?«, fragte Simon auf dem Weg durch einen trostlosen Flur, den Landschaftsaufnahmen aus den Reisfeldern etwas aufhellten – endlose schilfgesäumte Becken, Vögel mit spitzen Schnäbeln an einem Bewässerungsgraben, leuchtend grüne Reispflanzen in graublauem Wasser, eine hölzerne Schleuse, Nebelschwaden über gelben Wiesen –, da war sie noch, die Poesie der Reisfelder.

»Nicht sehr viel«, antwortete Carla. »Sie scheint aber recht umtriebig zu sein, tanzt auf vielen Hochzeiten, in allen möglichen Institutionen, Vereinen und Stiftungen, außerdem züchtet sie Pferde. Die sind ihre große Leidenschaft, sagt Stefano.«

»Und in dem Unternehmen? Was genau macht sie da? Wissen Sie schon mehr darüber?«

»Der Boss des Unternehmens ist ihr Mann. Sie hält sich weitgehend heraus, kümmert sich aber, soviel ich weiß, ein bisschen um das Marketing«, sagte Carla. »In ihrer Haut möchte ich zurzeit nicht stecken. Mit den ganzen Problemen, die sich ihr Mann aufgehalst hat, die jetzt wahrscheinlich bei ihr landen.«

Auch Elena Borletti war eine Überraschung, entsprach jedenfalls nicht Simons Erwartungen, und langsam fragte er sich, ob sein Blick auf die Welt zunehmend von Vorurteilen und Klischees getrübt war. Eine Alterserscheinung? Was hatte er eigentlich erwartet? Den Auftritt einer eleganten, weltgewandten italienischen Unternehmerin, einer Gestütsbesitzerin, die *bella figura* machte? Jedenfalls nicht diese große, sehr energische und im Oberkörper ein wenig in die Breite gehende Frau mit einem wachen Gesicht unter sehr kurzem braunrotem Haar. Sie war ungeschminkt und ganz ohne Schmuck, auch ohne Ehering, wie Simon sofort bemerkte. Zu flachen, teuer aussehenden Schuhen trug sie eine dunkle Jeans und eine gestreifte Bluse, die über ihrem üppigen Busen etwas spannte. Ihr Auftreten war selbstsicher und gelassen, zugewandt, aber zugleich etwas kühl. Das Lächeln, mit dem sie sie begrüßte, entblößte ihre großen, blendend weißen Zähne. Menschen, die

Pferde liebten und täglich mit ihnen umgingen, sahen diesen Tieren oft etwas ähnlich, fiel Simon ein. Auf Signora Borletti traf das jedenfalls zu.

In ihrem geräumigen, aber sparsam möblierten Büro bot sie ihnen zwei Cocktail-Sessel an einem runden Glastisch an, dazu Espresso und Amaretti-Kekse, also gottlob keine Reisplätzchen, wie Simon schon befürchtet hatte. Carla stellte Simon kurz vor, aber die Signora Borletti schien seine – in diesem Fall eigentlich unbegründete – Anwesenheit nicht weiter zu interessieren. Ihre Aufmerksamkeit galt ganz Carla, die der Signora ihr Beileid ausdrückte, wofür diese sich freundlich bedankte, zugleich aber allzu große Anteilnahme an dem Verlust zurückwies. »Meinen Mann und mich hat außer der Firma nicht mehr viel verbunden«, sagte sie. »Und auch da bin ich schon lange eher außen vor, das Unternehmen ist in erster Linie Sache meines Mannes, er führt die Geschäfte und geht dabei seine eigenen Wege.« Sie machte eine Pause, sah Carla direkt ins Gesicht. »Wege, die ich nicht immer mitgehen möchte. Ich vermute, Sie wissen, wovon ich rede.«

Carla nickte.

»Jedenfalls habe ich mich schon vor einiger Zeit von ihm getrennt«, fuhr Elena Borletti fort. »Es wäre geheuchelt, wenn ich behaupten würde, dass mir Francos Tod besonders nahegeht. Ehrlich gesagt, hätte ich ihn selbst manchmal gerne umgebracht, ich komme also durchaus als Mörderin in Frage ...« Sie lächelte mit ihren großen Zähnen und biss in einen Amaretto.

»Ach ja?«, sagte Carla, nahm einen Schluck von ihrem Espresso, erwiderte dann im gleichen ironischen Ton: »Nehmen wir trotzdem mal an, dass Sie ihn nicht ermordet haben. Haben Sie denn einen Verdacht, wer ihm das angetan haben könnte?«

»Er hat sich viele Feinde gemacht in letzter Zeit. Aber davon wissen Sie ja. Das ist ja alles durch die Presse gegangen. Und

Ihre Kollegen ermitteln ja auch noch gegen ihn. Da kommen sicher einige in Frage, aber konkreter kann ich das nicht sagen.«

»Und wann haben Sie ihn eigentlich zuletzt gesehen?«

»Gestern, am späten Vormittag, hier im Betrieb, bevor ich so gegen 12 Uhr mit dem Verwalter in die Reisfelder aufgebrochen bin. Wir waren dann den ganzen Nachmittag unterwegs.«

»Wer ist das?«

»Der Verwalter?«

»Ja. Wie heißt der?«

»Signor Romano. Bruno Romano. Der arbeitet schon seit Jahrzehnten in der Firma. Das ist ein sehr zuverlässiger Mann.«

»Kann ich mit ihm sprechen?«

»Heute ist er nicht in der Firma. Er macht Besorgungen. Aber sonst, ja, natürlich. Warum?«

»Reine Routine«, sagte Carla. »Soweit ich weiß«, fuhr sie fort, »kümmern Sie sich doch um das Marketing. Warum sind Sie denn dann draußen in den Feldern unterwegs?«

»Verstehen Sie etwas von Marketing?«, fragte Signora Borletti zurück.

»Nein.«

»Das dachte ich mir. Nehmen Sie noch einen Keks?« Sie schob Carla den Teller mit den Amaretti zu. »Es ist gut, wenn Sie so einen Job nicht nur vom Schreibtisch aus erledigen. Ich mache solche Gänge regelmäßig mit Signor Romano, normalerweise einmal im Monat, außer im Winter. Ich sagte Ihnen ja schon, dass die Firma Sache meines Mannes ist und mein Engagement eher bescheiden. Aber ich liebe es, draußen zu sein, und diesen naturverbundenen Teil der Arbeit übernehme ich sehr gern, und schaden kann es auch nicht, wenn man das hauseigene Produkt nicht nur aus der Tüte kennt ... Wir haben uns überall den Wasserstand angesehen und die Schleusen überprüft.«

»Zurück zu Ihrem Mann. Ist Ihnen gestern Vormittag irgendetwas an ihm aufgefallen? War er vielleicht beunruhigt oder nervös?«

»Nein, eigentlich nicht. Aber das muss nichts heißen. Er hat, also er hatte ein ziemlich dickes Fell. Und außerdem weiß ich ehrlich gesagt nicht, ob mir überhaupt etwas aufgefallen wäre. Ich habe ihn nur sehr kurz gesehen, und wir haben ganz wenig miteinander gesprochen. Also nur das Nötigste.«

»Und wo waren Sie, als der Mord geschehen ist?«

Simon rechnete damit, dass Elena Borletti diese Frage aufgebracht zurückweisen würde. Aber sie blieb sich gleich, freundlich und gelassen. »Wie gesagt, da war ich noch in den Reisfeldern unterwegs. Wir sind erst gegen 18 Uhr zurückgekehrt. Da war mein Mann schon tot.« Sie machte eine Pause, aber besonders gerührt wirkte sie nicht, gab sich auch keine Mühe, Gefühle vorzutäuschen, dachte Simon, der sie aufmerksam beobachtete. »Signor Romano wird Ihnen das bestätigen.« Wieder die weißen Zähne und wieder ein herzhafter Biss in einen Keks.

»Ihr Mann hat noch eigene Felder und kauft den Reis nicht nur ein, den er verarbeitet?«

»So ist es, ja.«

»Sie haben gesagt, er habe sich in letzter Zeit viele Feinde gemacht. Hat es denn irgendwelche Drohungen gegeben?«

»Natürlich, haufenweise, auf allen Kanälen. E-Mails, ein Shitstorm im Internet …«

»Ein Shitstorm?«

»Ja, von ein paar jungen Leuten. Aus der Natur- und Umweltschutzecke, sehr militant. Die sind ihn äußerst rabiat angegangen. Das grenzte schon fast an eine Verabredung zur Lynchjustiz, würde ich sagen.«

»Wegen der angeblich verunreinigten Ware?«

»Ja, darum ging es natürlich. Dass mein Mann auf den Reisfeldern ein unerlaubtes Unkrautvernichtungsmittel eingesetzt haben soll. Ein Junge soll deshalb krank geworden sein ... Aber davon wissen Sie ja.«

Carla nickte. »Ich schicke dann noch einen Kollegen zu Ihnen. Für den stellen Sie bitte zusammen, was Ihr Mann an Drohungen bekommen hat. Der Kollege wird sich das dann alles genauer ansehen.«

»Kein Problem.«

»Und ist an dem Vorwurf denn etwas dran?«

»Das müssen Sie Ihre Kollegen fragen. Die ermitteln ja noch. Ich habe damit nie etwas zu tun gehabt. Die ganze Produktionsseite ist«, sie zögerte einen Moment und verbesserte sich dann, »war ja wie gesagt ausschließlich Sache meines Mannes.« Sie unterbrach sich, schien nachzudenken, stellte dann selbst eine Frage: »Wissen Sie denn schon, mit was für einem Gift er umgebracht worden ist?«

»Nein, die Analyse läuft noch.«

»Ich frage Sie deshalb, weil Sie natürlich alle möglichen nicht ungefährlichen Stoffe hier in der Firma finden werden. Unkrautvernichtungsmittel und dergleichen. Die werden zwar unter Verschluss gehalten, aber offensichtlich nicht ausreichend. Bruno, also der Verwalter, hat jedenfalls kürzlich mitgeteilt, dass da etwas fehlt.« Sie griff erneut zu einem Keks und lehnte sich kauend in ihren Sessel zurück. »Was mich natürlich noch verdächtiger macht, nicht wahr, Signora?« Sie strahlte. Ihre Zähne waren wirklich sehr groß, dachte Simon. Aber inzwischen hatte er seinen ersten Eindruck von ihr revidiert. Er fand sie nun doch beeindruckend. Sie hatte etwas, eine Aura, mit der sie den Raum beherrschte und der man sich kaum entziehen konnte.

»Welcher Stoff ist denn entwendet worden?« Carla überging ihre Bemerkung und war jetzt hellwach.

»Der Stoff heißt Cabaryl. Das ist inzwischen nicht mehr zugelassen. Mein Mann benutzt es auch schon ewig nicht mehr. Aber es gab noch Restbestände davon.«

»Und Sie wissen nicht, wer das gewesen sein könnte?«

»Nein, keine Ahnung. Franco hat damals die *Carabinieri* informiert, und die sind vorbeigekommen, haben aber nichts herausgefunden.«

»Die aus Vercelli?«

»Ja.« Carla schüttelte den Kopf. Simon wusste, was in ihr vorging. Sie war fassungslos, dass ihr die Kollegen nichts von diesem Vorfall berichtet hatten.

»Und wann war das?«

»Das weiß ich leider nicht genau. Der Verwalter hat es jedenfalls vor zwei Wochen bemerkt. Vor sechs Wochen seien die fraglichen Flaschen noch da gewesen, sagt er. Da hat er sie zum letzten Mal gesehen und sich eigentlich vorgenommen, sie demnächst zu entsorgen. Inzwischen hat er das übrigens auch getan. Und vor einem Monat waren nachts Leute auf dem Gelände und haben dieses Graffito am Eingang gesprüht, das ist Ihnen bestimmt aufgefallen. Das waren vermutlich die Gleichen, die auch für diesen Shitstorm verantwortlich sind. Aber ob die das mit dem Cabaryl waren, weiß ich nicht. Ich kenne die natürlich nicht, das sind junge Leute, sehr engagiert, vielleicht ein bisschen zu engagiert. Aber bringen die jemanden um?«

»Gab es denn Einbruchsspuren?«

»Nein. Die Tür zu dem Lager war offen, als Signor Romano die Lücke im Bestand bemerkt hat. Er war allerdings überzeugt, sie abgeschlossen zu haben. Aber vollkommen sicher bin ich mir da, ehrlich gesagt, nicht, mir ist vorher schon hin und wieder mal aufgefallen, dass sie offen stand. Eigentlich geht es bei der Lagerung sehr strikt zu. Aber so ganz genau hat er es womöglich doch nicht immer genommen …«

Carla schüttelte den Kopf, fassungslos über die Informationen, die sie bekam, nahm aber den Faden gleich wieder auf.

»Und wer könnte ihm sonst nach dem Leben getrachtet haben? Wie ist das mit dem Personal? Hat sich vielleicht jemand an ihm rächen wollen? Und zu diesem Zweck das Gift hier im Betrieb entwendet?«

»Die meisten Mitarbeiterinnen und Mitarbeiter sind schon ganz lange dabei. Die sind vollkommen loyal, obwohl mein Mann ihnen in letzter Zeit nicht gerade Anlass dazu gegeben hat.«

»Das heißt?«

»Sie wissen ja wohl, dass er durch diese ganzen Vorwürfe und Verdächtigungen Absatzprobleme hat. Da hat es in der Folge Kurzarbeit und auch Entlassungen gegeben.«

»Wie viele Leute beschäftigt er denn eigentlich?«

»Insgesamt dreißig, und fünf davon hat er gekündigt oder in Kurzarbeit geschickt. Ich glaube, ihm blieb wirklich nichts anderes übrig. Aber es ist ja immer auch die Frage, wie man das macht ... Und wen es trifft ...«

»Was wollen Sie damit andeuten?«

»Ich will eigentlich keinen bestimmten Namen nennen und jemand zu Unrecht verdächtigen.« Sie verstummte. »Eine junge Frau war allerdings besonders massiv ...«

»Ich verstehe«, erwiderte Carla. »Können Sie mir eine Liste mit den Namen der Mitarbeiter zusenden, natürlich auch den Namen der Frau, von der Sie sprachen, mit ein paar Infos und den jeweiligen Adressen?«

»Ja, die bekommen Sie selbstverständlich. Obwohl Sie damit bestimmt Ihre Zeit und Energie vergeuden. Aber Sie müssen natürlich jeder Spur nachgehen. Sogar dann, wenn es eigentlich schon eine Hauptverdächtige gibt, nicht wahr?« Sie lachte wieder.

Diesmal lachte Carla nicht mit. Sie hatte offensichtlich genug von diesen Spielchen. Und waren es denn wirklich welche?, fragte sich Simon, der sich weiter aus der Befragung heraushielt, aber die Signora immer noch genau beobachtete. Oder war Elena Borletti nur besonders raffiniert mit ihren ironischen Selbstbeschuldigungen?

»Und seine Geliebte, Sonia Berger?«, fuhr Carla in betont ernstem Ton mit ihrer Befragung fort. »Was ist mit der? Kannten Sie die eigentlich persönlich?«

Signora Borletti ließ sich einen Moment Zeit, zum ersten Mal in diesem Gespräch wirkte sie nachdenklich, nicht mehr ganz so ungerührt. »Nein, ich kenne sie nicht. Ich habe sie aber einmal mit meinem Mann zusammen gesehen, zufällig, in einem Restaurant in Vercelli. Die beiden saßen ein paar Tische entfernt, und ich war mit einer Freundin da. Ich weiß noch nicht mal, ob die mich überhaupt bemerkt haben. Eine hübsche Frau, natürlich jünger als er, der Klassiker.« Sie unterbrach sich, richtete sich gerade in ihrem Sessel auf. »Aber wenn Sie mir Eifersucht unterstellen, liegen Sie falsch.« Wieder eine Pause. Dann kehrte das ironische Lächeln zurück in ihr Gesicht. »Ich hatte ja, wie gesagt, andere, wesentlich stärkere Motive dafür, ihn umzubringen.« Sie erhob sich mit Schwung. »Und jetzt, Signora Moretti, muss ich leider los. Wenn Sie keine weiteren Fragen haben ...«

Carla und Simon standen auch auf, wollten sich verabschieden. Aber Elena Borletti ging noch zu einem Regal, holte eine Kiste heraus, griff hinein, kehrte mit zwei Tüten zu ihnen zurück, drückte sie ihnen in die Hand, obwohl Carla freundlich den Kopf schüttelte, sie nicht annehmen wollte. Es waren doch die unvermeidlichen Reisplätzchen.

5

Eine halbe Stunde später saßen Simon und Carla auf der Terrasse einer Trattoria an der schönen Piazza Cavour in der Altstadt von Vercelli. Es war noch früh am Abend, aber nicht mehr so heiß. Sie bestellten beide *Paniscia*, einen nach einem alten Bauernrezept zubereiteten Risotto mit viel Butter, roten Zwiebeln, dem Weißen vom Speck sowie in kleine Brocken geschnittener Salami, dazu tranken sie einen Rotwein aus Ghemme, den Simon so mochte. Es schmeckte köstlich, und die laue Abendluft tat ihnen gut.

»Und, Simone?«, fragte Carla. »Was halten Sie von der Signora? Was sagt Ihnen Ihre Spürnase?«

»Sie war es nicht.« Er griff zu seinem Glas, trank einen kräftigen Schluck Wein. »Obwohl mir natürlich zwischendrin durch den Kopf gegangen ist, ob sie nicht einfach nur besonders raffiniert ist.«

»Ich verstehe, was Sie meinen.«

»Aber ich habe das dann wieder verworfen. Die anderen möglichen Spuren sind viel plausibler. Außerdem scheint sie ein Alibi zu haben. Der Verwalter wird das vermutlich bestätigen, denke ich.«

»Das sehe ich auch so.« Sie hob ihr Weinglas. »*Salute*, Simone. Und danke, dass Sie mitgekommen sind.« Eigentlich wusste Simon nicht, wofür sie sich bei ihm bedankte. Er war den ganzen Tag über nur Statist gewesen. Aber vielleicht unterschätzte er auch seine Rolle.

Carla nahm den letzten Bissen von ihrem Risotto auf die Gabel, hielt jedoch auf halbem Weg inne. »Ich werde morgen Stefano nochmal dahin schicken«, sagte sie. »Der soll mit dem Verwalter reden und mit den Mitarbeitern. Und sich ansehen, was da alles an Drohungen reingekommen ist und sich nochmal mit den Kollegen in Vercelli verständigen.« Jetzt war der Bissen in ihrem Mund gelandet und sie kaute genüsslich, griff zu ihrem Glas und schickte noch einen Schluck Wein hinterher. Dann schob sie den Teller ein Stück von sich weg, sichtlich zufrieden, und sah Simon neugierig an. »Wo ist eigentlich Ihre Freundin? Luisa? Kommt die nicht über Ostern hierher?«

»Nein, sie ist in Frankfurt, sie kann nicht kommen«, erwiderte Simon kurz angebunden. Und wie immer interpretierte Carla seine wortkarge Auskunft richtig, belästigte ihn nicht mit weiteren Fragen, bestellte für sie beide Espresso und die Rechnung.

Als sie die Trattoria verließen, war es dunkel geworden. Sie hatten beschlossen, noch ein paar Schritte durch die Altstadt zu machen, bevor es zurück an den See ging. Alle Restaurants an der Piazza Cavour waren jetzt voll besetzt. Es brummte von Menschen und Stimmengewirr lag über dem Platz. War es der verfrühte Sommer, der so viele Leute auf die Straßen brachte?

In diesem Moment legte sich über das Palaver ein neuer, unbekannter Ton. Ein Rauschen und ein Trommeln, das nach Stockschlägen klang und aus der Richtung der Basilica di Sant'Andrea kam. Das Stimmgewirr verebbte, die Menschen in den Kneipen und auf der Piazza verstummten, und alle Blicke richteten sich auf die Ecke, an der die Via Bava auf die Piazza mündete und aus der jetzt ein unruhiger Lichtschein fiel, der immer heller wurde.

»Ach du meine Güte«, sagte Carla. »Das ist die *Processione delle macchine*, die da gleich um die Ecke kommt. Ich habe vollkommen vergessen, dass die ja heute stattfindet.«

»Macchine?«, fragte Simon erstaunt. »Autos?«

Die Antwort auf seine Frage erübrigte sich. Was da im Schein von Kerzen und Fackeln im Schritttempo näherkam, jetzt die Piazza Cavour erreicht hatte und ganz dicht an Simon vorbeizog, hatte gar keine Ähnlichkeit mit Autos, sondern es waren lebensgroße, bunte Holzfiguren auf Podesten, die kräftige Männer in weißen und schwarzen Mönchskutten auf ihren Schultern durch das nächtliche Vercelli trugen. Es sah nach schwerer Arbeit aus und es war ein bisschen wie Kino, dachte Simon. Jedes Podest stellte eine Szene dar, wie Bilderfolgen aus einem Film. Da wurde Jesus gerade von zwei Soldaten grob gepackt, dann – auf dem nächsten Podest – war er allein, stand aufrecht, das Kreuz geschultert. Das war alles sehr eindrucksvoll, aber auch ein bisschen schaurig, fand Simon.

»Um was geht es da?«, wandte er sich an Carla, die, wie er sich erinnerte, in Religionsfragen wesentlich kompetenter war als er.

»Das ist ein uraltes Ritual. Die Prozession findet schon seit dem 18. Jahrhundert statt. Immer am Karfreitag um dieselbe Zeit. Ich hatte völlig vergessen, dass es heute Abend wieder so weit ist. Die einzelnen Wagen stellen die Stationen des Kreuzwegs dar. Es ist ein bisschen wie bei euch in Deutschland bei den Karnevalsumzügen. Jede Bruderschaft hat ihren eigenen Wagen und ihre eigene Skulptur. Die da zum Beispiel stellt die Dornenkrönung dar.«

Sie zeigte auf eine *macchina* mit einer Jesusfigur in tiefrotem, um die Lenden geschlungenem Tuch, umringt von drei Männern, die dem Gottessohn den dornigen Kranz aufsetzten.

Simon hatte Carla aufmerksam zugehört, fand ihren Vergleich mit dem deutschen Karneval aber vollkommen unpassend. Sie war bestimmt noch nie in Köln oder Düsseldorf gewesen. Was da an ihnen vorüberzog, hatte mit den knalligen Pappmaché-Karikaturen der rheinischen Narren wenig gemein, es waren inbrünstige Schmerzens-Inszenierungen, ein theatralischer Auftritt, dem sich selbst ein so nüchterner Geist wie Simon kaum entziehen konnte.

Carla schaute auf ihre Uhr. »Simone, es wird leider Zeit für mich. Ich muss zurück, ich muss noch aufs Revier in Omegna. Da gibt es jede Menge Schreibkram zu erledigen. Tut mir leid, Sie würden das hier bestimmt gerne noch weiterverfolgen.«

Sie hatte recht. Simon fiel es tatsächlich schwer, sich von dem Spektakel loszureißen. Aber Carlas Job ging natürlich vor. »Kein Problem«, sagte er. »Sie wissen ja, dass ich mit Religion nicht viel am Hut habe, allerdings schon ziemlich neugierig bin. Und das hier, das ist wirklich sehr interessant, und ich muss zugeben, auch bewegend.«

Carla kam nicht dazu, ihm zu antworten. Ihr Handy klingelte.

»*Pronto.*« Sie hörte eine ganze Weile schweigend zu. »Das sind tatsächlich überraschende Neuigkeiten«, sagte sie schließlich, und es klang ernst. »Ich bin noch in Vercelli, wollte aber gerade zurück an den See starten. In spätestens eineinhalb Stunden bin ich auf dem Revier.«

Sie steckte ihr Handy zurück in die Jacke, sagte aber nichts, schien die Information, die sie gerade bekommen hatte, noch zu verarbeiten. Simon blickte sie fragend an. »Neuigkeiten?«

»Ja, das war Stefano. Die Flasche, aus der Borletti getrunken hat, ist gefunden, und der Giftstoff analysiert worden, ein Unkrautvernichtungsmittel. Ob es das ist, das bei Borletti entwendet wurde, werden wir sehen. Jedenfalls war es ein Stoff, der sehr schnell wirkt. Es ist also möglich, dass er die Flasche unterwegs an einem Stand von einem Ordner bekommen hat. Und zwar erst kurz bevor er am Strand in Lagna zusammengebrochen ist.«

Carla kramte unvermittelt in ihren Taschen, suchte nach ihrem Autoschlüssel. Sie war verstummt. Simon fragte sich, was mit ihr los war. Irgendetwas stimmte nicht. Aber dann wendete sie sich ihm genauso abrupt wieder zu und sah ihm direkt in die Augen. »Sie kennen doch diesen Paolo Morandi?«

»Ja, warum? Er ist oder war, das weiß ich nicht so genau, der Freund von Nicola.«

»Er ist bei uns auf dem Revier, Simone.« Sie machte eine Pause. »Stefano spricht gerade mit ihm. Er war Ordner an diesem Stand. Und er ist offenbar einer von den militanten Umweltaktivisten, die den Shitstorm gegen Borletti veranstaltet haben. Meine Kollegen verdächtigen ihn. Er könnte es gewesen sein, der Borletti die Flasche mit dem Gift gegeben hat.«

6

»Simon, du musst unbedingt Tommaso anrufen. Und der muss Paolo da raushelfen.« Nicola schaute besorgt zu ihrem schmächtigen Freund, der stumm an ihrer Seite saß, blass und übernächtigt. Er hatte seine Brille abgesetzt, rieb sich ständig die müden Augen und strich sich nervös die blonden Haarsträhnen aus dem Gesicht. »Paolo hat damit nichts zu tun. Er ist doch kein Mörder. Deine Carla spinnt doch, ihn zu verdächtigen.« Paolo schwieg weiter.

»Ich mache uns jetzt erstmal einen Cappuccino«, sagte Simon. Er war gerade aufgestanden und hatte die beiden jungen Leute bei seinem ersten Gang hinaus auf der Terrasse vorgefunden, Nico in einem Sommerkleid und einer Kappe auf dem roten Haar, Paolo in Jeans und einem etwas mitgenommenen T-Shirt, Buffon wie immer auf seiner Matte eingerollt neben ihnen in der Sonne liegend. Hatte Paolo die Nacht bei Nicola verbracht? Oder war er schon in aller Herrgottsfrühe nach Ronco gekommen?

Paolo war in Coiromonte zu Hause, einem kleinen Dorf in den Hügeln auf der anderen Seeseite, wo er mit mehreren jungen Leuten in einer Art Hausgemeinschaft lebte. Die meisten hatten studiert, lebten von kleinen Jobs, machten Musik zusammen, und bastelten sich so eine etwas prekäre Existenz in einem krisengebeutelten Land, das aus ihrer Sicht keine Zukunft für sie bereithielt.

Dass Paolo jetzt auf seiner Terrasse in Ronco saß, Carla ihn also nach der Vernehmung wieder hatte gehen lassen, war eigentlich ein gutes Zeichen, dachte Simon. Sie konnte nicht allzu viel gegen ihn in der Hand haben. Wie Nico war Simon fest davon überzeugt, dass er mit dem Mord an Borletti nichts zu tun hatte. Auf dem Rückweg von Vercelli am Abend zuvor hatte Simon die ganze Fahrt nichts unversucht gelassen, um Carla den Verdacht gegen diesen ernsthaften und durch und durch menschenfreundlichen jungen Mann auszureden.

»Ich halte mich an die Fakten«, hatte sie geantwortet.

Einen Anwalt einzuschalten konnte jedenfalls nicht schaden, und Tommaso Marchesi war eine gute Wahl, da hatte Nicola recht. Tommaso war Simons bester Freund am See, ging auf die siebzig zu und hatte sich vor zwei Jahren als Rechtsanwalt eigentlich zur Ruhe gesetzt, aber doch nur halbherzig, jedenfalls hatte er seine Zulassung noch nicht abgegeben. Er kannte und mochte Paolo und würde sich für ihn einsetzen, da war sich Simon sicher.

Auf einem Tablett balancierte er drei Cappuccini und eine Tüte Kekse zurück auf die Terrasse, auf der auch an diesem Morgen wieder prall die Sonne stand, stellte die Tassen auf dem großen Holztisch ab, nahm noch im Stehen einen Schluck, öffnete den Sonnenschirm und griff zu seinem Handy.

»*Pronto.*« Tommaso klang atemlos.

»Wo bist du? Was machst du gerade?«, fragte Simon.

»Das, was ich jeden Samstagmorgen um diese Zeit mache und was dir eigentlich bekannt sein sollte. Ich sitze auf meinem Rennrad und drehe mit anderen Herren meines Alters meine übliche Runde um den See.«

»Wo bist du genau?«

»Kurz hinter Pella, auf halbem Weg nach Cesara. Und da werde ich in zehn Minuten auch sein, egal was du jetzt sagst, Simon.«

»Es gibt einen Notfall.«

»Dann ruf den Notdienst.«

»Das tue ich ja gerade.«

»So schlimm kann es gar nicht sein, dass ich meine Tour abbreche.«

»Doch, Tommaso. Bitte komm vorbei. Wir erklären dir hier alles.«

»Wir? Ist Luisa da?« Das klang schon zugewandter. Tommaso verehrte Simons Freundin, und das galt auch umgekehrt. Wegen ihr hätte er sicher sofort alles stehen und liegen lassen.

»Nein, Nico ist da. Ihr Freund wird in einem Mordfall verdächtigt. Paolo. Den kennst du doch auch. Beide sind hier bei mir.«

»Ich bin in fünf Minuten bei euch.«

Tatsächlich dauerte es nicht viel länger, bis Tommaso vor der Tür stand, in seinem dunklen Sportdress, gut gelaunt und erstaunlich wenig erschöpft. Er war ein imposanter Mann, kahlköpfig und nicht besonders groß, aber bullig, immer ganz in Schwarz gekleidet. Sogar in eng anliegenden Biker-Shorts und Trikot machte er noch eine gute Figur.

Nicola sprang von ihrem Stuhl auf, lief auf Tommaso zu, wollte ihm um den Hals fallen. Er hob die Hände, um sie abzuwehren. »Nico, *tesoro*, sieh dich vor«, sagte er, »ich bin alt und verschwitzt.«

Sie umarmte ihn trotzdem, und er ließ es doch gerne mit sich geschehen. »Danke, dass du sofort gekommen bist«, sagte sie und strahlte zum ersten Mal an diesem Morgen.

Auch Paolo war aufgestanden, strich sich die Strähnen aus der Stirn, setzte seine runde Brille auf und gab Tommaso die Hand. Der klopfte ihm freundlich auf die Schulter. »*Non ti preoccupare*«, sagte er. »Mach dir keine Sorgen. Das kriegen wir schon hin. Aber erstmal brauche ich viel Wasser und einen Espresso.«

In der Küche blubberte es, und Kaffeeduft zog auf die Terrasse. Nico bereitete Espresso immer noch mit der *Moka* zu, der alten aufschraubbaren Kanne, und nicht mit der Maschine, weil sie das blubbernde Geräusch des aufsteigenden Wassers und das Aroma, das sie verbreitete, so mochte.

Tommaso leerte ein riesiges Glas Wasser in einem Zug, kippte den Kaffee gleich hinterher, blickte dann fein lächelnd zu Paolo, keinen Zweifel daran lassend, dass er den Verdacht gegen den jungen Mann nicht sehr ernst nahm. »Du sollst also Borletti umgebracht haben?«

»Sie wissen also schon, dass es um den Mord an Borletti geht? Simon hat Ihnen schon alles gesagt?«, fragte Paolo mit belegter Stimme zurück.

»Na ja, wenn Simon sagt, du bist angeblich in einen Mordfall verwickelt, dann kommt ja wohl nur der in Frage. Oder sind noch mehr Leichen hier am See aufgetaucht?« Er grinste jetzt breit und Paolo grinste zurück, sah dabei aber etwas gequält aus.

»Also schieß los, wie kommt Carla auf dich?«

»Weil ich Ordner bei dem Marathon war. Das Zeug, mit dem man ihn umgebracht hat, war ein Unkrautvernichtungsmittel. Und Spuren davon haben die *Carabinieri* in einer der Flaschen gefunden, die wir an unserem Stand bei dem Rennen ausgegeben haben.«

»Ach du meine Güte. Wie viele Ordner wart ihr denn ... Da müssten doch einige von euch als Mörder in Frage kommen. Warum ausgerechnet du? Haben die *Carabinieri* denn deine Fingerabdrücke auf der Flasche gefunden?«

»Nein, das nicht. Aber sie meinen, ich könnte sie ja abgewischt haben. Wir waren natürlich viele, allein bei uns am Stand zu viert. Aber dass sie auf mich kommen, hat noch einen anderen Grund.« Paolo machte eine Pause. Tommaso sah ihn erwartungsvoll an, sagte nichts, machte sogar ausnahmsweise keine witzige Bemerkung, die Simon jetzt eigentlich von ihm erwartet hatte. Tommaso nahm die Sache ernst. Das war gut.

»Es hat einen Shitstorm im Netz gegen Borletti gegeben. Ein paar Leute haben ihm massiv gedroht. Leute von einer Gruppe, mit der ich zu tun habe.« Paolo setzte seine Brille ab, sah Tommaso aus seinen hellen, klugen Augen an. Er wirkte jetzt weniger resigniert und müde, wahrscheinlich schöpfte er aus Tommasos Anwesenheit etwas Hoffnung. »Und Carla Moretti und ihre Kollegen sehen darin einen Aufruf zur Lynchjustiz. Und deshalb verdächtigen sie mich.«

»Und hat sie recht mit dem Aufruf zur Lynchjustiz?«

»Das war schon ziemlich heftig. Aber von mir kam das nicht.«

»Und worum ging es da?«

»Wir glauben, dass Borletti verbotene Mittel zur Unkrautvertilgung auf seinen Reisfeldern eingesetzt hat.«

»Wer ist denn wir?«

»Na ja, wir sind eine lose Gruppe. Mit einigen von denen mache ich Musik. Aber was uns zusammengebracht hat, sind diese Umweltverbrecher, die immer noch ihren Dreck aus den Armaturen-Fabriken in den See ablassen. Das hat im letzten Jahr wieder zugenommen, und deshalb haben wir ein paar Aktionen gemacht. Nichts Spektakuläres, vor allem Informationen ins Netz gestellt, Social Media und so.«

Dass Paolo sich in dieser Weise engagierte, hatte Simon nicht gewusst, zum ersten Mal am Vorabend von Carla davon gehört, aber er musste ihm recht geben. Die Leute, von denen er sprach, waren tatsächlich Umweltverbrecher, und es war gut, wenn jemand etwas gegen sie unternahm. Rund um den sich so poetisch in die Hügel schmiegenden Lago d'Orta versteckte sich ein stattlicher Gürtel von Fabriken, vor allem Metall verarbeitende, und bis vor wenigen Jahrzehnten war es noch üblich gewesen, dass sie Industrieabfälle und Abwasser in den See entsorgten. Angefangen hatte es allerdings schon in den zwanziger Jahren des letzten Jahrhunderts, als eine riesige Kunstfaserfabrik den See zum Umkippen gebracht hatte. Ein totes Gewässer war aus ihm geworden. Erst in den achtziger Jahren hatte ein Umdenken begonnen, und man war auf die Idee gekommen, den See zu retten. Tonnenweise hatte man Kalk herangekarrt und das übersäuerte Wasser damit gelöscht. Tatsächlich hatte sich der See in erstaunlich kurzer Zeit wieder erholt, war jetzt glasklar und ein Tummelplatz für Fische. Aber in letzter Zeit waren dann doch erneut Lachen von Chemieabfällen im See gesichtet worden – zweifellos ein Umweltfrevel. Der mittlerweile rigide geahndet wurde. Wenn man den Übeltäter fand.

Paolo hatte mit seiner Gruppe wohl den Druck verstärken wollen, ein berechtigtes Anliegen, fand Simon. Ob das auch für die Aktivitäten der Gruppe gegen Franco Borletti galt? Da war Simon sich nicht so sicher. Er wusste einfach zu wenig darüber.

Auch Tommaso schien skeptisch zu sein. »Und woher wisst ihr das mit den Unkrautvernichtungsmitteln?«, fragte er.

»Es gibt diesen Verdacht, den haben nicht nur wir. Mehrere Leute hatten Magenprobleme, nachdem sie seinen Risotto-Reis gegessen haben. Eine Familie hat ihn sogar angezeigt, weil ihr kleiner Sohn deshalb eine Woche lang richtig krank war. Da wird zurzeit noch ermittelt.«

»Und das geht euch zu langsam, und deshalb spielt ihr selbst den Richter?«

»Ich fand den Shitstorm ja auch übertrieben. Und mit dem Einbruch bei Borletti habe ich absolut gar nichts zu tun.«

Tommaso schreckte hoch. »Was denn für ein Einbruch?«

»Vor ein paar Wochen sind anscheinend Leute nachts in Borlettis Unternehmen in Vercelli eingedrungen und haben etwas von der Chemie, die da in einem Schuppen eigentlich sicher untergebracht sein sollte, also den Unkrautvernichtungsmitteln, entwendet. Ich wusste davon nichts, habe das jetzt erst von Carla Moretti erfahren, und sie hat unsere Gruppe im Verdacht und unterstellt mir, dabei gewesen zu sein. Das Zeug, das da gestohlen worden ist, heißt Cabaryl. Und das ist der Stoff, mit dem Borletti umgebracht worden ist.«

»Und Carla glaubt also, dass ihr, also dass du ihn mit seinem eigenen Gift umgebracht hast?«

»Ja, das scheint sie zu vermuten.«

»Krass, oder? Die spinnt doch …«, mischte sich Nicola zum ersten Mal ins Gespräch ein.

»Ich glaube, das ist bisher nur eine Vermutung von ihr und ihren Kollegen«, ergriff jetzt Simon das Wort. »Ich war gestern mit Carla bei *Riso Borletti* in Vercelli, und wir haben mit seiner Frau gesprochen …«

»Du warst was?« Nicola sprang aus ihrem Stuhl auf und ließ Simon nicht weitersprechen. Auch Tommaso sah ihn erstaunt an. »Du warst dabei, als Carla sich diesen Mist mit Paolo ausgedacht hat?«, fragte Nicola, gleichermaßen ungläubig wie vorwurfsvoll.

»Vielleicht lässt du mich mal zu Wort kommen, Nico. Ja, ich war dabei. Wir waren auf dem Rückweg, als ein Anruf vom Revier kam, dass Paolo dort vernommen wird, weil er unter Verdacht steht. Und ich habe auf dem ganzen Weg zurück noch versucht, Carla das auszureden. Aber sie muss natürlich jedem Verdacht nachgehen. Und wenn sie einmal eine Fährte aufgenommen hat ...«

»Warum warst du denn mit ihr in Vercelli?«, unterbrach ihn Tommaso, in der hitzigen Situation sichtlich bemüht um einen sachlichen Anwaltston.

»Borletti hat schon eine Weile von seiner Frau getrennt gelebt. Er hatte eine Geliebte. Eine Deutsche. Die kein Italienisch kann. Und mit der wollte Carla sprechen. Deshalb war ich dabei.«

»Und?«

»Die ist verschwunden.«

»Etwa noch ein Mord?« Tommasos amüsierte Miene verriet, dass er die Frage nicht sehr ernst meinte.

»Keine Ahnung, was mit der passiert ist. Aber komisch ist ihr Verschwinden schon«, entgegnete Simon.

»Jedenfalls hat euch Borlettis Frau von dem Einbruch berichtet?«

»Ja, das hat sie.«

»Und wer da eingebrochen ist, darüber weiß sie nichts?«

»Nein. Im Übrigen stand bei denen wohl zeitweise alles offen, richtig einbrechen musste da keiner.«

Tommaso wandte sich wieder an Paolo. »Und könnten das denn wirklich deine Leute gewesen sein?«

»Ich weiß es ehrlich gesagt nicht. Aber ich glaube nicht. So weit geht eigentlich keiner von uns. Ich nicht. Aber die anderen auch nicht. Da bin ich mir ziemlich sicher.« Er zögerte, fuhr sich mit den Fingern durch die Haare und gab sich dann einen Ruck. »Ein Graffito haben sie allerdings vor einiger Zeit gesprüht, das weiß ich. Aber eingebrochen sind sie nicht. Und bei der Sprühaktion war ich nicht dabei.«

Tommaso wiegte skeptisch den Kopf. Glaubte er Paolo nicht,

oder fürchtete er um das Alibi des jungen Mannes? »Und in der Nacht, als deine Freunde das gesprüht haben, wo warst du da?«, fragte er.

»Das wollte Carla Moretti auch wissen. Aber es ist so lange her. Ich weiß es einfach nicht mehr, wahrscheinlich war ich zu Hause in Coiromonte.«

Ein Schiffssignal ertönte. Alle blickten auf den See, irgendwie dankbar für die Unterbrechung in der angespannten Situation, die sogar Tommaso nicht kaltließ. Von Orta kommend näherte sich eines der drei Verkehrsschiffe dem Anlegesteg in Ronco. Es war die hässliche Valentina, ein schmutziggraues zweistöckiges Boot, vollbeladen mit Passagieren, vermutlich alles Touristen, bestimmt viele Deutsche und Schweizer. Offenbar hatte der Osteransturm schon begonnen. Aber nur ein paar Wanderer mit Rucksäcken verließen das Schiff in Ronco. Die Valentina gab erneut ein Signal, legte ab, passierte Simons Haus nur fünfzig Meter entfernt und nahm Kurs auf die Nordspitze des Sees. Die Passagiere drängten sich an der Reling und winkten ihnen zu, und zumindest Nicola war so freundlich, mit ihrer Kappe zurückzuwinken, Buffon bellte.

»Kommen wir nochmal zurück zu dem Marathon, Paolo«, nahm Tommaso den Faden wieder auf, als das Schiff sich in Richtung Omegna entfernte, zwei große Heckwellen produzierend, die klatschend an Simons Terrassenmauer schlugen. »Wie war das denn bei dem Marathon? Hast du Borletti gesehen? Du kennst ihn doch? Oder weißt zumindest, wie er aussieht?«

Paolo nickte.

»Kann es denn sein, dass du ihm eine Wasserflasche gegeben hast?«

»Keine Ahnung, Tommaso, echt nicht, da war so ein Trubel. Ich habe so viele Flaschen ausgegeben, ich weiß nicht, ob ich auch Borletti eine gegeben habe. Ich kann mich an ihn gar nicht erinnern. Aber mal angenommen, ich hätte ihn umbringen wollen. Dann müssten doch eigentlich wirklich meine Fingerabdrücke auf der Flasche sein. Und außerdem: Wie hätte ich denn sicher sein sollen, dass er sie von mir überhaupt annimmt?«

»*Bravo*, Paolo, kluges Kerlchen. Genau diese Frage werden wir auch Carla stellen. Und wer war denn eigentlich noch mit dir am Stand?«

»Wir waren zu viert. Mit den anderen will Carla Moretti auch noch sprechen.«

»Und du hast Borletti jedenfalls bei dem Lauf nicht bemerkt?«

»Nein, beim Lauf nicht, aber vorher, beim Start. Bevor es losging. Da hat er auf der Wiese bei der neuen Bar gesessen. Mit jemand anderem. Die haben sich unterhalten. Ich glaube, das war dieser Davide Longhi. Die scheinen befreundet zu sein.«

Tommaso warf Simon einen Blick zu, wandte sich aber sofort wieder an Paolo. »Hast du das Carla gesagt?«

»Ja.«

»Dann rufen wir jetzt mal unseren Freund Longhi an.« Diesmal ging ein Grinsen in Simons Richtung.

Tommaso musste nicht lange nach der Telefonnummer suchen, offenbar hatte er sie im Adressbuch seines Handys gespeichert. »Davide? Tommaso Marchesi hier«, meldete er sich in einem für Simon überraschend freundschaftlichen Ton. Auch dass Tommaso Longhi duzte, war für Simon neu. Aber eigentlich war das zu erwarten, korrigierte er sich selbst. Tommaso war und blieb Spross seiner reichen Mailänder Familie, in deren Sommerhaus in Orta San Giulio er lebte. Ob er es wollte oder nicht, und meist wollte er es eher nicht, war er Teil der besseren Gesellschaft am See, die sich untereinander kannte und sich Gefälligkeiten erwies, wenn es nötig war, über alle Gegensätze und Animositäten hinweg.

Zu dieser Szene würde Simon niemals Zugang bekommen, auch wenn er noch so viele Jahre hier lebte. Aber eigentlich interessierte ihn das auch nicht. Simon war inzwischen heimisch geworden am See, empfand sich nicht mehr als Außenseiter, aber er war und blieb ein Einzelgänger. Dennoch gab ihm der kumpelhafte Ton, den Tommaso mit dem ihm verhassten Davide Longhi anschlug, einen Stich.

Das Telefonat dauerte etwa fünf Minuten, und nach dem anfänglichen Geplänkel stellte Tommaso nur noch kurze Fragen, hörte vor allem zu. Als er sich mit einem fast übertrieben herzlichen *mille grazie, Davide* verabschiedet hatte, sah er zufrieden in die Runde. »Gute Nachrichten. Paolo. Du bist wahrscheinlich kein Mörder.«

Paolo lächelte, immer noch etwas gequält. Ganz schien er dem Anwalt nicht zu glauben.

»Unser Freund Davide Longhi war sehr hilfreich.« Wieder ein Blick zu Simon. »Wie du gesagt hast, Paolo, war er zusammen mit Franco Borletti am Start. Sie haben sich schon eine halbe Stunde vorher auf der Wiese in Pella getroffen. Und das Interessante ist: Borletti hatte schon da seine eigene Wasserflasche dabei. Die hat er also selbst mitgebracht. Und noch interessanter: Sie war identisch mit den Flaschen, die ihr an den Ständen unterwegs ausgegeben habt. Borletti hat nämlich bei früheren Läufen ein paar von denen mitgehen lassen, weil er die praktisch fand. Und weil der Marathon seit Jahren denselben Sponsor hat, unterscheiden sie sich nicht. Longhi sagt, Borletti habe bei den Läufen oft Muskelkrämpfe bekommen und deshalb strikt darauf geachtet, dass er immer Wasser parat hatte. Und um den Krämpfen vorzubeugen, hat er außerdem vorher Salztabletten in der Flasche aufgelöst. Außerdem hatte er noch weitere Tabletten in seinem Laufgürtel. Also gibt es drei Möglichkeiten: Das Gift war schon in der Flasche, die er selbst mitgebracht hat, oder, zweite Möglichkeit, es war in den Salztabletten und die hat irgendjemand vergiftet. Da fällt einem doch zum Beispiel die offenbar auf mysteriöse Weise entschwundene Geliebte ein, oder Simon? Möglichkeit Nummer drei: Jemand hat ihm unbemerkt das Gift in die Flasche getan, als er vor dem Start auf der Wiese saß.«

»Und wie?«, fragte Simon.

»Davide Longhi und Franco Borletti haben dort eine ganze Weile zusammengesessen, sich unterhalten, auf den Lauf vorbereitet. Und Davide erzählt, dass es einen Zwischenfall gab, der ihm in diesem Moment schon komisch vorkam. Jemand hat Borletti angerempelt und kurz in einen Streit verwickelt. Longhi meint, das könnte der Moment gewesen sein, wo man ihm etwas in die Flasche getan hat. Die habe da noch neben ihm in der Wiese gelegen. Übrigens hat auch Carla bereits mit Longhi gesprochen. Auch ihr hat er das Ganze schon am Telefon berichtet und wird seine Aussage noch zu Protokoll geben.« Tommaso strich sich zufrieden mit der flachen Hand über seinen kahlen Schädel. »Und jetzt rufen wir Carla an. Mal sehen, was der *Maresciallo* zu all dem meint.«

Auch Tommasos Gespräch mit Carla war kurz und sachlich. Wenigstens duzte er Carla nicht, bemerkte Simon erleichtert. Zufrieden strahlend legte der Ex-Anwalt dann das Handy auf den Tisch zurück und boxte Paolo in die Seite. »So wie es aussieht, gehst du nicht in den Knast«, sagte er. »Carla war wie immer sehr kooperativ. Und nach Longhis Aussage, dass Borletti seine eigene Flasche dabeihatte, hält sie dich nicht mehr für tatverdächtig. Zumal sie auch das Argument sieht, dass du gar nicht damit hättest rechnen können, dass Borletti eine Flasche von dir nimmt. Kurzum, du bist raus aus der Sache, Paolo.«

Paolo sprang von seinem Stuhl auf, zog sein verschwitztes T-Shirt aus, schleuderte es über seinem Kopf hin und her, dann in eine Ecke der Terrasse, ganz in der Pose eines Fußballspielers, der gerade ein Match mit einem genialen Torschuss zum erfolgreichen Abschluss gebracht hat. Dann hüpfte er vom Steg kopfüber ins eiskalte Wasser, machte aber nur drei Züge und kam sofort wieder heraus. Tropfend nass lief er zu Nico, gab ihr einen Kuss auf den Mund. Was aber sehr freundschaftlich aussah, fand Simon. Waren die beiden noch ein Paar?, ging es ihm zum wiederholten Mal durch den Kopf.

»Und hat Carla noch mehr gesagt?«, fragte Nicola, nun wieder vollkommen gelöst, wie ausgewechselt.

»Neugierig ist die junge Frau, ganz wie der Vater ...«, feixte Tommaso sie an. »Also gut. Carla sieht wie ich drei Möglichkeiten. Entweder war das Gift schon in der Flasche, als Borletti sie eingepackt hat. Oder es waren die Salztabletten. Oder jemand hat ihm das Gift unbemerkt auf der Wiese in die Flasche gefüllt.«

Tommaso unterbrach sich, trank einen Schluck Wasser. Alle hingen an seine Lippen, warteten darauf, dass er weitersprach.

Er schaute in die Runde. »Ich glaube, ich ziehe meine Robe doch wieder an«, sagte er grinsend, »so viel Aufmerksamkeit hatte ich schon lange nicht mehr ...« Dann wurde er schnell wieder ernst. »Es war also tatsächlich dieses Unkrautvernichtungsmittel, das ihn umgebracht hat. Wie du gesagt hast, Paolo. Cabaryl. Ein schon seit Jahren nicht mehr zugelassenes. Das wirkt sehr schnell. Und führt, in höherer Dosis eingenommen, innerhalb kurzer Zeit zum Tod. Wenn man das aufgelöst trinkt, bemerkt man das nicht gleich, vor allem, wenn außerdem Salz im Wasser ist, man durstig ist und sich das Getränk gierig in den Rachen kippt. Das Zeug wurde übrigens eine Zeitlang auch in der Veterinärmedizin verwendet.« Tommaso warf Nicola einen vielsagenden Blick zu. »Also sieh dich vor, Nico, dass Carla nicht dich jetzt ins Visier nimmt, nachdem sie Paolo als potenziellen Mörder von der Liste streichen musste.« Tommaso lächelte wieder und rieb sich zufrieden den Schädel. »Die Salztabletten sind noch im Labor. Er hatte drei mit, eine davon ist weg, also wohl aufgelöst in der Flasche. Ob in den anderen etwas drin ist, da steht das Ergebnis noch aus. So. *Basta*. Und jetzt entschuldigt ihr mich bitte.«

Schon im Aufstehen richtete er sich noch einmal an Simon: »Du bist natürlich enttäuscht, was?«

»Warum sollte ich?«

»Du hast doch bestimmt einen Moment gehofft, Longhi hätte was damit zu tun?« Grinsend hängte Tommaso seine Sporttasche über die Schulter und wandte sich zum Gehen.

»*Stupido*«, sagte Simon.

»Wenn das Cabaryl bei Borletti in dem Schuppen herumgestanden hat«, meldete sich jetzt Paolo zu Wort, während er fröstelnd in seine Klamotten und ein trockenes T-Shirt von Simon schlüpfte, das ihm Nicola gegeben hatte – ausgerechnet eines von Simons liebsten, aber er hielt den Mund –, »dann haben sie es ja vielleicht weiterhin zur Unkrautvernichtung eingesetzt. Und daher der verunreinigte Reis ...«

»Du kannst es wohl nicht lassen, aber ich rate dir wirklich ...«, schnitt Tommaso ihm schroff das Wort ab und beendete damit kurzerhand alle weiteren Spekulationen. »Ich für mein Teil habe jedenfalls für heute genug und steige jetzt wieder auf mein Rad.«

Nicola fiel Tommaso zum Abschied wieder um den Hals und brach fast in Tränen aus. Buffon bellte. Tommaso strich Nico sanft über die Wange, dann dem Hund über die Schnauze und wandte sich noch einmal an Simon. »Was machst du eigentlich an Ostern?«

»Morgen chille ich mit Nico in Ronco«, ein warmer Blick ging zu seiner Ziehtochter, »und am Ostermontag bin ich mit Gianluca, einer Kollegin von *Il Giorno* und deren Freund zum Mittagessen verabredet, in einem Restaurant im Monferrato. Wir werden also schlemmen. Und du?«

»Damenbesuch.«

Simon schaute ihn erstaunt an.

Tommaso strich sich ein letztes Mal über die Glatze, legte einen Zeigefinger auf den Mund, drehte sich wortlos um und verschwand hoch zum Parkplatz, wo sein Rennrad stand. Tommaso und die Frauen, das war ein Thema, das zwischen ihnen nicht vorkam. Ganz sicher hatte er Affären, über die er aber niemals ein Wort verlor. Es musste in seinem Leben einmal eine Frau gegeben haben, mit der er eine Weile in seinem stattlichen Haus am Seeufer gelebt hatte. Aber wer diese Frau war und warum diese Beziehung ein Ende genommen hatte, wusste Simon nicht. Nur dass Tommaso, wenn Simon nicht wäre, gerne auf der Stelle mit Luisa durchgebrannt wäre, war kein Geheimnis.

Nicola folgte Tommaso wenig später, wollte Paolo zurück nach Coiromonte begleiten. »Sorry, dass ich dich allein lasse, Simon«, sagte sie und zuckte entschuldigend mit den Schultern, »heute Abend bin ich aber spätestens wieder zurück. Und dann koche ich für uns, okay?« Sie rief Buffon zu sich, drückte Simon einen Kuss auf die Stirn und war ebenfalls verschwunden.

Simon bereitete sich noch einen Cappuccino zu und setzte sich damit wieder auf seine Terrasse, wo in der Ecke noch Paolos zusammengeknülltes T-Shirt lag. Es war nicht spät am Vormittag, aber schon wieder sehr heiß. Er rückte sich einen bequemen Sessel in den Schatten des Sonnenschirms, atmete tief durch. Das war noch einmal gut gegangen. Er war erleichtert. Carla konnte verbissen sein, wenn sie eine Spur verfolgte. Aber diesmal hatte sie schnell eingesehen, dass sie mit dem Verdacht gegen Paolo auf einer falschen Fährte war. Wahrscheinlich hatte sie selbst nicht so recht daran geglaubt. Dafür war sie zu menschenklug.

Würde sie sich wieder bei ihm melden? Ihn noch einmal um Unterstützung bitten? Simon kam die verschwundene Hamburgerin wieder in den Sinn. Sonia Berger. Wo war sie? Hatte sie vielleicht etwas mit dem Mord zu tun? Das Gift in die Flasche gefüllt? Dann könnte Carla möglicherweise erneut seine Unterstützung gebrauchen. Aber warum sollte die Geliebte das getan haben? Eigentlich war der Gedanke eher abwegig.

Simon blickte auf seinen See. Es war windstill, kein Hauch zu spüren, das Wasser spiegelglatt. Eine Entenfamilie schwamm an seinem Bootssteg vorbei, die Mutter vorneweg, dahinter schnatternd und noch ganz flaumig die Kleinen. Wo war der Vater? Zu Gunsten des Erpels nahm Simon an, dass er einen guten Grund für seine Abwesenheit hatte und Nahrung für die Brut besorgte.

Simon musste an Luisa denken. Wo war sie wohl jetzt? War es wirklich die Arbeit auf der Baustelle, die sie in Frankfurt festhielt? Aber warum zweifelte er daran? Er rief sich selbst zur Räson. Luisa hatte ihn noch nie angelogen. Jedenfalls nicht im Großen. Sie war offenherzig und einer der aufrichtigsten Menschen, die er kannte. Sie fehlte ihm. Es war wie immer. Er hatte Sehnsucht nach ihr, wünschte sich sie an seine Seite, ganz nah und für immer, und dann genoss er es doch, für sich zu sein. Aber solange es Luisa genauso ging, jedenfalls meistens, würde ihr Arrangement funktionieren, hoffte Simon. Auf einmal war er sehr müde.

Ein Klingeln schreckte ihn hoch. Er war im Sessel eingeschlafen. Wie lange? Er blickte auf seine Uhr. Eine halbe Stunde. Der halb volle Cappuccino stand noch vor ihm, der Schaum in sich zusammengefallen, am Rand der Tasse schon verkrustet, kalt. Das war nicht mehr genießbar.

Eine kleine Eidechse sauste ruckartig über den Tisch, die erste in diesem Frühjahr. Das erinnerte Simon an weit zurückliegende Sommerurlaube an der Adria, in Rimini, wo seine Mutter herkam und wo die Eltern sich in den frühen Sechzigern kennengelernt hatten, in Wirtschaftswunderzeiten, als das Italienfieber auch seinen Vater über die Alpen getrieben hatte. In den ersten Jahren waren sie im Sommer mit den Kindern noch an die Adria gefahren – später hatte das ganze Italien seinen Vater nicht mehr interessiert. Damals hatte es an heißen Augusttagen in den Pinienhainen hinter dem Strand von Eidechsen nur so gewimmelt. Zusammen mit seinem jüngeren Bruder war Simon auf die Jagd gegangen, natürlich erfolglos. Als er dann doch einmal eines der blitzschnellen Tiere zu fassen bekam, war er tief erschrocken, als er nur dessen Schwanz in der Hand hielt. Heulend war er nach Hause gerannt und hatte sich erst beruhigt, als seine Mutter ihm klar machte, dass der Schwanz des Tieres wieder nachwachsen würde. Trotzdem hatten sie danach nie wieder Eidechsen gefangen.

Es klingelte immer noch. Endlich griff Simon zu seinem Handy. »*Pronto.*«

»Thomas Kemmerling hier. Spreche ich mit Simon Strasser?«

»Ja.« Der Name sagte Simon etwas, aber er kam nicht darauf, woher er den Anrufer kannte.

Der enthob ihn aber sogleich dieser womöglich peinlichen Situation. »Du erinnerst dich vielleicht an mich«, sagte er. »Ich habe vor gut zehn Jahren mein Volontariat bei euch in Frankfurt gemacht. Ich bin jetzt beim *Express*.«

»Ja, doch, ich erinnere mich.« Simon trat ein Bild vor Augen. Ein schlanker Blonder. Ein paar Wochen hatte er Simon damals bei seinen Recherchen begleitet. Ein kluger, sehr wacher Typ. Aber Simon hatte ihn als nicht besonders sympathisch in Erinnerung, fast überengagiert und hungrig nach Erfolgen. Sie waren damals trotzdem öfter zusammen ein Bier trinken gegangen. Kemmerling hatte also Karriere gemacht, war Journalist beim *Express*, dem großen deutschen Wochenmagazin, das passte.

»Was für eine Überraschung! Was gibt es denn? Warum rufst du an? Bist du in Italien?«

»Ja, genau. Nicht weit weg von dir. Im Hotel in Orta San Giulio. Können wir uns treffen? Morgen Vormittag? Bei dir in Ronco?«

Woher wusste Kemmerling, wo er lebte?, fragte sich Simon. Egal. Der Typ war eben ein guter Rechercheur. Simon zögerte einen Moment mit der Antwort, dachte an Nico. Dann siegte seine Neugier. »Ja. Klar. Einfach so? Oder worum geht es?«

»Um den Mord an Franco Borletti.«

7

»Und, hast du die Eier schon versteckt?« Nicola kam auf die Terrasse, in Shorts und Hoodie, ihren Autoschlüssel noch in der Hand, eine verspiegelte Sonnenbrille auf der Nase und wieder eine Kappe auf dem feuerroten Haar. Buffon trabte wie immer hinter ihr her, suchte sich einen Schattenplatz in einer Ecke, drehte sich ein paar Mal um sich selbst und rollte sich zum Schlafen ein. Auch dem Hund war es schon wieder zu heiß.

»Wir sind in Italien, Nico, und hier werden keine Eier versteckt. Außerdem bist du aus dem Alter doch raus, oder?«

»Das musst du gerade sagen ...« Sie gab ihm einen Kuss auf die Stirn. »Gibt es denn wenigstens Eier zum Frühstück?«

»Nein, aber eine *Colomba di Pasqua* zum Cappuccino. Die steht in der Küche, und den Kaffee machst du dir bitte selbst, okay?«

Simon war an diesem Ostersonntag früh wach geworden, hatte schon längst gefrühstückt, saß unter seinem Sonnenschirm und studierte die Digitalausgabe der *Frankfurter Zeitung*, die auch sonntags erschien. Nico hatte ihn am Abend zuvor versetzt, hatte ihn nur kurz von Coiromonte aus angerufen und war dort bei Paolo geblieben, was er ihr zwar nicht übelnahm, aber ihr Frühstück konnte sie sich schon selbst machen, fand er.

Sie kam mit zwei duftenden Tassen und der *Colomba* zurück auf die Terrasse, wollte auch ihm ein Stück von dem italienischen Osterkuchen abschneiden. »Den isst du doch, oder?«

Nico kannte seine Abneigung gegen einen anderen Festtags-Klassiker, den weihnachtlichen Panettone, der auch aus Hefeteig und der Ostertaube sehr ähnlich war, aber mit Rosinen gespickt, deren Konsistenz und Geschmack Simon absolut zuwider waren.

»Danke Nico, jetzt nicht. In zwei Stunden gibt es Mittagessen.«

»Und was gibt es Schönes?«

»Lasagne vorneweg und dann *Brasato al Barolo*.«

»Hört sich gut an. Nur für uns zwei?«

»Das war so geplant, aber wir kriegen Besuch aus Deutschland.«

Nico sah ihn fragend an, ein hoffnungsvolles Lächeln im Gesicht: »Kommt Luisa also doch?«

»Nein, natürlich nicht. Ein Journalist, dem ich früher schon mal über den Weg gelaufen bin. Der hat gestern angerufen, ist hier am See und will vorbeikommen.«

»Einfach so, an Ostern?«

»Keine Ahnung«, schwindelte Simon. Er musste Nico in Zukunft unbedingt aus der Sache mit Borletti heraushalten. Um sie von weiteren Nachfragen abzubringen, wechselte er das Thema. »Habt ihr gestern noch ein bisschen gefeiert?«, fragte er. »Ist doch super, dass dein Freund heil aus der Sache herausgekommen ist.«

»Wenn du wissen willst, ob Paolo noch mein Freund ist, kannst du mich auch direkt danach fragen«, antwortete Nico und biss in ihren Osterkuchen.

»Okay, ich fange nochmal von vorne an. Seid ihr, also du und Paolo, eigentlich noch zusammen?«, fragte er jetzt mit einem Grinsen im Gesicht.

»Ein bisschen, ja.«

»Das geht?«

»Ja.«
»Und was ist mit dem Rest?«
»Der geht dich nichts an.«

Simon hätte sowieso keine Gelegenheit mehr zum Nachbohren gehabt, denn jetzt näherte sich von Süden kommend eine Motoryacht dem Dorf. Über die Linie gelber Bojen, die die Uferzone markierten, war sie schon hinaus und viel zu schnell. Wenn den die *Carabinieri* erwischten, würde das teuer werden, dachte Simon nicht ohne vorauseilende Schadenfreude. Aber so wie es aussah, würde der Typ wohl davonkommen, denn das Polizeiboot hatte sich an diesem Vormittag noch nicht blicken lassen.

Die weiße Yacht kam zügig näher und schließlich gab es keinen Zweifel: Sie fuhr direkt auf Simons Haus zu. War das Thomas Kemmerling? Ja, das musste er sein. Der hoch gewachsene, schlanke Mann stand aufrecht hinter dem Steuerrad und winkte ihnen zu, fuhr aber immer noch nicht langsamer. Eine verspiegelte Sonnenbrille, ähnlich wie die von Nico, die blonden Haare sehr kurz, ein akkurater Bart und trotz der Hitze eine Lederjacke über einem weißen langen Hemd, das im Fahrtwind flatterte.

Jetzt drosselte er endlich doch den Motor, wurde langsamer, aber das kam zu spät und mit Wucht knallte die Luxusyacht seitlich gegen Simons Holzsteg. Kemmerling sprang aus dem Boot, als wäre nichts geschehen, schien sein rasantes Anlegemanöver nicht der Rede wert zu finden. Auch Simon verlor kein Wort darüber, griff sich eine Leine und half dem Kollegen, die Yacht festzulegen.

Kemmerling setzte die Sonnenbrille nicht ab und blieb trotz der Hitze in seiner Lederjacke, als sie sich mit Handschlag begrüßten. »Dein Boot?«, fragte Simon.

»Nein, gechartert in der Werft in Pella. Schlappe achtzig PS.«
»Das war nicht zu übersehen.«
Kemmerling machte ein paar Schritte vom Steg auf die Terrasse. »Netter Platz, den du hier hast, Kollege«, sagte er, aber es klang so, als ob er sich zu diesem Kompliment ein wenig zwingen musste. Dann entdeckte er Nicola, nickte ihr kurz zu, keinen Zweifel daran lassend, dass er mit ihrer Anwesenheit nicht gerechnet hatte und sie als störend empfand. Buffon schreckte aus dem Schlaf hoch, stellte sich auf alle Viere und knurrte Kemmerling an.

»Meine Tochter Nicola, Thomas Kemmerling«, stellte Simon, dem das Missbehagen auf beiden Seiten nicht entgangen war, sie knapp einander vor und wandte sich dann wieder an den Kollegen. »Du kriegst jetzt erstmal einen Espresso und dann machen wir einen Spaziergang.«

Kemmerling wirkte erleichtert, schüttelte aber den Kopf. »Nein, bitte keinen Espresso, den hatte ich gerade schon in einer Bar in Orta, bevor ich gestartet bin. Aber spazieren gehen gerne. Laufen wir sofort los?«

»Komm, Buffon. Wir stören hier wohl«, sagte Nico und erhob sich schon. Sie warf Simon noch einen genervten Blick zu und verzog sich dann wortlos mit dem immer noch leise knurrenden Buffon in den ersten Stock.

»Sollen wir den Hund nicht mitnehmen?«, rief Simon ihr noch hinterher, bereute die Frage aber sofort, als er Kemmerlings alles andere als erfreute Miene sah. Aber von oben kam ohnehin keine Antwort.

Fünf Minuten später, Simon und sein Kollege waren schon auf halbem Weg nach draußen, ertönte ihr Saxofon, trotz geschlossener Tür nicht gerade leise und irgendwie rabiat, fand Simon.

Sie nahmen den Weg hoch nach Ronco superiore, linker Hand vorbei an einem kleinen Friedhof, und passierten bald die Stelle, an der Simon vor drei Tagen über die Wurzel gestürzt war. Kemmerling hatte ihn nicht auf die verbundene Hand angesprochen, was Simon nur lieb war, auch wenn daraus eine gewisse Ignoranz sprach. Der Kollege nahm den steilen Pfad mit großer Leichtigkeit, kam nicht außer Atem und nicht ins Schwitzen. Er war offenbar nicht nur gut in Form, sondern eben auch mindestens zwanzig Jahre jünger, sagte sich Simon mit einem Anflug von Neid.

Nach einer Viertelstunde hatten sie die Kapelle erreicht, die das Ziel von Simons Trainingsläufen gewesen war, und nun ging es auf halber Höhe über dem See durch einen lichten Mischwald, der Weg übersät mit stacheligen Hüllen von Esskastanien und trockenem Laub, das unter den Füßen knisterte. Am Wegesrand ein bunter Mix von Löwenzahn, Rotklee, Margeriten und lila blühendem Wiesensalbei. Noch ließ das frische Frühlingsgrün der Bäume Licht durch und gab hier und da den Blick auf den metallisch blau schimmernden See frei.

Simon und Kemmerling waren allein, die paar Steinhäuser, die verstreut hier oben lagen, waren um diese Zeit fast alle nicht bewohnt, und es herrschte Stille, nur unterbrochen von hellem Vogelgezwitscher und dann und wann einem Rascheln. Das konnten Eidechsen sein, aber auch Schlangen, die durch die trockenen Blätterhaufen unter den Bäumen huschten, sich so schnell davon machten, dass man nichts von ihnen sah.

Vom Hang über ihnen ertönte durch die Büsche hindurch das Meckern einer Ziege. Sie gehörte einer alten Frau, die über neunzig sein musste und allein mit ihren Tieren, einem Hund, vielen Katzen, Hühnern und eben jener Ziege hier oben in einem alten Haus auf einem weitläufigen Grundstück lebte. Mit ihrem zerfurchten Gesicht, den dünnen, zu einem Dutt im Nacken straff zurückgekämmten grauen Haaren und ihren langen dunklen Röcken erinnerte sie Simon an die kaschubische Großmutter von Oskar Matzerath, den kleinwüchsigen Trommler aus der *Blechtrommel*.

Anfangs hatte die alte Frau Simon einen Schrecken eingejagt, wie sie plötzlich, auf einen Stock gestützt, vor ihm in einer Wiese stand, ihn starr anblickte und zugleich durch ihn hindurchsah. Inzwischen hatte er sich an ihren Anblick gewöhnt, vermisste sie sogar, wenn er sie nicht zu sehen bekam, fragte sich, ob ihr etwas passiert sein mochte.

Einmal, bei einem Spaziergang mit Nico, hatte sich Buffon auf eines ihrer Hühner gestürzt. Es war aus dem Grundstück ausgebüxt, hatte sich auf den Weg verirrt, suchte in Panik Schutz vor dem Hund und blieb im Dickicht stecken. Noch bevor Simon eingreifen konnte, war die alte Frau schon da, schnappte sich erstaunlich behände ihr Huhn, nahm es in den Arm und verschwand wortlos und ohne einen Blick zu Simon nach oben zu ihrem Haus, das Tier vor der Brust wie einen Schatz hütend.

Jetzt brach Kemmerling das Schweigen, in dem sie bisher den gesamten Weg zurückgelegt hatten. »Kanntest du diesen Borletti?«

»Nein«, antwortete Simon kurz angebunden und wartete auf weitere Erläuterungen.

»Wie lange bist du denn eigentlich schon hier am See?«

»Mittlerweile sind es gut acht Jahre.«

»So lange bist du schon weg von den *Frankfurter Nachrichten*? Du hast da doch einen super Job gemacht. Mich hast du jedenfalls sehr beeindruckt.« Das klang aufrichtig, aber Simon ließ es unkommentiert. »Und das wird dir nicht zu öde in dem Dorf?«, fuhr Kemmerling fort.

»Nein, ganz und gar nicht.«
Beide schwiegen.
»Also leg mal los, was willst du von mir?«, fragte Simon schließlich etwas gereizt. »Und was hast du mit Franco Borletti zu tun?«
»Ich stecke mitten in einer Recherche über Kokainhandel, das heißt, hier in Italien noch ganz am Anfang«, sagte Kemmerling und wechselte dabei in einen bedeutungsschweren Tonfall. »Es geht darum, wie der globale Handel läuft, also welche Wege das Zeug aus Südamerika nimmt und dann zu uns nach Deutschland. Soweit es um Italien geht, ist das natürlich ein Mafia-Stück, denn das Kokain gehört ja zu deren Haupteinnahmequellen.«
»Und wie kommt der tote Borletti da ins Spiel?«
»Er hatte vor ein paar Monaten Probleme mit seiner Firma, ist in Liquiditätsengpässe geraten. Der Laden lief ohnehin schon schlecht und er konnte seine Lieferanten nicht bezahlen, hätte aber im Rahmen eines Programms der Europäischen Union Reis für Bedürftige liefern müssen, der an Wohltätigkeitsorganisationen gehen sollte und wofür er schon eine stattliche Summe EU-Gelder erhalten hatte. Da wären dann bei Lieferausfall auch Sanktionszahlungen fällig geworden. Weil er sich aus dieser Situation irgendwie heraushelfen wollte, hat er mit Leuten von der Mafia einen Deal gemacht, um über deren Gewährsmänner doch an Kredite zu kommen, die ihm sonst keiner mehr gegeben hätte.«
»Der Pakt mit dem Teufel also ... Und wie kommst du da ins Spiel?«
»Er war unter Druck, hatte Angst, wollte raus aus der Sache, alles hinter sich lassen, ein neues Leben anfangen. Und hat sich an mich gewandt. Eigentlich war ich heute mit ihm verabredet.«

»Wieso wendet sich einer wie er ausgerechnet an dich? An jemanden in Hamburg?«

»Er hat einen Bruder, der in Hamburg ein italienisches Restaurant betreibt, schon seit Jahren und ziemlich erfolgreich. Also wirklich top. Kann ich dir empfehlen. Wenn du mal aus deinem Dorf rauskommst und in Hamburg bist ... Ich bin da ein gern gesehener Gast.« Kemmerling strich sich selbstzufrieden über seinen Bart. Simon sah, dass er am kleinen Finger seiner linken Hand einen Siegelring mit einem Familienwappen trug. Der sah wertvoll aus, nach Tradition. Kemmerling bemerkte seinen neugierigen Blick, fuhr aber davon ungerührt fort. »In dem Laden von seinem Bruder hat Borletti übrigens auch seine deutsche Freundin kennengelernt. Mit der wollte er von hier verschwinden, sich in Hamburg mit ihr zusammen eine neue Existenz aufbauen, mit Hilfe seines Bruders und auch mit unserer.«

»Mit eurer?«

»Er wollte ja auspacken, und da wäscht eben eine Hand die andere. Wir hätten ihn unterstützt.«

»Ihr habt ihm Geld geboten?«

»Nein, natürlich nicht, aber wir hätten ihm ein wenig unter die Arme gegriffen, ihm ein paar Kontakte zum Einstand vermittelt. Und seine Freundin brauchte ja wieder einen Job in Hamburg ...«

Simon blickte den Kollegen fragend an.

»Die ist Juristin, aber durchs Zweite Staatsexamen gefallen, und wir haben ihr einen Job bei uns in der Rechtsabteilung angeboten.«

»Du meinst also, es war die Mafia, die Borletti umgebracht hat?«

»Daran habe ich keinen Zweifel. Er war zwar keine große Nummer in dem Geschäft, aber er wusste etwas, und die mussten verhindern, dass er auspackt.«

»Und was willst du jetzt von mir? Wofür brauchst du mich?«

»Brauchen ist zu viel gesagt. Ich brauche eigentlich niemanden, ich bin immer gut allein zurechtgekommen.«

Simon wäre am liebsten umgekehrt. Kemmerling war ihm zu großspurig und nahm sich zu wichtig. Grund genug, skeptisch zu sein. Er misstraute dem Kollegen und dem, was der ihm berichtete. Außerdem: In was zog er ihn da hinein und warum?

Es war nicht mehr weit bis zu ihrem Ziel, einer schönen, alten Bar im Dörfchen Nonio. Der Weg machte noch einmal eine Kurve, dahinter versperrte ihnen ein umgefallener Baum den Weg. Kemmerling nahm das Hindernis mit einem eleganten Satz, während Simon beim gleichen Manöver fast gestrauchelt wäre. Es ging gerade noch einmal gut.

Ein Stück weiter – das Dorf kam mit roten Dächern und einem Kirchturm hinter den Bäumen schon in Sicht – waren der schmale Pfad und das Erdreich rechts und links daneben durchwühlt worden, als wäre hier gerade jemand mit einem Pflug zugange gewesen.

»Was ist denn hier passiert?«, fragte Kemmerling.

»Wildschweine«, sagte Simon, ohne zu zögern.

»Wildschweine? Die gibt es hier?«

»Ja, reichlich. Die hausen hier im Wald. Und wenn sie Frischlinge haben, können sie ziemlich unangenehm werden.«

»Und wann haben sie die?«

»Jetzt.«

Kemmerling sah beunruhigt um sich. Simon hatte gedacht, ein investigativer Journalist, der Mafia-Fährten verfolgte, müsse ein unerschrockener Typ sein, an ganz andere Gefahren gewöhnt. Der Kollege schien also doch Angst zu kennen. Zumindest vor Wildschweinen. Mit gnadenlosem Vergnügen legte Simon nach. »Das sind zähe Biester«, sagte er. »Die verteidigen ihre Kleinen bis aufs Blut. Und wenn sie auf Futtersuche sind, schwimmen sie übrigens auch schon mal quer über den See, vorzugsweise nachts. Also sieh dich vor, wenn du mit deinem Luxuskreuzer auf dem Wasser unterwegs bist.«

Eine halbe Stunde später saßen sie an den runden, alten Holztischen in der Bar von Nonio, einem Lieblingsplatz von Simon am See, tranken aus einer riesigen Karaffe eiskaltes Wasser und aßen dazu ein paar von den kleinen Süßigkeiten aus der Vitrine, winzige Windbeutel, Erdbeertörtchen, Mandelplätzchen und mit Schokolade gefüllte Brioches, die jede *Pasticceria* im Angebot hatte, die hier aber besonders köstlich waren.

»Hat Borletti denn den Kredit bekommen?«, fragte Simon und strich sich einen Rest Sahne aus dem Mundwinkel.

»Ja, hat er. Er hat über einen Parteifreund Kontakt zu einem Mann namens Caruso aufgenommen. Das ist ein Deckname, und der Typ, der sich dahinter verbirgt, ist eine graue Eminenz, schon seit einiger Zeit im Fadenkreuz von Mafia-Ermittlungen, aber noch nicht identifiziert, offenbar mit guten Beziehungen zur *Cassa Credito Piemontese*. Die haben ihm schließlich den Kredit gegeben. Aber die Mafia macht so etwas natürlich nicht umsonst. Das wollte er mir dann alles genauer bei unserer Verabredung erzählen.«

»Und was war die Gegenleistung? Was vermutest du?«

»Da gibt es so einige Möglichkeiten, angefangen mit kleineren Gefälligkeiten, zum Beispiel den Reis mit den Fuhrunternehmen aus dem Mafia-Umfeld zu transportieren, die aber deutlich teurer sind. Oder günstig Ware an sozusagen vereinseigene Restaurants liefern. Aber bei Borletti ging es um mehr. Es sieht so aus, als hätten sie ihn gezwungen, unter dem Deckmantel von Reislieferungen Kokain zu transportieren. So etwas hat er angedeutet. Deshalb war er für uns interessant.

Aber genau weiß ich es nicht, und du musst das erst recht nicht alles wissen, im Gegenteil, besser nicht ...«

Sorgte sich Kemmerling wirklich um ihn oder fürchtete er nur die Konkurrenz, fragte sich Simon. Unter investigativen Journalisten gab es etliche, die ängstlich über ihre Erkenntnisse wachten, immer in Sorge, dass jemand ihnen zuvorkommen und ihnen Rang und Ruhm streitig machen könnte, und Thomas Kemmerling gehörte ganz sicher zu dieser Sorte. »Und du behältst das für dich ...«, fügte Kemmerling jetzt fast wie erwartet noch hinzu.

»Und was willst du dann von mir?«, fragte Simon.

»Ich dachte, wir könnten uns vielleicht ein bisschen zusammentun. Du kennst dich hier am See aus und sprichst Italienisch ... konkret geht es um einen Termin morgen. Ich kann zwar ziemlich gut Spanisch, aber keinen Brocken Italienisch und mit Englisch geht nicht alles. Und wir waren doch auch früher schon ein ganz gutes Team, oder ...?« Er griff sich einen Windbeutel, verschlang ihn.

Simon schwieg. Er dachte nach. Der Vorschlag war überraschend. Auch verlockend. Aber es kam nicht in Frage. Erst einmal roch das, was Kemmerling tat, nach zu viel Gefahr. Aber vor allem hatte er überhaupt keine Lust, mit diesem Journalisten ein Team zu bilden. Was immer der unter Team verstand.

»Nein«, sagte er schließlich, ohne sich zu bemühen, die Absage freundlich klingen zu lassen. »Die Mafia ist nicht mein Ding. Davon lasse ich lieber die Finger.«

»Wie du meinst. Ich komme auch allein klar.« Kemmerling schien nicht besonders enttäuscht zu sein. Aber er hätte das ganz sicher auch nicht gezeigt. »Natürlich ist mit der Mafia nicht zu spaßen«, fuhr er fort, »aber ich gehe doch davon aus, dass ich meine Recherche überlebe, auch ohne deine Hilfe.«

Kemmerling grinste, strich sich zufrieden über seinen Bart und sah, anders als beim Thema Wildschweine, wirklich nicht besonders ängstlich aus. »Wenn du es dir anders überlegst, dann melde dich«, sagte er noch.

»Tue ich, ja. Und du schickst mir aber bitte auch mal ein Lebenszeichen, okay? Und nicht erst übermorgen ...«

Kemmerling grinste, nickte aber.

»In welchem Hotel bist du eigentlich untergekommen?«, fragte Simon.

»*Palazzo Motta.*«

Natürlich, dachte Simon, das war das erste Hotel am Platz und dürfte reichlich Spesen kosten. Ob der Kollege auch das Motorboot auf Kosten der Redaktion gechartert hatte? Sollte er doch, was ging ihn das an.

Simon wollte zum letzten Windbeutel greifen, als sein Handy klingelte. Nico. Das war ungewöhnlich. Sie hatten sich ja gerade noch gesehen. Stimmte etwas nicht? Oder sah er nach Kemmerlings Mafiageschichten schon Gespenster?

»Hi, Simon«, meldete sie sich und hörte sich eigentlich wie immer an. »Hier ist gerade etwas Komisches passiert. Vielleicht solltet ihr zurückkommen.«

»Was denn genau?«

»Vor fünf Minuten ist ein Typ auf Jetskis am Haus entlanggerast und hat dann im Vorbeifahren etwas auf die Yacht von diesem Schnösel geworfen.«

»Und was?«

»Keine Ahnung. Sieht aber blutig aus.«

»Wir kommen. Fass es nicht an.«

Den Rückweg nahmen sie im Dauerlauf, gottlob ging es bergab, sonst hätte Kemmerling ihn spätestens jetzt abgehängt, war Simon sich sicher. Bloß nicht noch einmal hinfallen, dachte er. Womöglich auf die andere Hand. Aber er kam unbeschadet unten am See an. Nico erwartete sie auf der Terrasse, las seelenruhig ein Buch und hatte das Corpus Delicti auf dem Boot nicht angerührt. Buffon knurrte wieder, als Kemmerling auf der Bildfläche erschien, aber der ignorierte den Hund, eilte sofort auf den Steg und sprang mit einem Satz auf die Yacht, die heftig ins Torkeln geriet. Was er allerdings mit einer geschickten schnellen Bewegung ausglich, wie Simon zugeben musste.

Der Journalist griff nach dem Paket, das jetzt vollkommen blutdurchtränkt war, und wickelte es aus, ohne sich daran zu stören, dass das Blut auf sein weißes Hemd tropfte. Ein toter Fisch. Das war eindeutig. Eine Mafia-Warnung. So viel wusste auch Simon. Ganz abwegig konnten die Informationen des Kollegen nicht sein. Aber Simon blieb misstrauisch.

Kemmerling warf den toten Fisch ins Wasser, kehrte zu ihnen auf die Terrasse zurück.

»Ich sterbe vor Hunger«, sagte er. »Wenn es heute Mittag keinen Fisch bei euch gibt, würde ich mich gerne noch zum Essen einladen.«

Das war wenigstens mal ein Anflug von Humor, dachte Simon.

Weil Nico ihren Besuch schon länger angekündigt hatte, war Simons Kühlschrank prall gefüllt. Er war noch vor dem Marathon am Donnerstag frühmorgens mit seinem Boot nach Omegna gefahren, hatte den halben Markt leergekauft, neben Gemüse, Obst und Fleisch natürlich auch Pasta, mit Ziegenkäse gefüllte Tortellini, außerdem Salami aus Cuneo und vor allem Käse, zartesten Büffelmozzarella, einen großen Laib Murazzano vom Langhe-Schaf und Castelmagno, den in Felsgrotten gereiften piemontesischen Klassiker aus Kuh- mit etwas Schaf- und Ziegenmilch. Dazu hatte er eine *Mostarda* erstanden, die süßscharfe Fruchtmischung, die so köstlich zum Käse schmeckte. Jetzt profitierte eben auch Thomas Kemmerling von diesem Überfluss. Sei's drum.

Nach seiner Schinken-Artischocken-Lasagne und *Brasato al Barolo*, was ihm beides vorzüglich geraten war, servierte Simon die Käseplatte, dann als Dessert noch Eis aus der *Gelateria* in Pella, Zimt und dunkle Schokolade, eine wunderbare Mischung. Zu dem Ostermenü leerten sie eine Flasche weißen Arneis und eine Flasche Barolo, wovon das meiste in Kemmerlings Kehle floss. Trotzdem wirkte er nicht betrunken und nach wie vor nicht besonders besorgt. »Das war köstlich, fast wie bei Borlettis Bruder in Hamburg«, sagte er. »Machst du mir noch einen Cappuccino und dann steche ich in See?«

Dieser Wunsch war ein Verstoß gegen die guten italienischen Sitten, was Simon eigentlich egal war – er trank selbst gerne Wein zur Pizza, was ein nicht minder schwerer Verstoß war – doch die Vorstellung, dem üppigen Essen noch dickflüssige Milch hinterherzuschütten, drehte ihm fast den Magen um.

Kemmerling leerte das ihm dennoch anstandslos servierte Getränk mit großen Schlucken, leckte sich die Lippen, aber ein Kranz von weißem Schaum blieb in seinem Bart hängen. Er sah Nicola an und wandte sich jetzt zum ersten Mal direkt an sie. »Hat der Typ auf dem Jetski dich eigentlich gesehen?«

»Ja, ich denke schon. Ich war auf der Terrasse und Buffon hat auch reagiert, stand mit den Pfoten auf der Brüstung und hat dem Typ hinterhergebellt.«

Kemmerling sah zu Simon. »Dann pass von jetzt an gut auf deine Tochter auf, Kollege.«

8

Roberta Pavone, Chefin vom Dienst bei *Il Giorno* in Turin, erwartete sie schon in der *Osteria del Boccondivino* in Bra, im Herzen des Piemont, nicht weit entfernt von der Trüffelstadt Alba. Zwei Stunden waren Simon und Gianluca, sein Journalistenkollege und Freund, vom See dorthin unterwegs gewesen. Es sollte ein Osteressen unter Kollegen werden, und Roberta wollte ihnen einen Freund vorstellen, einen Reis-Unternehmer, den sie vor Kurzem erst kennengelernt hatte. Welcher Art ihre Beziehung war, hatte sie mit schelmischer Miene offengelassen, erzählte Gianluca auf der Fahrt. Sie hatten seinen Golf genommen, weil der, anders als Simons alter Peugeot, eine Klimaanlage hatte, aber Gianluca war kein besonders guter Fahrer, und Simon bremste bei seinen zuweilen riskanten Überholmanövern immer mit. Er war heilfroh, als sie endlich in Bra ankamen.

Im gepflasterten Innenhof der Osteria saßen ein paar Gäste an blau gedeckten, langen Tischen unter weißen Sonnenschirmen, bunte Aperitivi in bauchigen Gläsern vor sich. Blasslila Glyzinien fielen in üppigen Trauben von den Balkonen und verbreiteten ländliche Stimmung. Über eine Treppe gelangte man aus dem Hof nach oben in den ersten Stock, wo sich Küche, Bar und drei Speiseräume befanden. Im größten und schönsten saß Roberta. Die Einrichtung war schlicht, ein Steinboden, alte Holzstühle an den nicht überladen gedeckten Tischen, und als Blickfang längs an der Wand eine riesige, mit Holz eingefasste

Vitrine, in der wohltemperiert die weißen und roten Weine aus der Langue und dem Roero standen, vom Hauswein bis zu sehr edlen Tropfen.

Roberta war in die Karte vertieft und bemerkte Simon und Gianluca nicht sofort, als sie den Speiseraum betraten. Simon sah die Journalistin zum ersten Mal ohne ihre ewige Pudelmütze und den ausgebeulten Parka. Er hatte sie im vorletzten Winter bei einem Besuch in Turin kennengelernt, seither nur selten gesehen und freute sich auf die Begegnung mit der resoluten und warmherzigen Kollegin, die ihn ein wenig an einen Kobold erinnerte. Sie war klein und rundlich, hatte die Pudelmütze gegen eine sommerliche Schirmkappe auf ihrem fransigen braunen Haar getauscht und den Parka gegen ein helles, etwas ausgeleiertes Leinenjackett. Ein Strahlen ging über ihr Gesicht voller Sommersprossen, als sie von der Speisekarte aufsah und sie entdeckte.

»*Salve*, Simone.« Sie war von ihrem Stuhl aufgesprungen, kam ein paar Schritte auf ihn zu, immer noch strahlend, und boxte ihm auf ihre burschikose Art in die Seite. »Schön, dass wir uns wiedersehen, *collega*. Das wurde auch Zeit. Aber was hast du denn angestellt?« Robertas hellwacher Blick war sofort auf Simons verbundene Hand gefallen.

»Kleiner Sportunfall. Nicht weiter der Rede wert.«

»Vielleicht mal langsam auf Seniorensport umsatteln …«, sagte Roberta feixend, umarmte nun auch Gianluca – wie immer etwas linkisch –, dann packte sie Simon an der rechten Hand und zog ihn zu ihrem Tisch. Das Restaurant im Zentrum der Altstadt von Bra war gut besucht, auch wenn viele Italiener es eigentlich vorzogen, am Ostermontag zu Hause in ihren Gärten zu grillen oder im Grünen zu picknicken. Insbesondere die Jüngeren zog es an *Pasquetta* in großen Cliquen nach draußen, am Lago d'Orta gerne ans Seeufer, wo sie manchmal schon in der Nacht davor in kleinen Zelten schliefen und sich dann den ganzen Tag mit Chillen, Essen und Trinken vertrieben.

Auch Nico hatte sich mit Paolo und Freunden aus Coiromonte zum Picknick am See verabredet, ihr Saxofon eingepackt und sogar einen Osterkuchen gebacken, eine *Torta Pasqualina* mit Eiern und Spinat, eine einigermaßen gelungene, aber von ein paar Malheurs wie angebranntem Spinat und einem zu kräftigen Schuss Pfeffer begleitete Premiere. Beim Gedanken an seine Ziehtochter kam Simon wieder Kemmerlings Warnung in den Sinn. Musste er sich tatsächlich Sorgen um Nico machen? Oder hatte der Wichtigtuer übertrieben? Das vermutete Simon, und richtig besorgt war er daher nicht, sonst hätte er sie nicht allein gelassen.

Es dauerte dann nicht lange, bis Robertas Freund zu ihnen stieß, Alessandro Vanetti, Besitzer eines Reisgutes ebenfalls in der Nähe von Vercelli, gar nicht weit weg von Borlettis Unternehmen. Nicht von ungefähr trafen sie sich in der *Osteria del Boccondivino*. Vanetti war bei *Slow Food* engagiert, und in diesem Restaurant war die Bewegung in den achtziger Jahren von ein paar Feinschmeckern als Antwort auf die Verbreitung von *Fast Food* aus der Taufe gehoben worden und hatte im selben Gebäude auch ein Büro. Große rote Schnecken, das *Slow Food*-Logo, hingen überall, draußen an der Wand vor dem Restaurant und im Innenhof. Das ganze Ambiente sah vielversprechend aus, dachte Simon, der zum ersten Mal hier war, und es verhieß ein perfektes Ostermenü.

Wie alt mochte dieser Vanetti sein, fragte er sich. Mitte vierzig, vielleicht aber auch etwas darüber. Einer von den Männern, die jünger wirkten, als sie waren, und zu denen sich im Übrigen auch Simon selbst zählte. Gut sitzender Anzug, offenes blassblaues Hemd, elegante Schuhe, Bürstenschnitt, ein kantiges, leicht gebräuntes Gesicht mit grauen Augen, eine schmale Nase, kräftige Statur, aber nicht dick. Wie ein Bauer sah er nicht aus, nur ein kleiner Embonpoint verriet, dass er gerne gut aß. Zur Begrüßung nickte er knapp in die Runde, strich Roberta sanft über die Schulter und setzte sich auf den freien Platz neben sie. »Habt ihr schon bestellt?«

»Nein, wir haben natürlich auf dich gewartet«, sagte Roberta. »Obwohl Gianluca es wie immer kaum erwarten kann.« Roberta und Gianluca waren schon seit Jahren Kollegen bei *Il Giorno* und der Journalistin waren Gianlucas gelegentlich maßlose Essgewohnheiten, die inzwischen unübersehbare Spuren an seiner Figur hinterlassen hatten, wohlvertraut.

»Und du bist also auch Journalist?«, wandte sich Alessandro Vanetti an Simon. Und gab damit die Antwort auf die Frage, die Simon sich gestellt hatte, ob er den Gutsbesitzer siezen oder duzen sollte.

»Das ist Simone«, kam Roberta mit ihrer tiefen, etwas rauen Stimme seiner Antwort zuvor, »der ist eigentlich auch Journalist, ja, und ein netter Kerl, wenn er nicht gerade Polizist spielt. Am Lago d'Orta hat er sich als Spürhund einen Namen gemacht. Also sieh dich vor, Alessandro.«

»Am Lago d'Orta?«

»Ja, da bin ich seit acht Jahren zu Hause.«

»Das ist doch der See mit der Insel? Beneidenswert.« Alessandro prostete ihm zu. »Und weniger Mücken als bei uns in der Po-Ebene, vermute ich?«

Wieder kam Simon nicht dazu, zu antworten. Der Wirt, glatzköpfig und ähnlich beleibt wie Gianluca, trat zu ihnen an den Tisch, begrüßte Vanetti wie einen alten Bekannten und schien nicht vorzuhaben, ihnen eine Speisekarte anzubieten. Keine Frage, dass er derjenige war, der über ihren Speiseplan und auch über die dazu servierten Weine entscheiden würde.

Oder aber Vanetti hatte schon im Vorfeld mit ihm über das Menu gesprochen.

Nach den Antipasti, glacierten Birnen mit Walnüssen und Gorgonzola, tischte der Wirt ihnen einen glänzenden, tiefschwarzen Risotto in einer Safran-Creme auf, was nicht nur ein optisches Spektakel war, sondern auch exzellent schmeckte, wie Simon nach anfänglicher Skepsis feststellte.

»Stammt der Reis von dir?«, wandte Roberta sich an Vanetti, und drehte dazu den Finger in ihrem Mundwinkel, eine Geste des Wohlgeschmacks, die so automatisiert war, dass sie ihr wahrscheinlich gar nicht mehr bewusst war.

Vanetti nickte und schenkte ihr mit Schwung Wein nach.

»Biologisch?«, fragte Gianluca und lud einen großen Bissen Risotto auf seine Gabel.

»Das steht zumindest drauf«, sagte Vanetti leise lächelnd.

»Wie meinst du das?«

»Na ja, im Wasser der Felder finden sich immer Rückstände von Pestiziden, das ist gar nicht zu verhindern. Solange wir selbst nur erlaubte Dünge- und Pflanzenschutzmittel verwenden und sich im Reis nichts davon findet – und wenn es da Rückstände gibt, sitzen die meist in der Schale und die wird ja entfernt –, bekommen wir trotzdem das Bio-Zertifikat.«

»Du kennst doch bestimmt Franco Borletti? Den Reis-Unternehmer, den man bei dem Marathon vergiftet hat?« Simon hatte einen Moment gezögert, diese Frage zu stellen, aber dann siegte seine Neugier. Die Gelegenheit, einem Kenner der Materie gegenüberzusitzen, der noch dazu kein Blatt vor den Mund zu nehmen schien, war einfach zu günstig. Sie waren inzwischen beim *secondo*, dem Hauptgang, angelangt, einem piemontesischen Kaninchen, dem *Coniglio Grigio di Carmagnola* in Arneis.

»Der Mord an Borletti interessiert dich? Roberta hat also

recht«, erwiderte Alessandro, »du bist wirklich ein Spürhund. Aber klar, so ein Giftmord passiert ja auch nicht alle Tage, schon gar nicht bei euch am See.« Er kostete von seinem Kaninchen, nahm einen kräftigen Schluck Wein. »Um deine Frage zu beantworten: Natürlich kenne ich, also kannte ich Borletti. Er war immerhin einer der Größeren in unserem Geschäft. Außerdem sind wir fast Nachbarn. Sein Unternehmen ist gar nicht so weit weg von meinem Reisgut, eigentlich gleich um die Ecke.«

»Hast du ihn denn auch beliefert?«

»Nein, ich vermarkte meinen Reis vor allem direkt. Und kann mir das leisten, weil wir beste Qualität produzieren. Dafür scheuen viele Feinschmecker auch nicht den Weg zu uns auf den Hof. Wir liefern übrigens auch an kleine Bio-Vermarkter in Deutschland. Da kommst du doch her, oder?«

Roberta schmunzelte, Gianluca grinste. Beide wussten, dass Simon nicht gerade erbaut war, wenn man ihn an seinem Italienisch als halben Deutschen erkannte. Es kratzte an seinem Ehrgeiz. Immer noch hoffte er, die Sprache seiner Mutter irgendwann doch akzentfrei zu beherrschen.

»Ich hätte da eine Idee«, fuhr Vanetti fort. »Wir beide könnten vielleicht zusammenkommen. Du bist perfekt zweisprachig«, er lächelte leicht amüsiert, als wäre ihm Simons Irritation zuvor nicht entgangen, »außerdem ein gefragter Journalist mit guten Kontakten in Deutschland. Und du hast offenbar auch ein bisschen Ahnung von gutem Essen.« Er hob sein Weinglas, prostete Simon andeutungsweise zu. »Ich habe vor, meine Kontakte nach Deutschland zu intensivieren, meinen Reis und auch *Slow Food* dort ein bisschen bekannter zu machen, wäre das nicht etwas für dich? Natürlich gut bezahlt. Und deinen beneidenswerten Platz am See musst du dafür auch nicht verlassen, du wärest sozusagen Freelancer.«

Simon war einen Moment sprachlos. Das war ein völlig unerwartetes Angebot. Das ihn spontan reizte. »Du bietest mir einen Job an, obwohl wir uns kaum kennen?«, sagte er schließlich.

»Du hast ausgesprochen gute Referenzen«, antwortete Alessandro, und blickte schmunzelnd zu Roberta. Die grinste über ihr ganzes sommersprossiges Gesicht und nickte Simon aufmunternd zu. Hatte Roberta das eingefädelt? Es war ihr zuzutrauen, dachte Simon.

»Hört sich interessant an«, sagte er. »Anschauen kann ich es mir ja mal.«

»Lass dir ruhig Zeit. Ich kann warten.«

»*Va bene*, ich lasse es mir durch den Kopf gehen. Aber ich würde doch gerne nochmal auf Borletti zurückkommen. Glaubst du denn, dass an den Vorwürfen gegen ihn etwas dran ist?«

»Du meinst den verunreinigten Reis? Den Einsatz von illegalen Unkrautvernichtern?«

»Ja.«

»Ehrlich gesagt, ich habe keine Ahnung. Es würde mich aber wundern. So etwas riskiert man in der Liga eigentlich nicht. Das Reisgeschäft ist allerdings nicht einfach. Wir sind hier in Italien zwar der größte Reisproduzent Europas. Aber wir müssen der wachsenden Konkurrenz, dem wirtschaftlichen Druck der asiatischen Erzeuger standhalten, Thailand, Kambodscha, China und Pakistan vor allem. Die drängen mit ihren Billigimporten auf den Markt und drücken die Preise.«

»Und da ist jedes Mittel recht …«

»Nein, natürlich nicht. Aber Borletti hat ein paar strategische Fehler gemacht, stand mit dem Rücken zur Wand, wer weiß, zu was man da bereit ist. Das Problem im Reisanbau«, fuhr er fort, »gerade im größeren Stil, sind die schnell wachsenden Gräser, die dem Reis Licht und Nahrung wegnehmen. Da greift dann vielleicht mancher schon mal zur chemischen

Keule. Aber wie gesagt, ich glaube nicht, dass Borletti ...« Alessandro brach den Satz ab.

»Und was machst du? Rupfen wie die *mondine* früher?«, fragte Roberta grinsend.

»Natürlich nicht«, Alessandro grinste zurück. »Aber ich hatte heute eigentlich nicht vor, euch Tischvorträge über Reisanbau zu halten. Wir wollten doch zusammen ein Ostermenü genießen, oder?« Er zog den Teller mit dem *Bunet* zu sich heran, der nun auf den Tisch gekommen war, ein piemontesischer Schokoladenkuchen aus Eiern, Kakao, Zucker, Rum und Amaretti, nahm einen Löffel davon, schmeckte ihm genießerisch nach. Roberta hatte ein *Semifreddo* mit Pistazien und Espressosplittern vor sich, rührte es aber noch nicht an, sah Alessandro auffordernd an.

»Also gut. Weil du es bist, Roberta, und bevor dein Dessert wegschmilzt«, gab er schließlich nach, »wir machen das wie alles andere maschinell. Wir bringen das Unkraut noch vor dem Säen zum Keimen und dann gehen wir nach etwa zwei Wochen mit der Egge ran und arbeiten es in den Boden ein. Dann erst wird das Feld geflutet. Viele von uns machen das inzwischen so, dass sie den Reis erst später im Jahr unter Wasser setzen, das nennt man die halbtrockene Methode. Die Reispflanzen sind heutzutage so robust, dass das geht, und es spart eine Menge Aufwand. Zum Beispiel braucht man keine Traktoren mehr mit Zahnrädern, die verschleißanfälliger sind und nicht auf der Straße fahren können. Das verändert allerdings die Landschaft, denn es gibt dann immer weniger weite Wasserflächen überall. Und das ist natürlich schade ... *Ma ora basta.* Ende des Vortrags. Jetzt ist aber dein *Semifreddo* dran, *cara.*« Wieder lächelte er Roberta zu und sie lächelte zurück, und darin lag etwas, was Simon erneut zu der Frage verleitete, ob die beiden mehr waren als Freunde.

Der Rückweg zum See kam Simon noch länger vor als der Hinweg. Sie hatten zu viert noch einen Spaziergang durch die Altstadt von Bra gemacht, waren in die wunderschöne Bar und Konditorei *Converso* in der Via Vittorio Emanuele auf einen weiteren Espresso eingekehrt, um nach dem Wein und dem Glas Grappa, das sie zum Abschluss des Menüs getrunken hatten, wieder wach und ganz nüchtern zu werden. Auf dem Weg zur Autobahn Richtung See war Simon unversehens Thomas Kemmerling wieder in den Sinn gekommen, er hatte ihn vor sich gesehen in seiner Lederjacke, hatte den toten Fisch wieder vor Augen gehabt. Was trieb der Kollege jetzt? War er bei diesem Treffen, zu dem Simon hätte mitgehen sollen? Irgendetwas veranlasste Simon, zu seinem Handy zu greifen und ihn anzurufen. Kemmerling meldete sich sofort. »Hast du es dir anders überlegt?«, fragte er, und als Simon das verneinte, hatte er ihn schnell abgewimmelt.

Inzwischen war es Nachmittag und Simon trotz der beiden Espressi hundemüde. Zu gerne hätte er auf seinem Beifahrersitz ein Nickerchen gemacht. Aber wegen Gianlucas zweifelhafter Fahrkunst und auch aus Loyalität zu ihm verbat er sich das, obwohl er kaum die Augen offen halten konnte.

Wenigstens schien Gianluca wacher zu sein als er. »War ja ziemlich gut, das Essen, oder?«, stellte er fest, als sie auf die Autobahn auffuhren. »Und sogar ein Jobangebot ist dabei für dich herausgesprungen. Interessiert dich das wirklich? Oder hast du nur aus Höflichkeit so getan, als ob?«

»Das klingt doch ganz spannend, finde ich.«

»Du kannst dir also vorstellen, die Seiten zu wechseln?«

»Wieso die Seiten wechseln?«

»Na ja, letztlich geht es doch um Public Relations. Mit echtem, unabhängigem Journalismus hat das, finde ich jedenfalls, nicht viel zu tun.«

»Mag sein, aber den habe ich lange genug gemacht. Und *Slow Food* ist ja nichts Unanständiges.«

»Verhungern wirst du damit jedenfalls nicht, in jeder Hinsicht«, sagte Gianluca. »Eigentlich wäre das eher etwas für mich.«

»Ich habe keine Ahnung, ob ich das machen will, ehrlich. Ich kenne diesen Alessandro schließlich gar nicht. Weißt du denn mehr über ihn?«

»Nein. Roberta kennt ihn ja auch noch nicht lange. Aber sie scheint auf ihn zu stehen.«

»Und sind die denn nun ein Paar oder nicht?«

»Keine Ahnung. Ich würde es ihr ja gönnen. Sie ist vielleicht nicht gerade eine klassische Schönheit, aber eine tolle Frau. Und mit Männern hatte sie bisher kein Glück. Apropos: Was macht eigentlich Luisa? Wieso ist die über Ostern nicht hier? Hast du sie jetzt endgültig vergrault?«

»Sie muss arbeiten«, sagte Simon. Er hatte sich schon gewundert, dass Gianluca nicht längst nach ihr gefragt hatte. Luisa und er konnten sich gut leiden, und Simon glaubte, dass Gianluca ihn insgeheim um seine Freundin beneidete.

»Bist du sicher?« Gianluca drehte den Kopf zu Simon und grinste ihn an.

»Konzentrier dich lieber aufs Fahren.« Das sagte er, ganz ohne es zu wollen, in einem so strengen Ton, dass Gianluca tatsächlich verstummte.

Hinter Novara tauchte im Norden die Alpenkette vor ihnen auf, die Spitzen schneebedeckt, von der späten Nachmittagssonne angestrahlt, mittendrin wie im Breitbandformat der mächtige, alles überragende Monte Rosa, rosa schimmernd, wie es sein Name versprach. Davor eine weite Felderlandschaft mit verstreut stehenden Pappeln, deren Blätter im leichten

Wind silbrig flatterten – ein Anblick, der Simon immer wieder aufs Neue überwältigte, ihn ähnlich ergriff, wie wenn sich irgendwo unterwegs plötzlich der Blick auf das Meer vor ihm öffnete.

»Siehst du das?«, fragte Gianluca.

»Was?« Simon kniff die Augen zusammen, suchte die Landschaft vor sich und den Himmel danach ab, was Gianluca meinen könnte. Das Gebirge konnte es schließlich nicht sein.

»Na, die zwei Punkte da vorne. Das könnten Flugzeuge sein.«

»Und was ist daran Besonderes? Hier sind doch immer Flugzeuge in der Luft, Malpensa ist ja gleich um die Ecke.«

»Nein, die fliegen tiefer, das sind keine normalen Flugzeuge, guck doch mal hin. Ich glaube, du brauchst eine Brille, mein Lieber.«

Das war schon wieder ein empfindlicher Punkt. Um eine Lesebrille kam Simon schon seit einiger Zeit nicht mehr herum. Aber brauchte er nun auch eine für die Fernsicht? Wieder kniff er angestrengt seine Augen zusammen. Und jetzt sah er es. Gianluca hatte recht.

Da waren zwei schwarze Punkte, die sich bewegten, in der Luft kreisten wie Raubvögel. Das mussten Flugzeuge sein, kleine, ungefähr dort, wo der Lago d'Orta lag. Und Simon sah nun noch mehr. Da war ein Flimmern in der Luft, und ein grauer Dunst lag über den Hügeln in der Ferne. War das Smog? Nein, der sah anders aus und den gab es über Mailand, aber nicht über dem Cusio. Es war Rauch. Die Flugzeuge waren Löschflugzeuge. Es brannte.

Simon war mit einem Schlag hellwach. Gianluca fuhr jetzt schneller, sein Reporterinstinkt war geweckt. Beide schwiegen, während sie auf den See zufuhren, ihm zügig näher kamen. Brandgeruch lag in der Luft, und immer wieder begann es über ihnen zu dröhnen. Das waren die Löschflugzeuge, die jetzt fast schon über ihren Köpfen kreisten.

Simon hatte ihre Manöver schon oft erlebt, sie von seiner Terrasse in Ronco aus fasziniert beobachtet. Wenn irgendwo rundum Rauchsäulen und Qualm in dichten Wolken aufstiegen, dauerte es nie lange, bis die gelben Maschinen mit ihren dicken Bäuchen angeflogen kamen, in den Tiefflug über den See gingen, aufsetzten, auf dem Wasser weiterglitten, ihre Tanks füllten und dann mit ihrer Last wieder abhoben, so schwerfällig, dass man einen Moment glauben konnte, sie würden es nicht schaffen. Aber sie schafften es natürlich immer, nahmen dann von neuem Kurs auf die Brandherde, gingen im Steilflug auf sie hinunter und warfen das Wasser in weißen Fontänen auf sie ab. Um gleich wieder aufzusteigen und die nächste Ladung aus dem See zu schöpfen.

Aber all das hatte sich immer weit entfernt abgespielt, meist in den Hügeln auf der anderen Seeseite, an den Hängen des Mottarone, und Simon auf seiner Terrasse war stets ein distanzierter Zuschauer gewesen. Jetzt war das anders. Als Gianluca und er endlich die Südspitze des Sees erreichten, es nicht mehr weit bis nach Pella war, begriff Simon: Es brannte zwischen Pella und Ronco. War sein Haus in Gefahr? Und Nico? Er rief sie an. Es meldete sich nur die Sprachbox.

Fünf Minuten später waren sie in Pella. Es wurde heißer, die Luft flirrte. Inzwischen begann es zu dämmern. Simon war nervös, kämpfte gegen die aufkommende Panik an, sein Herz schlug heftig. Am Ortsende, wo die Straße am Seeufer entlang nach Ronco führte, ging es nicht mehr weiter, Flatterband versperrte ihnen die Durchfahrt. Gianluca fuhr an den Rand, stellte den Golf ab, sie stiegen aus. Brandgeruch und Qualm schlugen ihnen entgegen, der Abendhimmel leuchtete im Feuerschein.

Ein *Carabiniere*, der über das Flatterband wachte, wollte sie zurückschicken, aber als sie ihre Presseausweise zückten, ließ er sie zu Fuß passieren. Überall waren Feuerwehrleute, *Carabinieri*, lokale Polizei und Löschfahrzeuge, und immer noch dröhnten von Zeit zu Zeit die Wasserflugzeuge, und jetzt kreiste auch ein Hubschrauber über den Hügeln. Der ganze Bergkamm brannte lichterloh.

Es war ein Gewimmel, in dem zweifellos, wenn auch kaum wahrnehmbar, eine unsichtbare Ordnung herrschte. Und da war auch Carla. Simon wäre ihr fast um den Hals gefallen, hielt sich im letzten Moment zurück. Sie lächelte ihn an, sah aber erschöpft aus. Ihr Gesicht war grau von Asche und dreckverschmiert. »Machen Sie sich keine Sorgen, Simone, wir bekommen das in den Griff. Ihr Haus ist nicht in Gefahr.«

»Sind Sie sicher? Ich weiß nicht, ob Nico da ist.«

»Nein, ist sie nicht. Es ist niemand mehr im Dorf. Dafür haben wir gesorgt. Besser so. Auch wenn es nicht so aussieht, als ob das Feuer noch bis nach Ronco kommt. Weiter oben, Richtung Egro, da lodert es heftig. Der ganze Wald steht dort in Flammen. Aber Menschen sind wenigstens nicht mehr in Gefahr.«

»Brandstiftung?«, fragte Gianluca und hatte schon Notizblock und Stift gezückt.

»Das wissen wir noch nicht. Wahrscheinlich nicht, ich vermute, es ist wie so oft. Das hat niemand mutwillig entfacht, sondern aus Nachlässigkeit. Bestimmt hat jemand gegrillt. Obwohl das bei dieser extremen Trockenheit ja strikt verboten ist. Da reicht dann ein Funke, und das Feuer breitet sich rasend schnell aus ...« Das Klingeln ihres Handys unterbrach sie. Sie ging sofort ran, hörte eine Weile zu. »Ich bin gleich da«, sagte sie, steckte das Handy ein und wandte sich an Simon. »Sorry«, sagte sie, und ihre Stimme war tief und rau wie die von Roberta, »ich muss los. Ich schätze, in einer Stunde machen wir die Straße wieder auf. Und Sie können dann nach Hause.«

Genau eine Stunde später war Simon zurück an der Absperrung. Die Ungeduld trieb ihn, er wollte unbedingt wissen, was in Ronco los war. Immerhin hatte er inzwischen Nico erreicht. Sie war in Coiromonte bei Paolo und hatte nichts von dem Feuer mitbekommen. Erleichtert war Simon noch auf ein Bier in die vollkommen überfüllte Bar in Pella eingekehrt, in der das einzige Gesprächsthema natürlich der Brand war. Lange hatte es ihn dort nicht gehalten. Er wollte nach Hause, fragte sich, ob das Feuer nicht doch Spuren in seinem Dorf hinterlassen hatte.

Mittlerweile war die Nacht eingebrochen und die Straße war tatsächlich frei. Aber ob er zu Fuß nach Ronco käme? Das Auto von Gianluca stand noch in Pella, dort, wo sie es bei ihrer Ankunft an der Absperrung abgestellt hatten, aber er selbst war nach der Begegnung mit Carla sofort in dem Gewirr der Feuerwehrleute, Polizisten und freiwilligen Helfer verschwunden, um seinem Job nachzugehen. Nach wie vor herrschte ein reges Treiben. Simon schaute sich in der Menge um, konnte Gianluca aber nirgendwo entdecken. Auch an sein Handy ging er nicht.

Noch loderte das Feuer auf dem Kamm, zog sich über ihn hin wie eine brennende Lunte und warf flackerndes Licht in den Himmel, aber die Feuerwehr schien es jetzt im Griff zu haben, auch wenn die Löscharbeiten bestimmt die ganze Nacht dauern würden.

Dennoch schien es Simon, als ob Hitze und Brandgeruch noch zugenommen hätten, und es war eigenartig still. Einen Moment brauchte er, dann verstand er: Die Tiere waren verstummt. Das Kreischen und Zwitschern, das Rumoren und

Rascheln waren weg. Und schon zeichnete sich im Dunkel das Ausmaß der Zerstörung ab. Der Wald war tot.

Simon hielt weiter Ausschau nach Gianluca, doch der Journalist blieb verschwunden. Aber mitten im Gewühl, in dem nun auch viele Neugierige und Gaffer unterwegs waren, entdeckte Simon jetzt Stefano, den *Carabiniere*, der immer mit Carla zusammenarbeitete. Wo der war, konnte sie nicht weit weg sein. Und vielleicht konnte Stefano ihn ja nach Ronco bringen.

Simon lief auf ihn zu, als ihn jemand von hinten an der Schulter packte. Er drehte sich um. Es war Carla. Immer noch grau im Gesicht und irgendwie fassungslos. Das kam selten bei ihr vor, wusste Simon, der sie inzwischen ziemlich gut kannte. Sie griff nach seiner Hand. Auch das hatte sie noch nie getan. »Es ist furchtbar, Simone«, sagte sie, »wir haben da oben eine Leiche gefunden.«

9

Brandgeruch hing am nächsten Morgen in der Luft, säuerlich und beißend. Sonst war das Feuer an Ronco spurlos vorübergegangen. Aber als Simon mit seinem Peugeot auf der Uferstraße nach Pella unterwegs war, war nicht zu übersehen, welche Katastrophe sich am Abend zuvor und in der Nacht ereignet hatte. Linker Hand lag der See wieder blau blitzend und freundlich in der Sonne, als wäre nichts geschehen, aber rechts, wo sich der Wald steil den Hang hochzog, war alles schiefergrau, der Boden über und über von einem Ascheteppich bedeckt, die Baumstämme unten schwarz, darüber schlohweiß. Auf der Straße standen Pfützen, Reste des Löschwassers, das den Hang heruntergelaufen war und einige kleinere und größere Steine mitgerissen hatte, die Simon vorsichtig umfuhr. Nicht auszudenken, ging es ihm durch den Kopf, als er hinter einer Kurve wieder einem Stein mitten auf der Fahrbahn auswich, was passieren würde, wenn die lange Trockenheit endlich ein Ende hatte und der Regen kam. Dann würde es zweifellos zu Erdrutschen kommen, denn der ausgebrannte Wald und der vom Löschwasser erodierte Boden würden keinen Halt mehr geben.

Simon war unterwegs nach Omegna, zu Carla. Schon früh am Morgen hatte sie ihn angerufen, sich nur knapp nach seinem Befinden erkundigt, ihn dann ohne weitere Erklärung gebeten, möglichst sofort zu ihr auf das Revier zu kommen. Er hatte nicht nachgefragt, was sie von ihm wollte, aber natürlich war ihm der Fund der Leiche auf dem Berg wieder eingefallen. Ging es darum? Hatten sie den Toten inzwischen identifiziert? Rasch hatte er der Katze noch etwas zu fressen gegeben und ihr frisches Wasser hingestellt und sich dann nach einem schnellen Frühstück mit Espresso und einer Brioche auf den Weg zu Carla gemacht. Seine Hand tat inzwischen gar nicht mehr weh. Nach dem Frühstück hatte er daher den Verband abgestreift, das Handgelenk probeweise hin und her bewegt und – überzeugt von der vollständigen Heilung – die Binde entschlossen weggeworfen. Von Unternehmungslust gepackt, hatte er einen Moment auch überlegt, ob er seine Vespa nehmen sollte, mit der er, obwohl er sie doch erst vor kurzer Zeit erstanden hatte, bisher kaum gefahren war. Aber er hatte es eilig, nach Omegna zu kommen, und entschied sich für das Auto.

Kurz vor Pella standen zwei Feuerwehrwagen und ein Streifenwagen am Straßenrand, als wären sie die ganze Nacht nicht von dort wegbewegt worden, und wieder – oder immer noch – kreiste der Hubschrauber am wolkenlosen Himmel über dem Bergkamm.

Simon bremste ab, kurbelte die Seitenscheibe herunter, bei seinem alten Peugeot tatsächlich noch mit der Hand, und wandte sich an einen der Feuerwehrmänner. »*Buongiorno*, wie sieht es denn aus«, fragte er, »habt ihr es bald geschafft?«

»Leben Sie in Ronco?«, fragte der junge Mann sehr freundlich zurück, obwohl er vollkommen erschöpft aussah und wahrscheinlich die ganze Nacht durchgearbeitet hatte.

Simon nickte.

»Im Moment sieht es gut aus. Aber es gibt doch überall noch Brandnester. Wir rechnen schon damit, dass das Feuer im Lauf des Tages hier und da wieder aufflammt. Aber das Schlimmste ist wohl überstanden.«

Simon hörte sich die Nachricht beruhigt an, hatte allerdings auch keine andere Auskunft erwartet. In Italien war man katastrophenerfahren, und daher sehr gut in deren technischer Bewältigung. Erdbeben, Hochwasser und Erdrutsche gehörten in dem topographisch und klimatisch herausfordernden Land mit seinen Gebirgszügen, Vulkanen, wilden Gewässern und endlosen Küsten zum Alltag. Was nach der Katastrophe kam, lief dann allerdings oft weniger gut, wenn Hilfsgelder nicht bei den Opfern ankamen, sondern spurlos verschwanden, die Korruption blühte und die Verwaltung lahmte. Eine eingestürzte riesige Brücke, wie der Ponte Morandi in Genua, konnte in der Rekordzeit von zwei Jahren neu gebaut werden, aber ein Bauantrag auf ein zusätzliches Fenster in einem Privathaus Jahre dauern. Stets versuchte auch die Mafia, Krisensituationen für sich auszunutzen, bot sich den Menschen als Helfer in der Not an, um sich in Wahrheit erst recht festzusetzen und Pfründe abzuschöpfen. Ganz so, wie sie es vielleicht auch mit Borletti gemacht hatte, ging es Simon durch den Kopf.

Auch Thomas Kemmerling kam ihm wieder in den Sinn. Der Kollege ließ nichts mehr von sich hören. Nachdem er Simon nicht für seine Zwecke hatte einspannen können, war er abgetaucht. Er war eben einfach ein komischer Typ. Hochnäsig und selbstgerecht – einer von der Sorte deutscher Journalisten, die Simon nicht leiden konnte. Ganz anders als sein Freund Gianluca, dachte Simon. Wo aber war der eigentlich? Simon fuhr ein Schrecken in die Glieder. Seit sie sich am Vorabend bei dem Brand aus den Augen verloren hatten, hatte er auch von ihm nichts mehr gehört. Dem hatte er in dem Trubel keine Bedeutung beigemessen, aber jetzt erfasste ihn jäh die Sorge um den Freund. Simon griff zum Handy, wählte seine Nummer, aber Gianluca meldete sich nicht. Unbewusst fuhr Simon etwas schneller.

Das Revier lag ein ganzes Stück hinter dem Hafen von Omegna, in einer stillen, etwas düsteren Gegend, wo Simon sofort einen Parkplatz fand. Er war erst einmal dort gewesen, vor drei Jahren, und abgesehen davon, dass er bei dieser Gelegenheit Carla kennengelernt hatte, war das kein angenehmes Erlebnis gewesen. Damals hatte er auf einem herrenlos auf dem See treibenden Segelboot eine Leiche gefunden, einen jungen Mann mit eingeschlagenem Schädel, und sofort die *Carabinieri* informiert. Die waren kurz darauf mit ihrem rasanten Polizeiboot auf der Bildfläche erschienen und hatten ihn, für Simon vollkommen unerwartet, als Täter verdächtigt.

Carla war dann mitten in seine Vernehmung geplatzt, hatte die Situation sofort durchschaut und ihn aus den Fängen ihres von seiner Schuld überzeugten Mitarbeiters befreit. Das war der Beginn ihrer kollegialen Freundschaft gewesen. Bei dieser Formulierung stockte Simon. War diese schale und nichtssagende Floskel die richtige Wortwahl für das, was sie beide miteinander verband? Aber es fiel ihm nichts Besseres ein. Er, der Journalist und Mann der Sprache, hatte einfach kein Wort für das, was zwischen ihnen war.

Carla erwartete ihn in ihrem Büro im ersten Stock, das geräumig war, zwei Fenster zur Straße hatte, durch die das Sonnenlicht in schrägen Bahnen fiel, das aber etwas überaltert wirkte. Es war unpersönlich, nur mit dem Nötigsten eingerichtet, keine privaten Accessoires, keine Fotos und keine Bilder an der Wand, nur eine kleine italienische Flagge auf ihrem schweren Holzschreibtisch. An dem saß sie in ihrem hellblauen Polizeihemd, noch schmaler wirkend als sonst, die Ärmel hochgekrempelt und hinter ihrer freundlichen Miene müde aussehend. Es war kühl im Raum, offenbar lief eine Klimaanlage, und Simon begann in T-Shirt und Jeans sofort leicht zu frösteln.

Vor allem aber konnte er seine Unruhe kaum zügeln. Zwar hatte er den Gedanken, dass es sich bei der Leiche um Gianluca handeln könnte, bisher nicht wirklich zugelassen. Aber kaum, dass er Carlas Büro betreten hatte, platzte er angespannt mit seiner Frage heraus: »Und was ist jetzt mit dem Toten, den Sie gefunden haben? Haben Sie herausbekommen, wer das ist?«

»Nein, wir wissen es noch nicht. Nur, dass es ein Mann ist. Und dass er da oben vermutlich gegrillt hat. Wahrscheinlich war noch jemand dabei, dafür sprechen die Spuren. Der oder die muss sich aber gerettet haben. Das könnte das schreckliche Ende eines Osterpicknicks gewesen sein, vielleicht auch das eines heimlichen Rendezvous. Die Spurensicherung hat jedenfalls verbrannte Reste gefunden, die dafürsprechen, unter anderem zwei Bierdosen und eine angekokelte Packung Kondome. Was das Feuer von dem Mann noch übrig gelassen hat, befindet sich jetzt in der Gerichtsmedizin. Vermisst gemeldet wurde noch niemand, das hat Stefano schon überprüft.«

»Und niemand hat etwas beobachtet?«

»Doch, jemand aus Grassona, der in seinem Garten gearbeitet hat, hat am frühen Nachmittag einen Mann gesehen, der den Weg zu der Wiese dort oben genommen hat und einen Beutel dabeihatte, der nach einem geplanten Picknick aussah. Und ein paar Minuten später noch jemand – der Zeuge ist sich nicht sicher, ob es auch ein Mann oder eine Frau war, er glaubt aber, eher eine Frau –, der oder die den gleichen Weg eingeschlagen hat. Aber diese Aussage ist ziemlich vage. Und beschreiben konnte er die beiden auch nicht genauer.«

Das waren alles keine guten Nachrichten, aber Simon war dennoch beruhigt. Einen Moment hatte er eben doch gefürchtet, Gianluca könnte womöglich in das Feuer geraten sein. Aber dafür sprach nun nichts mehr. Und wie zur Bestätigung meldete sich in diesem Augenblick Simons Handy mit einer

WhatsApp des Kollegen – ein knapper Gruß versehen mit einem Smiley.

Er steckte das Telefon weg und wandte sich wieder Carla zu: »Dann hätte aber doch die zweite Person Alarm geschlagen.«

»Ja, das ist schon richtig, deshalb vermute ich, dass sich da ein Paar heimlich getroffen hat. Aber bestimmt meldet sich bald jemand«, sagte Carla und sah jetzt Simon prüfend ins Gesicht. »Und Sie? Wie geht es Ihnen? Hoffentlich haben Sie trotz allem gut geschlafen? Das Handgelenk ist auch wieder heil, sehe ich?«

Simon nickte.

»Und bei Ihnen in Ronco ist alles okay? Und Ihre Tochter wohlauf?«

Simon nickte wieder. »Ja, Nico ist noch in Coiromonte bei ...« Simon zögerte einen Moment. Sollte er Paolo erwähnen? Nachdem Carla ihn falsch verdächtigt hat? Lieber nicht. »Die hat von allem gar nichts mitbekommen«, fuhr er fort. »Und die Feuerwehr hat ja den Brand inzwischen im Griff. Aber es sieht furchtbar aus. Hoffentlich gibt es wenigstens keinen Wind, sonst flammt das Feuer bestimmt wieder auf.«

»Ja, hoffen wir, dass das nicht passiert. Wollen Sie eigentlich einen Espresso? Oder einen Cappuccino?«

»Cappuccino sehr gerne, ja.« Simon fröstelte immer noch etwas, und der heiße Milchkaffee würde ihn ein wenig aufwärmen.

Carla orderte das Getränk und griff dann zu einem Papierstapel, der vor ihr lag. »Dann kommen wir mal zur Sache, Simone«, sagte sie. »Gleich kommt ja die Signora Berger hier an. Dafür brauche ich Sie. Und vorher will ich Sie kurz noch auf den Stand der Dinge bringen.«

Simon konnte seine Überraschung kaum verbergen. »Sonia Berger kommt hierher? Sie haben sie also gefunden?«

»Habe ich Ihnen das nicht schon am Telefon gesagt? Verzeihen Sie, Simone, das war eine lange Nacht, ich bin etwas übermüdet. Ja, sie war die ganze Zeit bei einer Freundin.«

»Das heißt, sie hat von dem Einbruch gar nichts mitbekommen?«, fragte Simon erstaunt zurück.

»Doch, hat sie, leider. Sie war zu Hause und ist im Haus von Borletti von zwei Typen überrascht worden. Die haben sie überwältigt, an einen Stuhl gefesselt und dann, nachdem sie Borlettis Arbeitszimmer auf den Kopf gestellt haben, in ihr Auto gezwungen und unterwegs ausgesetzt. Wohl um Zeit zu gewinnen. Natürlich haben sie ihr gedroht, dass ihr doch noch etwas passiert, falls sie zur Polizei gehen würde.«

»Und wo haben sie sie ausgesetzt?«

»In der Nähe von Borgomanero. Sie hat dann von da ein Taxi genommen und ist zu ihrer Freundin nach Vercelli.«

»Aber es ist ihr nichts Gravierendes passiert?«

»Na ja, wie man's nimmt. Sie hat jedenfalls schreckliche Angst gehabt, zumal sie inzwischen von dem Mord an Borletti erfahren hat. Aber die Freundin, eine Italienerin, die sehr gut Deutsch spricht, hat sie schließlich doch überzeugt, dass sie zur Polizei gehen muss, und sie gestern zu den Kollegen auf das Revier in Vercelli gebracht. Das Protokoll der Aussage habe ich hier. Wenn Sie das kurz durchlesen wollen.« Sie reichte ihm ein Papier über den Schreibtisch.

»Also spricht sie doch Italienisch?«, fragte Simon.

»Nein, eben nicht. Deshalb sind Sie ja hier. In Vercelli hat ihre Freundin das Dolmetschen übernommen. Sonia Berger selbst spricht tatsächlich nur ein paar Brocken Italienisch. Und jetzt ist sie eigentlich auf dem Weg zurück nach Hamburg, aber man hat ihr gesagt, dass wir sie hier noch für eine Aussage brauchen. Sie müsste eigentlich schon da sein, vielleicht steckt sie irgendwo in einem Stau.«

Simon überflog das Protokoll, nutzte dann aber die Wartezeit, um noch mehr über den Stand der Ermittlungen von Carla zu erfahren. »Und sind Sie denn, was den Mord an Franco Borletti angeht, ein Stück weitergekommen?«, fragte er.

»Wir wissen, womit er umgebracht wurde, ja. Aber das ist wohl nichts Neues für Sie, Ihr Freund Tommaso hat Sie doch bestimmt informiert?«

Simon nickte wieder und widerstand auch jetzt der Versuchung, sie auf ihren inzwischen widerlegten Verdacht gegen Paolo anzusprechen. »Ja, hat er. Aber wie ist es denn nun abgelaufen? War das Gift in der Flasche oder in den Salztabletten?«

»Die Tabletten sind sauber. Also muss ihm jemand das Zeug vor dem Lauf in die Flasche getan haben, ohne dass er etwas bemerkt hat. Vielleicht schon, bevor er von seiner Firma aus zu dem Marathon aufgebrochen ist, oder erst in Pella, auf der Wiese, kurz vor dem Start. Es hat da einen Vorfall mit einem jungen Mann gegeben, anscheinend einem Teilnehmer, jedenfalls war der auch im Sportdress. Der hat Borletti angerempelt, und das könnte der Moment gewesen sein, wo jemand das Gift in seine Flasche gefüllt hat. Das haben ein paar Leute mitbekommen, und Stefano hat mit denen gesprochen, aber niemand kann etwas Genaueres dazu sagen und schon gar nicht den Mann beschreiben. Dafür war da wohl zu viel Trubel.«

Simon überlegte, ob er Carla jetzt von seiner Begegnung mit Thomas Kemmerling erzählen sollte und von dessen Verdacht, dass die Mafia Borletti zum Schweigen gebracht hatte. Aber noch war ihm das zu spekulativ. Besser hörte er sich erst einmal an, in welche Richtung Carla inzwischen ermittelte. »Und was für eine Spur verfolgen Sie jetzt?«, fragte er.

»An dieses Cabaryl ist gar nicht so einfach heranzukommen. Aber da es bei Borletti entwendet wurde, kann es natürlich alle möglichen Wege genommen haben. Wir ermitteln jedenfalls nach allen Seiten. Bei einem Mann, der sich so viel Feinde gemacht hat, bleibt uns gar nichts anders übrig.«

»Das heißt?«

»Stefano hat schon die Familie überprüft, die gegen Borletti wegen des angeblich verunreinigten Reisprodukts geklagt hat. Der Junge selbst, also der mit den Magenbeschwerden, fällt aber als Täter aus, er ist vor ein paar Tagen gerade mal sechs geworden.« Sie schmunzelte, und ein wenig grüner Glanz kehrte in ihre müden Augen zurück. »Die Eltern haben solide Alibis und sind bestens beleumundet. Stefano hält sie für unschuldig. Er ist zwar nicht gerade der beste Menschenkenner, aber im Allgemeinen ist er eher zu misstrauisch. Wenn der einen Verdacht fallen lässt, will das also etwas heißen.«

»Aber Sie haben noch eine andere Vermutung?«

»Ich habe mir die Mails angeschaut, die Borletti in die Firma bekommen hat. Die hat uns wie verabredet seine Frau inzwischen alle zukommen lassen. Da ist eine ganze Menge Dreck über ihn ausgeschüttet worden. Und eine ist dabei, eine junge Frau – das ist die, die Signora Borletti schon erwähnt hat, als wir mit ihr gesprochen haben –, die zwei kleine Kinder hat und die er betriebsbedingt kurzerhand entlassen hat. Sie hat ihn in ihren Mails massiv bedroht, so in dem Stil, das lasse sie sich nicht gefallen, dafür müsse er bezahlen. Ihr muss man also unbedingt auf den Zahn fühlen. Sie kannte sich in der Firma aus und wusste bestimmt, wo das Cabaryl zu finden ist.«

»Haben Sie sie denn schon vorgeladen?«

»Nein, in dem Fall mache ich mir lieber bei ihr zu Hause ein Bild. Sie wohnt jetzt seit Kurzem in Omegna, gar nicht weit weg von hier. Da will ich hin, sobald wir hier fertig sind. Wenn Sie wollen, begleiten Sie mich. Stefano ist nachher nämlich woanders unterwegs, und dann muss ich das nicht allein machen. Und wir essen danach noch eine Kleinigkeit in dem neuen Restaurant am Hafen?«

Simon nickte. Beide Vorschläge gefielen ihm ausgesprochen gut.

Es klopfte, die Tür öffnete sich einen Spalt, ein junger *Carabiniere* steckte den Kopf herein, im ausgestreckten Arm ein Tablett mit drei duftenden Tassen Cappuccino. »Die Signora Berger ist jetzt da, *Maresciallo*. Soll ich sie reinbringen?«

»Ja, bring sie rein. Und den Cappuccino bitte auch. Den kann ich jetzt gut gebrauchen.«

Sonia Berger war klein und sah mit ihrem strohblonden Pferdeschwanz, dem geblümten Sommerkleid, einer leichten Jacke und weißen Sneakers mädchenhaft aus, obwohl sie bestimmt schon in den Dreißigern war. Sie war tatsächlich hübsch, der Typ Frau, der einem aus der Werbung für billige Kosmetika entgegenblickte, zu perfekt, um anziehend zu sein, fand Simon. Suchend schaute sie sich in dem großen Raum um, begrüßte erst Carla, dann ihn mit einem Kopfnicken und einem zaghaften *buongiorno*. Natürlich war sie eingeschüchtert, dachte Simon, das war ja kein Wunder, nach all dem, was sie hinter sich hatte, und jetzt auf einem Polizeirevier, plötzlich nur auf sich gestellt und unfähig, sich in der ihr fremden italienischen Umgebung zu verständigen.

Carla stellte Simon vor, erklärte seine Rolle und dass er das ganze Gespräch übersetzen würde, bat Signora Berger um die Erlaubnis, es aufzuzeichnen, und startete das Gerät. Die junge Deutsche griff als erstes zu dem Cappuccino, den der *Carabiniere* auf einen Tisch vor sie gestellt hatte, bevor er den Raum auf ein fast unmerkliches Zeichen von Carla hin wieder verlassen hatte. Sie trank hastig, ohne die Tasse abzusetzen, wobei der Ärmel ihrer Jacke ein wenig nach oben rutschte und ein paar blaue Flecken zum Vorschein kamen. Carla und Simon tauschten Blicke, was Sonia Berger nicht entging, aber sie sagte nichts, stellte die leere Tasse wieder ab und machte auch keinen Versuch, ihre Blessuren zu verbergen.

»Stammen die von dem Überfall, Signora Berger?«, fragte Carla.

Sie nickte.

»Dann haben die Männer Sie aber ziemlich grob angefasst.«

»Ja, als sie mich in ihr Auto gezerrt haben.«

»Waren Sie damit beim Arzt?«

»Nein.«

»Das hätten Sie aber tun sollen. Vielleicht holen Sie das noch nach.«

Die Signora Berger nickte, aber besonders überzeugt sah das nicht aus.

»Was war das denn für ein Auto?«, nahm Carla den Faden wieder auf.

»Sie meinen, welche Marke? Keine Ahnung. Ich kenne mich mit Autos nicht besonders gut aus. Groß war er und schwarz. So ein Geländewagen, wie ihn heute alle fahren.«

»Und das war am späten Vormittag?«

»Ja, so gegen halb zwölf.«

»Und die beiden waren maskiert?«

»Ja. Aber das habe ich ja alles schon Ihren Kollegen in Vercelli erzählt.«

»Ich weiß. Aber die ermitteln nur wegen des Einbruchs in Ihrer Villa, während ich den Mordfall an Ihrem Lebensgefährten untersuche. Deshalb muss ich Sie das alles noch mal genau fragen. Sie können die Männer also nicht beschreiben und würden sie nicht wiedererkennen?«

»Nein, aber der eine, der Schmale, hatte ein Tattoo am Unterarm, das ist mir aufgefallen, als er mich ins Auto gezerrt hat. Das würde ich wahrscheinlich wiedererkennen.«

Sie brach ab, unterbrochen durch ein gewaltiges Palaver, das draußen auf dem Flur ausgebrochen war. Simon hörte Stefanos Stimme, so laut wie nie zuvor, dachte Simon. Dann die Stimme einer Frau, nicht minder laut, aggressiv. Offenbar war ihr Auto abgeschleppt worden, weil sie es in der Einfahrt vor dem Krankenhaus abgestellt hatte. »Nur fünf Minuten«, schrie sie. »*Idiota*«, zischte Stefano, jetzt etwas leiser, aber es drang doch noch bis in Carlas Büro.

Sie sprang hoch, riss die Tür auf. »*Silenzio, per favore!*« Das wirkte, schlagartig wurde es still. Sie kehrte an ihren Schreibtisch zurück und setzte gelassen ihre Befragung fort. »Nochmal zurück zu dem Tattoo, Signora. Was war das für eins?«

»Nichts Besonderes, heute trägt doch fast jeder so etwas irgendwo am Körper. Ich habe es auch nur kurz gesehen. Es war ein Tier. Ich denke, ein Skorpion. Schwarz und groß und mit zwei kräftigen Scheren. Das sah ein bisschen eklig aus.«

»Im Protokoll meiner Kollegen in Vercelli steht, dass Sie keine Idee haben, was die Männer im Büro Ihres Lebensgefährten gesucht haben?«

»Ja, das stimmt. Ich habe nicht die geringste Ahnung.«

»Jedenfalls haben sie seinen Laptop aus seinem Arbeitszimmer mitgenommen?«

»Ja, den haben sie sich geschnappt.«

Simon sah Borlettis Arbeitszimmer wieder vor sich, und ein Detail trat ihm plötzlich deutlich vor Augen, ohne dass er wusste, warum ihm das jetzt gerade einfiel. Auf dem Boden hatte ein Feuerzeug gelegen. Ein Zippo, ein silbernes Sturmfeuerzeug, mit einem aufgeprägten Adler. Er kannte ja Borletti nicht, wusste nicht, was für ein Mensch er gewesen war, aber er hatte sehr wohl wahrgenommen, wie luxuriös der Unternehmer eingerichtet war, und sein Gefühl sagte ihm, dass dieses Feuerzeug nicht zu ihm passte. »Hat Ihr Lebensgefährte eigentlich geraucht?«, fragte er einer Eingebung folgend. »Und hatte er ein silbernes Sturmfeuerzeug?«

»So ein Ding zum Aufklappen? Nein, so eins habe ich jedenfalls nie bei ihm gesehen. Und geraucht hat er nicht, nein. Aber warum wollen Sie das denn wissen?«

Auch Carla sah ihn fragend, ein wenig verständnislos an. Er würde es ihr später erklären, soweit er das konnte. »Ist nicht so wichtig«, antwortete er, »das war nur so ein Einfall.«

»Mich interessiert eigentlich etwas anderes«, übernahm Carla jetzt wieder entschlossen das Ruder, »Sie waren doch bestimmt öfter in dem Betrieb von Signor Borletti und kannten sich da aus?«

»Nein, da war ich nie. Ich bin ja erst seit ein paar Monaten in Italien. Und das hat mich, ehrlich gesagt, überhaupt nicht interessiert. Und mit Reis können Sie mich jagen. Erst recht mit Risotto.« Jetzt lächelte Sonia Berger zum ersten Mal, sie schien überhaupt etwas weniger eingeschüchtert. Offenbar hatte sie Zutrauen zu Simon gefasst, war dankbar, dass sie in ihm jemanden hatte, mit dem sie sich in ihrer Muttersprache verständigen konnte. »Außerdem wollte ich seiner Frau ja nicht unbedingt über den Weg laufen.«

»Warum nicht?«

»Entschuldigen Sie, aber das ist doch logisch, oder?« Sie warf ihren Pferdeschwanz mit Schwung nach hinten. »Die war natürlich nicht erfreut über unsere Beziehung. Welche Ehefrau ist das schon, wenn ihr Mann eine Geliebte hat und sie wegen der verlässt?«

»Und was hatten Sie und Franco Borletti für eine Beziehung?«

»Wir kannten uns erst seit ein paar Monaten, aber wir haben

uns geliebt. Und wir wollten zusammen weg. Zurück nach Deutschland, nach Hamburg. Da haben wir uns kennengelernt. Francos Bruder hat dort ein Restaurant. Francos Frau ist allerdings anscheinend ziemlich ausgeflippt, als er ihr das gesagt hat.«

»Woher wissen Sie das?«

»Ich war natürlich nicht dabei, wenn Sie das meinen. Franco hat es mir erzählt. Er hat eine Weile gebraucht, bis er es ihr endlich gesagt hat.«

»Wann war das?«, fragte Carla.

»Einige Tage, bevor er umgebracht wurde.«

»Und wo waren Sie an dem Tag, als der Mord passiert ist, also bevor bei Ihnen eingebrochen wurde?«

»Na eben zu Hause bei ihm, leider. Sonst wäre mir das alles ja nicht passiert.«

»Sie haben also das Haus und das Grundstück gar nicht verlassen, bis Sie dann von den beiden Männern überwältigt wurden?«

»Nein, ich war nicht weg. Ich habe am Vormittag, nachdem Franco ins Büro gegangen war, im Garten gearbeitet, das ist meine ganz große Leidenschaft. Da gibt es um diese Jahreszeit und bei der momentanen Hitze viel zu tun. Als ich dann nach etwa einer Stunde zurück ins Haus bin, waren die beiden Typen schon da. Ich hatte die Türen alle offen stehen lassen. Mit so etwas rechnet man ja nicht. Und was dann passiert ist, wissen Sie ja schon.«

»Und wann haben Sie Ihren Lebensgefährten zuletzt gesehen?«

»An dem Morgen, beim Frühstück, bevor er zur Arbeit gefahren ist. Ich habe ihm ein weich gekochtes Ei gemacht, dazu ein Brötchen mit Butter und Käse geschmiert. Franco mochte diese deutsche Art zu frühstücken.« Sie zog ihre Jacke fester um sich, ihre Augen wurden feucht. Carla holte Taschentücher aus einer Schublade und reichte ihr eines davon.

»Und ist Ihnen an dem Morgen etwas an ihm aufgefallen? War er anders als sonst?«

»Nein, aber es ging ihm ja schon länger nicht gut. Er war nervös und angespannt und hat nur noch darauf gewartet, dass wir endlich aus Italien wegkönnen. Warum er so unter Druck stand, weiß ich nicht. Ich weiß nur, dass er in allen möglichen Schwierigkeiten steckte, mit seiner Firma, mit seiner Frau, ich glaube auch in seiner Partei. Das lief wohl alles schief für ihn. Aber er wollte nicht mit mir darüber sprechen. Er meinte, das müsse mich alles nicht interessieren und er wolle mich damit verschonen. Wenn ich nachgebohrt habe, hat er immer so einen italienischen Satz gesagt, den ich mir gemerkt habe. *Non ti preoccupare topolina, ce la faccio.* Er war fest davon überzeugt, dass er das schafft. Und ich sollte mir keine Sorgen machen.« Wieder brach sie in Tränen aus und jetzt hielt sie sie nicht mehr zurück. Carla zückte verständnisvoll ein zweites Taschentuch, obwohl es wahrscheinlich eine Zumutung für sie war, dass diese Frau sich von ihrem Geliebten *Mäuschen* nennen ließ, dachte Simon. Luisa wäre diesem Borletti jedenfalls an den Kragen gegangen.

»Wie haben Sie sich eigentlich miteinander verständigt?«, fragte Simon, als sie aufgehört hatte zu weinen.

»Wenn man sich liebt, dann versteht man sich auch ohne viele Worte«, antwortete sie, fast schon wieder etwas kokett. Sie hatte sich gefangen. »Aber wenn Sie es genau wissen wollen: auf Englisch. Das können wir beide nämlich ganz gut.«

»Haben Sie denn eigentlich eine Idee, wer Ihren Lebensgefährten umgebracht haben könnte?«

»Nein, habe ich nicht. Vielleicht die beiden Typen oder einer von denen. Die hatten es ja ganz offensichtlich auf ihn abgesehen. Vielleicht haben sie ihn dann auch umgebracht. Von Borgomanero, wo sie mich aus dem Auto gelassen haben, hatten sie es ja nicht mehr weit bis nach Pella.«

»Und seine Frau?« Das war Carla und sie hatte auf Deutsch gefragt. Was sich mit ihrer tiefen Stimme und dem rollenden R wunderbar anhörte, fand Simon. Er sah erstaunt zu ihr, aber sie ignorierte seinen Blick.

Sonia Berger zögerte, griff wieder zu ihrem Cappuccino, leerte den kalten Rest aus der Tasse mit einem Schluck. »Also das kann ich mir beim besten Willen nicht vorstellen. Ich kenne sie ja nicht. Aber dass sie so weit geht ... Nein, das glaube ich nicht.«

»Vielleicht doch aus enttäuschter Liebe oder vielleicht verletzter Eitelkeit.«

»Weiß ich nicht. Da müssen Sie sie selbst fragen.«

»Gibt es denn eigentlich ein Testament?«

»Ja, nach allem, was ich gehört habe, wird ihn seine Frau beerben. Kinder hatten die ja nicht. Aber wenn ich das alles richtig verstanden habe, erbt sie auch seine Schulden.«

»Noch eine Frage, Signora Berger, dann haben Sie es hinter sich«, schaltete sich Simon erneut direkt ein, mit einem Blick zu Carla, die bestätigend nickte. Er schaute der Signora aufmunternd ins Gesicht. Das war nicht aufgesetzt. Ihre Offenheit gefiel ihm. Vielleicht hatte er sie anfänglich doch etwas unterschätzt. »Wo hat Signor Borletti denn eigentlich seine Sportsachen aufbewahrt?«

»In seinem Büro im Betrieb. Weil er von da immer auf seine Jogging-Runde gegangen ist. Jeden Abend. Das ging da wohl viel besser als in dem Viertel, wo wir in Vercelli gewohnt haben. Da hätte er immer erst das Auto nehmen müssen, aber da draußen hatte er seine Standardroute direkt vor der Tür.«

»Gut, vielen Dank, Signora Berger.« Carla übernahm wieder, erneut auf Deutsch, um dann aber doch ins Italienische zurückzukehren. »Wir protokollieren Ihre Aussage anhand der Aufzeichnung, übersetzen das und schicken es nach Hamburg weiter. Die Polizei dort wird sich bei Ihnen melden, damit Sie das Protokoll dann unterzeichnen. Sie können jetzt also gerne nach Deutschland aufbrechen. Gute Fahrt!« Carla erhob sich schon, auch Simon stand auf.

»Kann ich Franco denn jetzt noch einmal sehen, bevor ich starte?«

»Leider nein, Signora. Aber wenn Sie sich entscheiden, noch länger hierzubleiben, werden Sie ihn sicher sehr bald beerdigen können. Die Obduktion ist jedenfalls abgeschlossen.«

»Nein, das überlasse ich lieber seiner Ehefrau. Die will mich an seinem Grab bestimmt nicht sehen. Außerdem muss ich dringend nach Hamburg. Zum Arzt. Aber nicht wegen der paar blauen Flecken. Ich bin schwanger.«

10

Draußen auf der Straße schlug Simon und Carla wieder die ungewöhnliche Osterhitze entgegen, aber nach der Kühle in Carlas Büro war das sogar angenehm, fand Simon. Zu Fuß machten sie die paar Schritte bis zu dem *condominio* – warum solche Mehrfamilienhäuser in Italien so ähnlich hießen wie in Deutschland Präservative, hatte Simon bisher nicht schlüssig klären können –, in dem Maria Ricci lebte, die ehemalige Angestellte Borlettis, die ihm nach ihrer Kündigung in ihren Mails so heftig gedroht hatte. Es war ein gesichtsloses fünfstöckiges Gebäude, das in einer Reihe mit ähnlichen Häusern stand und eine Renovierung vertragen hätte. Vor den meisten Fenstern hingen leicht verschossene, dunkelgrüne Markisen, die zum Teil über die Balkonbrüstungen ragten, das Sonnenlicht fernhielten und das Gebäude eine Nuance gefälliger machten.

Schon auf der Treppe in den dritten Stock hörten sie Kindergeschrei. Die Frau, die ihnen die Tür öffnete, war ziemlich das Gegenteil von Sonia Berger. Dunkelrotes, kinnlanges Haar mit einer breiten Strähne in grellem Türkis, ein magerer Oberkörper in einem kurzärmeligen schwarzen T-Shirt, die Arme voller kleiner Tätowierungen.

»Sie haben Glück, dass ich da bin«, sagte sie, als Carla sich und Simon vorgestellt hatte. »Heute ist mein freier Tag.«

»Sie haben also wieder Arbeit gefunden?«, fragte Carla.

»Gott sei Dank, ja. Ich brauche ja das Geld, mit meinen zwei kleinen Kindern.«

»Und Ihr Mann?«
»Gibt es nicht.«
»Und was machen Sie mit den Kindern, wenn Sie arbeiten?«
»Die sind dann bei den Großeltern. Deshalb bin ich nach meiner Kündigung hierher nach Omegna gekommen. Die wohnen nicht weit weg von hier und das macht alles einfacher. Und die lieben das, sie sind alle gerne zusammen, die Alten und die Kleinen, Gott sei Dank. Wollen Sie vielleicht einen Espresso? Oder lieber Wasser bei der Hitze?«

Durch einen dunklen Flur kamen sie in den ebenfalls abgedunkelten Wohnraum. Maria hatte wegen der Sonne, die um die Mittagszeit prall auf dem Fenster stand, nicht nur die Markise, sondern auch den Rollladen zur Hälfte heruntergelassen. Simon schaute sich um, versuchte sich einen Eindruck von dem Leben dieser Frau zu machen, die er auf Anhieb sympathisch fand, von der er aber noch kein Bild hatte, sich fragte, ob sie wohl eher glücklich oder unglücklich war. Einfach hatte sie es jedenfalls sicher nicht.

Der Wohnraum war penibel aufgeräumt, aber in einer Ecke standen noch nicht ausgepackte Umzugskisten. Lange wohnte die Familie anscheinend noch nicht in dieser Wohnung. Vor einem mit Kuscheltieren bestückten Sofa, dem weitverbreiteten Modell eines schwedischen Möbelherstellers, saßen zwei Kinder, vielleicht vier und fünf Jahre alt, auf dem Boden, Buntstifte um sich herum verteilt, und malten. Beide mit weißen Haaren, sehr heller Haut und leicht geröteten Augen. Simon brauchte einen Moment, bis er verstand. Die Kinder waren Albinos. Das war der Grund, warum Maria das Licht aus dem Raum fernhielt.

»Sie haben das Geschrei bestimmt gehört. Die Süßen haben sich gerade mal wieder gestritten. Jede will genau den Stift haben, mit dem die andere gerade malt. Kinder halt ...«

Sie blieben alle drei zusammen im Wohnraum stehen, tranken Wasser aus hohen Gläsern, die ihnen Maria aus der Küche gebracht hatte, sahen einen Moment den beiden Mädchen zu, die jetzt friedlich und konzentriert malten. Das meiste, was Simon auf den verstreut auf dem Boden liegenden Blättern entdeckte, waren Tiere, und die sahen sehr bunt und originell aus. Ein Hund, der gestreift war wie ein Zebra, ein Elefant mit Flügeln, der Simon besonders gut gefiel. »Das ist schön«, sagte er, und ein Strahlen ging über das blasse Gesicht der Älteren. Eines der Bilder am Boden fiel etwas aus dem Rahmen: eine Frau mit knallrotem Mund und üppigen weißen Locken.

»Das ist die *nonna*«, erklärte Maria, die Simons Blick bemerkt hatte. »Sie hat die gleiche Krankheit wie die Kinder. Aber Sie kommen bestimmt wegen des Mordes an Borletti?«

Carla nickte.

»Sie haben meine Mails an ihn gelesen?«

Carla nickte wieder.

»O je, die hätte ich wohl besser nicht geschrieben ...«

»Nun ja ... Was hat er Ihnen denn getan?«

»Entlassen hat er mich. Weil ich zu den Jüngsten in der Firma gehörte. Und dass ich die zwei Süßen da habe und die ganz allein großziehe, das hat ihn auf einmal nicht mehr interessiert. Mann, ich war so wütend auf den ...«

»Und dann?«

»Sie denken womöglich, dass ich ihn umgebracht haben könnte. Aber ich habe ihm nichts getan, nur diese blöden Mails geschrieben. Ich weiß, dass das bescheuert war. Ich habe ihn eigentlich, anders als die meisten Kollegen in dem Laden, sogar ein bisschen gemocht. Obwohl er so ein Ekel war. Aber zu meinen Kleinen war er immer total nett, wenn ich die mal dabeihatte. Der hatte ja selbst keine Kinder. Aber wie gesagt, gekündigt hat er mir dann trotzdem.«

»Ihre Kinder waren mit im Betrieb?«

»Ja, das ist vorgekommen, natürlich ganz selten, wenn alle Stricke gerissen sind, dann habe ich die schon mal mitgenommen.«

»Wo waren Sie denn an dem Tag, als das passiert ist?«

»Das war doch letzten Donnerstag? Da habe ich gearbeitet.«

»Wo arbeiten Sie denn jetzt?«

»Bei *Zanetti*, dem Hersteller von Haushaltswaren hier in Omegna. Ich habe großes Glück gehabt, dass ich da gleich wieder Arbeit gefunden habe, auch noch Teilzeit. Den Laden kennen Sie doch bestimmt, oder?«

Nur zu gut, dachte Simon, und Carla ging wahrscheinlich Ähnliches durch den Kopf. Die Familie Zanetti hatte eine tragende Rolle in einer ihrer früheren gemeinsamen Ermittlungen gespielt. »Ich arbeite da in der Produktion«, fuhr Maria fort. »Am Donnerstag hatte ich wie immer um 18 Uhr Arbeitsschluss, und dann habe ich die Süßen bei der *nonna* abgeholt.«

»Und Sie waren nicht zwischendrin mal weg, haben vielleicht eine Pause gemacht?«

»Sie denken, ich hätte mich davongestohlen und den Mann kurzerhand mit Gift zur Strecke gebracht? Da trauen Sie mir ja allerhand zu. Aber nein, natürlich nicht, da können Sie meine Kolleginnen fragen, wir arbeiten ja zu mehreren in einer Halle. Das hätten die mitgekriegt. Ich bin noch nicht mal für eine Zigarette raus, das ist verboten.«

»Haben Sie denn einen Verdacht, wer ihn umgebracht haben könnte? Vielleicht jemand aus der Firma? Sie kennen doch die Interna. Oder seine Frau?«

»Nein, habe ich nicht. Seine Frau jedenfalls bestimmt nicht. Das ist eine Nette. Die hat sich noch für mich eingesetzt bei ihm, damit er mich nicht entlässt. Und den Job, den ich jetzt habe, den verdanke ich auch ihr, sie ist mit den Zanettis befreundet und hat mir den vermittelt. Auf die Signora lasse ich nichts kommen.«

»Okay, das war es dann, vielen Dank«, sagte Carla. »Und *ciao*, ihr zwei« wandte sie sich an die Kinder und winkte ihnen mit ihrer Uniformkappe zu. Sie waren schon in der Tür, als ihnen die ältere der beiden Kleinen hinterhergerannt kam und Simon ein Blatt in die Hand drückte. »Für dich«, sagte sie. Es war der Elefant mit Flügeln.

Eine halbe Stunde später saßen Simon und Carla auf der Terrasse des Restaurants am Hafen, der *Osteria Don Angelo*, die vor einem halben Jahr in der ehemaligen Bootsgarage des Ruderclubs von Omegna aufgemacht hatte und schnell zu einem Renner geworden war. Simon bewunderte die Courage der Besitzer, denn das Restaurant lag nur knapp über dem Wasserspiegel und würde im Fall eines Hochwassers noch vor seinem eigenen, stets gefährdeten Haus in Ronco überschwemmt werden. Es trug den Namen eines ungewöhnlichen, sportbegeisterten Priesters, der vor Jahren mit seinem Boot auf dem See bei einem schweren Sturm gekentert war und sein Leben verloren hatte. Don Angelo hatte die jungen Talente des Ruderclubs, der in Italien ganz oben in diesem Wettkampfsport mitspielte, sozusagen im Nebenjob trainiert, bis er in den Wellen umkam.

Wie immer war das Restaurant gut besucht. Simon und Carla hatten einen Tisch nah am Wasser ergattert, und warteten auf ihr Essen. »Und welche der drei Frauen ist nun die Giftmörderin?«, fragte Carla. Sie hatte ihre riesige Sonnenbrille abgesetzt und blitzte ihn aus ihren grünen Augen an.

»Wenn es denn eine von denen war. Es muss ja irgendeinen Zusammenhang zwischen dem Mord und dem Einbruch geben ...« Simon hielt inne, überlegte. Sollte er Carla jetzt von Kemmerlings Behauptungen berichten, dass der Unternehmer sich angeblich mit der Mafia eingelassen hatte, aber abtrünnig war und die Mafia ihn umgebracht hatte? Er zögerte und entschied sich erneut dagegen. Der richtige Zeitpunkt dafür war noch nicht gekommen, der Verdacht noch zu vage, das Misstrauen gegenüber den Informationen des Kollegen zu tief.

»Also wenn es tatsächlich eine von ihnen war, dann tippe ich auf die Ehefrau«, antwortete er schließlich. »Dafür spricht ja einiges. Sie hatte ein Motiv und sie hatte auch die Gelegenheit.«

»Richtig. Und wenn es stimmt, was uns die Signora Berger gerade erzählt hat, war ihre Reaktion auf die Pläne ihres Mannes doch nicht ganz so cool, wie sie behauptet hat. Aber sie hat ein wasserdichtes Alibi. Wie übrigens die anderen beiden auch.«

»Die Geliebte, also Sonia Berger, würde ich ohnehin ausschließen. Es sei denn, sie hat den Überfall und all das inszeniert, um im Schutz dieser Lüge ihren Geliebten zur Strecke zu bringen.«

»Aber warum sollte sie das getan haben?«, fragte Carla zurück. »Sie hat diesen Mann geliebt, danach sah es jedenfalls zweifellos aus. Sie wollte ein neues Leben mit ihm anfangen, erwartet ein Kind von ihm. Nein, ich denke, die können wir definitiv von der Liste der Verdächtigen streichen.« Sie kostete ein Stück von dem lecker aussehenden Vitello tonnato, das sie beide als Vorspeise bestellt hatten und das gerade serviert worden war. Dann fiel ihr plötzlich etwas ein. »Was war das denn eigentlich mit dem Feuerzeug?«, fragte sie.

»Nur so eine Idee, keine Ahnung, ob die etwas bringt. Ich dachte, das könnte einem der Typen gehören, die bei Borletti eingebrochen sind und dass er das im Eifer des Gefechts unbemerkt dort verloren hat. Das Ding ist ja schon ziemlich ausgefallen, mit dem Adler drauf. Sie haben es doch bestimmt sichergestellt?«

»Davon gehe ich aus, ja. Darum hat Stefano sich gekümmert. Aber ich werde es mir genauer anschauen.« Sie prostete ihm mit ihrem Weinglas zu, nippte daran. »Sie sind wirklich sehr aufmerksam, Simone.« Sie strahlte ihn an.

Simon war ihr ungewohntes Lob angenehm, aber auch etwas peinlich, und er fuhr hastig fort. »Natürlich könnten es auch die beiden Typen gewesen sein, die ihn umgebracht haben. Zeitlich kommt das hin. Die beiden brechen bei ihm ein, durchwühlen das Arbeitszimmer und bringen Sonia Berger in ihre Gewalt. Danach lassen sie sie in Borgomanero wieder frei, fahren von dort weiter an den See und füllen ihm auf der Wiese in Pella, in einem unbeobachteten Augenblick, das Unkrautvernichtungsmittel in die Flasche.«

»Ja, das könnte so gewesen sein«, erwiderte Carla, »das würde auch zu der Aussage von Longhi passen, dass Borletti auf der Wiese vor dem Start angerempelt und abgelenkt wurde. Diese Spur verfolgt Stefano.«

»Vielleicht hat die Mafia ja die Typen geschickt?« Das war nun doch ein vorsichtiger Versuch Simons, auf Kemmerlings Verdacht zu sprechen zu kommen.

»Wie kommen Sie darauf?«, fragte Carla.

»Es gibt doch Gerüchte, dass Borletti sich mit der Mafia eingelassen hat, oder? Weil er in finanziellen Schwierigkeiten war ...«

»Und seit wann geben Sie etwas auf Gerüchte?« Die Frage kam schneidend und Simon beschloss sofort, doch lieber den Mund zu halten und Kemmerling nicht weiter zu erwähnen, solange er nicht wusste, wie verlässlich dessen Informationen waren. Carla hatte ja recht mit ihrer Skepsis. Kemmerling war zwar ein guter Journalist, aber zu hungrig nach Erfolgen. Da gab es allen Grund, vorsichtig zu sein.

»Also nochmal zurück zu unseren potenziellen Giftmörderinnen«, nahm Carla ihren Faden wieder auf, »wie ist es denn mit Maria, der jungen Mutter?«

»Deren Alibi ist ja ebenfalls hieb- und stichfest«, erwiderte Simon. »Wenn sie ihren Arbeitsplatz bei *Zanetti* für längere Zeit verlassen hätte, wäre das ganz sicher bemerkt worden.«

»So ist es«, stellte Carla fest. »Ich lasse das selbstverständlich noch überprüfen. Trotzdem, ich denke, auch die können wir von der Liste streichen. Ich glaube nicht, dass ich mich in ihr täusche. Und ich bin, ehrlich gesagt, ziemlich froh darüber.«

»Ich auch«, sagte Simon. »Bleibt also Elena Borletti. Vielleicht hat sie uns doch etwas vorgespielt. Sie hatte jedenfalls gleich mehrere starke Motive. Ihr Mann hat krumme Geschäfte gemacht, sie verlassen und er wollte alles aufgeben, auch die Firma, um sich mit seiner Geliebten nach Deutschland abzusetzen. Und außerdem war diese Geliebte auch noch schwanger von ihm. Starker Tobak für jede Ehefrau.«

Carla schaute Simon nachdenklich an. »Und sie hatte natürlich Zugang zu dem Cabaryl«, sagte sie, »und könnte das Gift in die Flasche ihres Mannes getan haben, kurz bevor er zum See aufgebrochen ist, in einem unbeobachteten Moment. Seine Sportsachen lagen ja nach Sonia Bergers Aussage im Büro. Dann hätte sie uns allerdings tatsächlich ein ziemlich raffiniertes Theater vorgespielt. Aber das Entscheidende ist: Auch ihr Alibi ist wasserdicht. Also ist sie ebenfalls aus dem Rennen.«

»Haben Sie das denn schon überprüft?«

»Ja, Stefano hat inzwischen mit dem Verwalter gesprochen. Mit diesem Bruno Romano. Er hat alles, was uns die Signora berichtet hat, ohne Wenn und Aber bestätigt. Borletti muss in seiner Firma so gegen 14 Uhr losgefahren sein. Zu diesem Zeitpunkt waren die Signora und der Verwalter zusammen in den Reisfeldern unterwegs, ziemlich weit weg vom Betrieb und immer Seite an Seite, sagt er.«

»Dann hat sie es vielleicht schon früher in die Flasche getan?«

»Nein, seine Sekretärin war dabei, als er seine Sachen gepackt hat und das Wasser in die Flasche gefüllt hat. Das hat er erst kurz vor seiner Abfahrt gemacht. Vorher hat er noch etwas gegessen, auch in seinem Büro. Dann ist er aber nochmal in die Produktion gerufen worden und hat die Sachen im Büro zurückgelassen. Eine halbe Stunde später hat ihn der Pförtner weggehen sehen, und dass er ins Auto gestiegen und losgefahren ist. Der Täter oder die Täterin hatte also nicht viel Zeit, das Gift in die Flasche zu füllen.«

»Und die Sekretärin, wo war die dann?«

»Wie alle anderen in der Mittagspause. Der Bürotrakt war verwaist. Niemand hat etwas gesehen. Und die Sekretärin ist über jeden Verdacht erhaben. Grundsolide und seit dreißig Jahren in der Firma. Und kein Motiv bei ihr in Sicht. Das hat Stefano inzwischen alles überprüft.«

»Und dass der Verwalter lügt, um Elena Borletti zu schützen? Oder vielleicht sogar eine Affäre mit ihr hat?«

»Äußerst unwahrscheinlich, sagt Stefano. Das ist ebenfalls ein untadeliger Mann, allseits respektiert und beliebt. Seit Jahrzehnten in der Firma, nach aller Aussagen, also Kollegen, Sekretärin, Nachbarn, glücklich verheiratet, hat drei halbwüchsige Kinder. Warum sollte er das tun?«

»Dann ist eben keine unserer drei Frauen die Täterin. Und wir müssen nach einer anderen Spur suchen. Nach jemandem, der ihm das Gift auf der Wiese vor dem Start in die Flasche gemengt hat. Bei diesem Zwischenfall, von dem Longhi berichtet hat. Also vielleicht doch die Mafia und daher kommen auch die beiden Typen. Ein ehemaliger Kollege von mir hat nämlich ...«

Simon konnte seinen Satz nicht beenden, weil Carlas Handy klingelte. »*Ciao*, Stefano, gibt es etwas Neues von unserem Toten?«, meldete sie sich, und während sie mit dem Telefon am Ohr noch der Antwort ihres Kollegen lauschte, schüttelte sie schon verneinend den Kopf in Simons Richtung.

Während Carla leise weitersprach, beobachtete Simon das Treiben im Hafen. Die Ablenkung tat ihm gut. Gerade legte das Schiff aus Orta an – diesmal war es die kleine *Azalea*, die immer etwas Schlagseite hatte – und entließ seine Passagiere auf den Steg, darunter auch einige, die wie Touristen aussahen. Die lockte in Omegna eigentlich nicht viel, am Donnerstag der weitläufige Markt am Hafen, sonst vor allem der Werksverkauf von *Alessi*, dem renommierten Hersteller von Haushaltswaren. Simon mochte die Stadt, die mit ihrem ganz normalen norditalienischen Alltagsleben einen Kontrapunkt zu Orta San Giulio setzte, das wunderschön, aber auch ziemlich museal war. Omegna mit seiner verblichenen Industriegeschichte und seiner Geschäftigkeit war da ganz anders, ein wenig abgewetzt zwar, aber sympathisch und lebendig.

Die Passagiere hatten jetzt alle das Schiff verlassen, als Letzte noch ein Paar mit einem Hund, der Mann ganz in Schwarz. Simon schaute genauer hin. War das nicht ...? Ja, er hatte richtig gesehen. Das waren sein Freund Tommaso und Anna, Simons schöne Nachbarin, an der Leine ihre alte Hündin Emma, die neben ihr her trabte. War das etwa der Damenbesuch, den Tommaso erwähnt hatte? Da musste er dranbleiben, dachte Simon, das wollte er genauer wissen, denn das würde auch Luisa brennend interessieren. Wenn sie nicht ohnehin längst auf dem Laufenden war. Luisa liebte es jedenfalls zu tratschen, zumindest, solange das unschädlich war und es um offene Geheimnisse ging. Simon hatte sie in einem schlechten Moment einmal geschwätzig genannt und das anschließend bitter bereut. Tagelang hatte sie ihm daraufhin die kalte Schulter gezeigt. Und sie hatte ja recht. Denn wenn es darauf ankam, gab Luisa um nichts in der Welt etwas von dem preis, was man ihr anvertraut hatte.

Simons Gedanken kehrten dann doch wieder zurück zu Kemmerling, vielleicht weil er ohnehin gerade über Geheimnisse nachgegrübelt hatte. Wo war der Kollege eigentlich? Noch immer hatte er nichts von sich hören lassen. Schon wollte Simon zum Handy greifen, als Carla ihr Gespräch mit Stefano beendete, es auf einmal sehr eilig hatte und zum Aufbruch drängte. Die Gelegenheit, sie doch noch auf Kemmerlings Verdacht anzusprechen, war vorüber, und vielleicht war das auch besser so.

Simon brach nicht sofort auf. Er setzte sich am Hafen auf eine Bank im Schatten einer Platane und wäre fast eingeschlafen. An diesem Morgen war er früh aufgestanden, das Mittagessen und das Glas Wein taten ein Übriges. Dagegen kam auch der Espresso nicht an, den er noch getrunken hatte. Aber dann riss er sich zusammen. Wen sollte er zuerst anrufen? Kemmerling oder Luisa? Natürlich Luisa. Sie ging sofort an ihr Handy, war munter und ausgelassen, lachte übersprudelnd, so wie er das von seiner extrovertierten Freundin kannte und an ihr liebte. Sie schien sich über seinen Anruf zu freuen und ihn zu vermissen. Aber dann, zum Ende ihres Gesprächs, erzählte sie ihm so ausführlich von ihren Problemen auf der Baustelle, dass es ihn wieder misstrauisch stimmte. Sonst sprach sie eigentlich nie viel über ihre Arbeit. Gut, es gab auf ihrer Baustelle offenbar Ärger mit der Statik und den Zulieferern. Sie war unter Termindruck und niemand, die so etwas in sich hineinfraß. Aber Simon war doch verunsichert. Eine plötzliche Angst, sie zu verlieren, griff nach ihm. Er sehnte sich nach ihr, nach ihrem Lachen, ihrer Intelligenz, ihrem Temperament und ihrem sinnlichen Körper. Einen kurzen Augenblick lang hatte er den Impuls, alles stehen und liegen zu lassen, ins nächste Flugzeug zu steigen und sie in Frankfurt zu überraschen. Der Mailänder Flughafen war nah. Aber schon Sekunden später verwarf er die verrückte Idee. Dann könnte er ja nicht mehr an diesem rätselhaften Giftmord dranbleiben – und das kam nicht in Frage.

Er riss sich von dem Gedanken an Luisa los, griff wieder zu seinem Handy und wählte diesmal Thomas Kemmerlings Nummer. Keine Antwort. Sein Telefon war nach wie vor ausgeschaltet. Was war mit dem Kollegen los? War ihm womöglich doch etwas passiert? Konnte es sein, dass …?

Simon war auf einmal sehr wach, sprang von der Bank auf und eilte zu seinem Auto. Nach Orta waren es nur wenige Kilometer. Er würde dorthin fahren, Kemmerlings Hotel aufsuchen und sich dort nach ihm erkundigen.

11

»Nein, tut mir leid, aber wir haben Signor Kemmerling seit gestern Morgen nicht mehr gesehen.« Der Portier zuckte bedauernd mit den Schultern. Simon stand an der Rezeption des *Palazzo Motta*. In der Empfangshalle war es angenehm kühl, die Atmosphäre gepflegt altmodisch und elegant, mit viel Holz, verspiegelten Wänden und locker im Raum verteilten bequem aussehenden Ohrensesseln, einige aus dunkelrotem, andere aus kornblumenblauem Samt. Es waren nur wenige Gäste anwesend, die Zeitung lasen oder sich leise unterhielten, die meisten mit knalligen Drinks auf niedrigen Tischen vor sich. Von draußen drang, abgedämpft durch die großen Fensterscheiben, das Johlen und Lachen von Kindern, die sich in dem auf einer Terrasse über dem See gelegenen Pool vergnügten.

In Simon stieg eine dunkle Ahnung auf, erst jetzt ließ er wirklich den Gedanken zu, dass Kemmerling womöglich etwas zugestoßen war. Was sollte er tun? Carla anrufen?

Der Portier kam seiner Entscheidung zuvor. »Sind Sie vielleicht Signor Strasser?«, fragte er.

»Ja.«

»Ich habe etwas für Sie. Von Signor Kemmerling. Einen Umschlag. Den soll ich Ihnen zukommen lassen, wenn er länger als vierundzwanzig Stunden nicht ins Hotel zurückkehrt. Und das ist ja nun der Fall.«

Simon zögerte mit der Antwort. Er wusste nicht, was er tun sollte. Was, wenn Kemmerling gar nichts zugestoßen war, er ins Hotel zurückkehrte und von dieser übereilten Aktion erfuhr? Und überhaupt: In was ließ er sich da womöglich hineinziehen?

Simon versuchte es noch einmal auf Kemmerlings Handy. Nichts. Was konnte er noch tun? In Hamburg beim *Express* anrufen? Vielleicht hatte der Kollege sich dort gemeldet. Die Telefonnummer war im Netz schnell gefunden, und Simon wurde sofort in die Redaktion durchgestellt. »Nein, Sie haben kein Glück, Herr Strasser«, sagte eine junge Frau mit melodischer Stimme. »Herr Kemmerling ist unterwegs auf einer Recherchereise. Im Ausland. Wir erwarten ihn erst in etwa einer Woche zurück.«

Simon steckte sein Handy resigniert weg, wandte sich wieder an den Portier. »Also gut«, sagte er, »dann geben Sie mir bitte, was Signor Kemmerling für mich hinterlegt hat.«

»Gerne, aber dann brauche ich einen Ausweis von Ihnen. Darauf hat Signor Kemmerling großen Wert gelegt.«

Simon zückte seinen Personalausweis, den deutschen, weil er das in dieser Situation für das passendere Dokument hielt.

»Ach, Sie sind auch Deutscher, wie Signor Kemmerling, aber das hört man bei Ihnen gar nicht. *Complimenti, Signore,* Ihr Italienisch ist geradezu perfekt.«

Unter anderen Umständen hätte Simon sich geschmeichelt gefühlt, aber für solche Eitelkeiten war jetzt kein Platz in seinem Kopf, geschweige denn dafür, sich dem Portier als halber Italiener zu erkennen zu geben. Auch wenn er diesen Kemmerling nicht leiden konnte, der Gedanke, dass er vielleicht in Gefahr war, ließ ihn nicht kalt. Der Portier verließ kurz den Empfangstresen, verschwand nach hinten durch eine Tür und kehrte mit einem kleinen Umschlag zurück.

Simon nahm ihn entgegen. »Welche Zimmernummer hat mein Kollege eigentlich?«, fragte er dann noch.

»15, Signor Strasser.«

»Könnte ich mir das Zimmer vielleicht ansehen?«

»O nein, das geht leider nicht, davon hat Signor Kemmerling nichts gesagt.«

Simon insistierte nicht, verschwand mit dem Umschlag in eine Ecke der Empfangshalle und riss ihn ungeduldig auf. Er enthielt einen Schlüssel, offenbar für ein Schließfach, dazu eine Notiz mit der Adresse: Stresa, Bahnhof und einer Nummer. Simon zögerte keinen Moment. Er würde sofort dorthin fahren. Wie gut, dass er am Morgen nicht die Vespa genommen hatte. Als hätte er geahnt, welche Fahrerei quer durch die Region ihm heute bevorstand.

Aber dann hielt er doch inne. Auf dem Weg nach draußen passierte er den Hotelaufzug und konnte der Versuchung nicht widerstehen. Vielleicht lief ihm ja auf der Etage einer der Angestellten über den Weg und er könnte den dazu verleiten, ihm die Tür zu Kemmerlings Zimmer zu öffnen.

Der weitläufige Flur im ersten Stock war mit dickem, rotem Teppichboden ausgelegt, an den Wänden hingen alte Spiegel und historische Stiche von Orta San Giulio, alle in schmale Goldrahmen gefasst, sehr geschmackvoll. Es war still und niemand zu sehen. Die Nummer 15 lag ganz am Ende des Gangs. Simon klopfte zweimal. Nichts. Er drückte die Klinke herunter. Abgeschlossen. Es hatte keinen Zweck. Der Kollege war wie erwartet nicht da und er kam in sein Zimmer nicht hinein. Auf halbem Weg zurück zum Aufzug kam ihm von der Treppe her jemand entgegen, Simon nickte dem Mann zu, aber der wich seinem Blick aus. Ein seltsamer Typ. Ein Hotelgast? Wahrscheinlich. Auch wenn er mit seiner schwarzen Motorradlederjacke nicht ganz in das gediegene Ambiente passte. Aber egal, Simon hatte es jetzt eilig, nach Stresa zu kommen.

Er nahm den direkten Weg von Orta über die Hügel zum Lago Maggiore, vorbei an dem kuriosen Schirmmuseum und dem Golfplatz von Gignese, auf dessen *Driving Range* er vor nicht langer Zeit einige Male zusammen mit Luisa ein paar Bälle geschlagen hatte, gar nicht so schlecht, sich dann aber doch für diesen gehobenen Altherrensport noch nicht reif gefühlt hatte. Die fast zwei Jahrzehnte jüngere Luisa hatte ihn daraufhin mal wieder für altersparanoid erklärt, war selbst am Ball geblieben, hatte sich als großes Talent erwiesen und inzwischen ein beachtliches Handicap erreicht.

Das jäh aufkommende Verlangen nach ihr schob Simon weg, es tat weh, und außerdem war dafür im Moment keine Zeit. Seine Gedanken kreisten um das Schließfach. Was würde er darin finden?

Schnell hatte er hinter dem Golfplatz den höchsten Punkt der Strecke erreicht, nun ging es in scharfen Kurven hinunter zum Lago Maggiore, vorbei an exponiert gelegenen Jugendstil-Villen mit kunstvoll gestalteten Loggien, Bogengängen, Terrassen, Giebeln und Aussichtstürmen.

Einen Moment war Simon wie geblendet von dem gigantischen See, der sich unter ihm tiefblau ausbreitete, mit zahllosen Schiffen überall, die von oben aussahen wie Spielzeugboote und ihre Spur auf der Wasserfläche zogen. Aber dann lenkte ihn etwas von dem faszinierenden Anblick ab. Nervös sah er in den Rückspiegel. Wurde er etwa verfolgt? Ein schwarzer Geländewagen mit getönten Scheiben fuhr seit einiger Zeit hinter ihm her, hielt stets den gleichen Abstand, bremste, wenn auch er bremste, und das nicht nur in den Kurven. Dabei war das der Typ Wagen, dessen Fahrer jemanden wie Simon in seinem alten Peugeot normalerweise aggressiv bedrängten und bei der ersten Gelegenheit überholten, selbst wenn es noch so riskant war.

Endlich erreichte Simon Stresa, bog in die Straße zu dem etwas oberhalb des historischen Ortskerns gelegenen Bahnhof ab, blickte wieder in den Rückspiegel, ob der Geländewagen ihm auch dorthin folgte. Nein. Er war verschwunden, offenbar weiter ins Stadtzentrum gefahren. Simon atmete tief durch. Wahrscheinlich hatte er sich geirrt, dachte er, niemand hatte ihn verfolgt. Offenbar sah er schon Mafia-Gespenster. Dieser verfluchte Kemmerling!

Er hatte Glück und fand einen Parkplatz direkt vor dem lang gestreckten Bahnhof, einem denkmalgeschützten Gebäude mit blassgelber Fassade, das noch entfernt an die Glanzzeiten Stresas im 19. Jahrhundert erinnerte, als der Orient-Express hier Halt gemacht hatte und das Städtchen eine Luxusdestination für die Reisenden der englischen Oberschicht gewesen war. Logiert hatten die reichen Engländer damals in den Hotelpalästen an der palmengesäumten Seepromenade.

In das exquisiteste von ihnen, das *Grand Hotel des Iles Borromées*, war Simon schon mehrfach eingekehrt, hatte mit dem Barmann geplaudert und sich beim Whisky die englischen Gäste ausgemalt, wie sie in den Salons unter den hohen Decken und bombastischen Kristalllüstern gesessen hatten, die Damen mit ihren straußengefederten Hüten, wallenden Kleidern und endlosen Handschuhen, und an ihrer Seite die Herren in Sakkos und mit Melone auf dem Kopf. Nach dem Ersten Weltkrieg hatte dann Hemingway dort eine Suite bezogen, seine Drinks an der Bar genossen und das Hotel in seinem Roman *In einem anderen Land* vorkommen lassen. *Tempi passati.* Der Lago Maggiore war inzwischen aus der Mode gekommen wie Toast Hawaii und Eierlikör, und Simon fragte sich jedes Mal, wenn er in Stresa war, wie diese verschwenderischen Hotels heutzutage überlebten. Angeblich kamen die Gäste der großzügigen Suiten jetzt häufig aus arabischen Ländern.

Die Schließfächer befanden sich in einem etwas versteckten Winkel des Bahnhofs, und Simon, der der Situation noch immer nicht ganz traute, sah sich auf dem Weg dorthin ständig nach allen Seiten um, vergewisserte sich, dass ihm niemand folgte. In gespannter Erwartung steckte er den Schlüssel ins Schloss und öffnete die Stahltür. Es enthielt ein Paket, einen flachen Karton. Simon griff schnell zu, nahm ihn unter den Arm, hastete zurück zum Auto, ganz ohne wie sonst einen Blick für die Bahnhofsbar zu haben, in die er gerne auf einen Espresso einkehrte, wenn er Besucher vom Zug abholte. Dafür war jetzt definitiv keine Zeit. Er hatte nur einen einzigen Wunsch, er wollte nach Hause, so schnell es ging.

Da war er wieder. Der schwarze Geländewagen hatte erneut seine Verfolgung aufgenommen. Jetzt gab es keinen Zweifel mehr. Das konnte kein Zufall sein. Es waren zwei Männer in dem Auto, so viel konnte Simon im Rückspiegel erkennen. Waren das vielleicht dieselben, die bei Borletti eingedrungen waren? Womöglich dessen Mörder? Warum sie ihn jetzt verfolgten, war unschwer zu erraten. Bestimmt hatten sie es auf die Unterlagen von Kemmerling abgesehen. Sie mussten ihn schon im *Palazzo Motta* beobachtet haben, vielleicht war einer von ihnen der Mann, der ihm im Flur begegnet war, und sie waren ihm dann nach Stresa gefolgt. Was hatten sie vor? Womöglich würden sie ihn von der Straße abdrängen, sobald er in das einsame Gelände hinter Gignese gelangte und wieder auf den Lago d'Orta zufuhr. Jetzt hätte ihm seine Vespa doch gute Dienste geleistet, mit der wäre er beweglicher gewesen.

Simon nahm Serpentine um Serpentine, den Rückspiegel ständig im Auge. Sein Herz pochte und seine Gedanken rasten. Was sollte er tun? Fieberhaft dachte er nach, suchte nach einem Ausweg. Und tatsächlich fiel ihm etwas ein. Ein kleiner, versteckter Weg, der in einer Serpentine von der Straße in den Wald abzweigte, noch vor Gignese, und der zum Golfplatz führte. Es war eine Abkürzung zum Clubhaus, die er und Luisa manchmal genommen hatten.

Das konnte funktionieren. Wenn er es geschickt anstellte. Die Männer würden zwar schnell bemerken, dass sie ihn verloren hatten, sofort umdrehen und ihm in den Waldweg folgen. Aber dann hätte er einen größeren Vorsprung und wäre mithilfe eines weiteren Schleichwegs, der auf der anderen Seite des Golfplatzes begann, hoffentlich schon über alle Berge.

Kurz vor der Serpentine beschleunigte Simon den Peugeot. Den beiden Männern hinter ihm entging das nicht und sie fuhren nun ebenfalls schneller. Aber Simon hatte doch für einen Moment etwas Distanz gewonnen. Jetzt war er im Scheitelpunkt der Serpentine, also für Sekunden außerhalb des Blickfelds seiner Verfolger. Er riss das Steuer hart nach links, schlitterte mit dem Peugeot in den zugewachsenen Waldweg, bekam den Wagen aber gleich wieder unter Kontrolle. Gut, dass seine Hand wieder mitspielte, schoss es ihm in den Kopf. Sofort gab er erneut Gas, riskierte aber noch einen Blick in den Rückspiegel. Der schwarze Wagen bog rasant um die Kurve, schleuderte etwas, fuhr dann auf der Landstraße weiter hoch in Richtung Gignese.

Er hatte es geschafft. Fast. Es würde etwas dauern, bis die Männer ihren Fehler bemerkten, auf der schmalen Straße wenden und zurückkehren würden. Das musste er nutzen.

Jetzt trat Simon das Gaspedal durch. Noch nie hatte er seinen Peugeot so strapaziert, schon gar nicht auf einer so holprigen Strecke. Die Chance war groß, dass das Manöver gelingen könnte. Wenn der alte Wagen ihn nur nicht im Stich ließ und den Ritt über die Schlaglöcher überstand.

Prompt gab es ein dumpfes Geräusch, der Peugeot holperte.

War ein Reifen geplatzt? Nein, das Auto hielt weiter die Spur, verlor nicht an Fahrt. Wahrscheinlich war er nur seitlich gegen einen Ast geknallt.

Schon kam das Clubhaus in Sicht. Und kurz darauf der nächste Abzweig. Das war wieder ein Schleichweg in den Wald, der, wie Simon wusste, ihn letztlich auf eine Landstraße in Richtung Lago Maggiore führen würde. Aber hatte er seine Verfolger wirklich abgeschüttelt? Ständig ging sein Blick in den Rückspiegel, blitzartig, um sich sofort wieder auf die Strecke vor ihm zu konzentrieren, Löchern auszuweichen und nicht seitlich im Graben zu landen.

Der schwarze Wagen blieb verschwunden, er hatte die beiden Männer offenbar erfolgreich abgehängt. Simon nahm den Fuß etwas vom Gas, atmete tief durch. Am liebsten hätte er eine kurze Verschnaufpause eingelegt. Aber das konnte er nicht riskieren.

Kurz darauf war er schon auf der Landstraße, die durch das Alto Vergante oberhalb des Lago Maggiore zurück an die Südspitze des Lago d'Orta führte. Es war ein großer Umweg, aber das war vollkommen unwichtig. Er hatte es tatsächlich geschafft.

In Gozzano machte er Halt, suchte sich einen Parkplatz unter Bäumen, überlegte, ob er in die Bar an der Piazza einkehren sollte, blieb dann aber doch im Auto sitzen, entspannte sich, gönnte sich eine Atempause. Jetzt fiel ihm ein – und er verstand sich selbst nicht –, dass er in der Aufregung nicht einmal den Versuch unternommen hatte, das Kennzeichen seiner Verfolger zu entziffern – so schwierig das auch gewesen wäre. Wie dumm von ihm.

Und was sollte er nun tun? Carla sofort anrufen? Nein, erst wollte er sehen, was sich in dem Paket von Kemmerling befand. Aber wohin damit? In keinem Fall nach Ronco, das war klar. Es war nicht unwahrscheinlich, dass die beiden Männer seinen Wohnort kannten und ihn dort erwarteten. Schlagartig kehrten bei diesem Gedanken Angst und Sorge zurück. Nico. Wie hatte er sie nur vergessen können? Wo war sie? Womöglich in Ronco? Das konnte dann tatsächlich gefährlich sein. Er musste sie sofort anrufen. Verdammt, was war mit ihm los? Warum hatte er nicht schon früher daran gedacht? Er war doch kein Anfänger. Aber offenbar aus der Übung. Oder nicht in Form. Egal, für Selbstzweifel und zum Grübeln war jetzt keine Zeit.

Es klingelte nur zweimal, dann hörte er Nicos vertraute Stimme. »Hi, Simon, gibt es dich noch?« Eine Welle von Erleichterung durchströmte Simon. So hörte sich niemand an, der in Gefahr ist. »Eigentlich bin ich ja wegen dir an den See gekommen ...«, sagte sie, aber es klang nach ihrer üblichen Ironie, jedenfalls nicht vorwurfsvoll.

»Wo bist du?«, fragte er zurück.

»Wieder in Coiromonte bei Paolo. Ohne dich war es mir in Ronco zu einsam und zu langweilig. Heute Abend machen wir hier im Garten übrigens ein kleines Konzert. Ein paar Freunde kommen, und bestimmt noch einige Leute, die das über Facebook mitkriegen. Kommst du auch?«

Simon sagte sofort zu. Er war erleichtert. Wenn Nico am Abend mit ihren Freunden Musik in Coiromonte, also in den Hügeln auf der anderen Seeseite machte, dann würde sie auch die Nacht dort verbringen. Und morgen fuhr sie nach Turin zurück. So war es geplant. Damit war sie außer Gefahr. Ein Stein fiel ihm von Herzen. Er begann sogar, sich auf den Abend zu freuen. Ein bisschen Entspannung konnte er nach diesem, gelinde gesagt, ereignisreichen Tag gut gebrauchen.

Aber vorher gab es noch etwas zu erledigen. Er nahm das Paket vom Beifahrersitz, drehte es in den Händen, wog es, dann riss er die Verpackung auf und öffnete den Deckel des flachen Kartons. Ein Stapel Papiere und obenauf ein USB-Stick. Damit war zu rechnen gewesen. Aber wie sollte er herausbekommen, was Kemmerling darauf abgespeichert hatte? Dunkel erinnerte sich Simon, dass es hier ganz in der Nähe des Parkplatzes, auf dem er mit seinem Peugeot stand, irgendwo in einer Seitengasse, ein Internet-Café gab. Dort könnte er die Unterlagen in Ruhe ansehen und auch das, was sich auf dem Stick befand. Dafür musste er allerdings die sichere Höhle seines Peugeot verlassen. Simon staunte über sich selbst. Seit wann war er so furchtsam? Als Polizeireporter war er durchaus einige Male in Gefahr geraten und doch immer ziemlich gelassen geblieben. Aber mit der Mafia hatte er noch nie zu tun gehabt. Lag es daran? Oder war die Furcht etwa eine Alterserscheinung? Allein dieser Gedanke brachte seinen Mut zurück, und schon war er unterwegs.

Es war ein kleiner Laden, mit wenigen Tischen, auf denen Computer standen, und mit einer Bar, an der man die Rechner freischalten ließ und wo kalte Getränke und Espresso ausgeschenkt wurden. Außer dem jungen Mann, der das Internet-Café managte, waren nur zwei tiefschwarze, ebenfalls junge Männer da, vermutlich Afrikaner, die in dem ehemaligen Hotel in Gozzano lebten, das lange leer gestanden hatte, bis man es vor einiger Zeit zur Flüchtlingsunterkunft umgebaut hatte. Sonst waren alle Rechner verwaist. Wahrscheinlich würden diese Läden ohnehin nicht mehr lange überleben, kam es Simon in den Sinn, denn wer außer diesen Flüchtlingen brauchte noch so etwas, wo doch fast jedermann digital hochgerüstet war?

Er trank einen schnellen Espresso, suchte sich dann einen Platz, den man von der Straße aus nicht einsehen konnte. So viel Absicherung musste sein, auch wenn die Angst jetzt fast vollständig von ihm abgefallen war. Er öffnete wieder den Karton. Obenauf lag ein handschriftlicher Zettel: *Rechercheunterlagen. An die Redaktion Express in Hamburg weiterleiten. Informantenschutz beachten!!* Simon blätterte den Papierstapel durch. Es gab auch ein paar namentlich adressierte Briefumschläge, das sah privat aus, die würde er nicht anrühren. Dann viel Spanisches. Kemmerling war anscheinend vor seiner Ankunft in Italien in Mexiko und Kolumbien gewesen, hatte dort Interviews geführt, Artikel gesammelt, Dokumente abgelichtet und Fotos gemacht. Das war bestimmt alles interessant, aber für Simon belanglos. Ihn interessierten Italien und der Fall Borletti.

Aber das Einzige, was dazu eventuell einen Bezug hatte, war eine Lageskizze, in die einige Begriffe eingetragen waren, wohl zur Orientierung: *strada, canale, sentiero, capanna*, am rechten oberen Rand noch ein einzelner Buchstabe, ein V. Unten standen zwei Namen, Pier Roncarolo und Domenico Carenzo. Wer war das? Warum standen die Namen auf dieser Skizze? Und wer hatte sie angefertigt? Kemmerling selbst konnte es nicht sein. Er sprach kein Italienisch und es war nicht seine Schrift. Auch welchen Ort die Skizze zeigte, war nicht zu erkennen. Vielleicht bekam er es aber heraus, dachte Simon. Einen kleinen Hinweis gab es immerhin: Ebenfalls etwas unleserlich stand da das Wort *risaie*, Reisfelder, es musste sich also um das Reisgebiet handeln. War das die Verbindung zu Borletti?

Ganz unten im Stapel fand Simon noch ein schmales Bündel mit Ausdrucken von deutschen Zeitungsartikeln älteren Datums, die er schnell überflog. Es waren alles Berichte aus einem Münchner Boulevardblatt, dem *Blick*, aufgemacht mit den üblichen reißerischen Schlagzeilen. Es ging um einen schon eine ganze Weile zurückliegenden Skandal in der bayerischen Hauptstadt, in dessen Mittelpunkt ein Verein namens

Zuflucht e. V. stand. Der hatte vorgeblich Flüchtlingshilfe betrieben, unter diesem Deckmantel aber Frauen, vor allem Nigerianerinnen, die über das Meer nach Italien geflohen waren, nach Deutschland geschleust und dort in die Prostitution gezwungen. Simon stutzte. Autor der Artikel war Thomas Kemmerling. Er musste bei dem Münchner Blatt gearbeitet haben, bevor er beim *Express* in Hamburg gelandet war. Wahrscheinlich hatte ihm diese Recherche den Ruf als investigativer Journalist und schließlich den Job bei dem Nachrichtenmagazin eingebracht.

Simon stand vor einem Rätsel. Warum fanden sich diese alten Berichte in Kemmerlings neuen Rechercheunterlagen? Es war ein anderes Thema, und die Geschichte lag schon weit zurück. Irgendeinen Zusammenhang musste es aber geben. Oder hatte Kemmerling seine Berichte aus reiner Eitelkeit aufgehoben? Weil er damit einen Coup als investigativer Reporter gelandet hatte? Das hätte zwar zu ihm gepasst, überlegte Simon, aber dazu war er doch ein zu professioneller Journalist.

Simon überflog die Texte ein zweites Mal. Mehrmals erwähnte Kemmerling eine Frau, die unter Verdacht stand, den Frauenhandel in München mitorganisiert zu haben, vermutlich im Auftrag von nigerianischen Hintermännern. Sie war Italienerin, aber anscheinend in Deutschland aufgewachsen. Vielleicht gab es da eine Verbindung zur Mafia und womöglich sogar auch zu Borletti. Und vielleicht enthielt der USB-Stick noch mehr Informationen. Simon steckte ihn in den Computer, scrollte zügig alle Dokumente durch. Aber auch auf dem Stick befand sich nur spanischsprachiges Material.

Simon war ein wenig enttäuscht. Er hatte sich mehr erwartet. Und was sollte er mit den Unterlagen anfangen, fragte er sich. Er wollte sie unbedingt loswerden, das auf jeden Fall. Sollte er sie der Polizei aushändigen? Carla? Nein, das kam nicht in Frage. Das war Recherchematerial, das dem Zeugenschutz unterlag. Denn offensichtlich fanden sich in den spanischen Unterlagen Auskünfte von Informanten, denen Kemmerling Schutz zugesagt hatte. Für die könnte es gefährlich werden, wenn die Polizei das Material in die Hände bekam. Es gehörte daher dorthin, wofür Kemmerling es recherchiert hatte: in die Redaktion nach Hamburg. So wie es der Journalist gewollt hatte. Die mussten dann entscheiden, wie damit umgegangen würde. Aber was war bloß mit Kemmerling geschehen? Der Gedanke an ihn wurde immer quälender. An sein Handy ging er immer noch nicht. Hatte man ihm etwas angetan? War er womöglich das Brandopfer? Oder wurde er irgendwo gefangen gehalten? Dass ihm etwas passiert war, dass er in Gefahr war, dessen war Simon sich inzwischen vollkommen sicher. Eines war daher klar: Er musste jetzt unbedingt Carla anrufen, um sie über sein Verschwinden zu informieren. Er griff erneut zu seinem Handy.

Carla klang, als wäre sie in Eile. »Was ist los, Simone?«

»Ich brauche Sie«, antwortete Simon. »Ein Kollege von mir, ein Journalist aus Deutschland, ist verschollen. Ich glaube, er ist in Gefahr, und«, Simon zögerte einen Moment, »er könnte vielleicht der Mann sein, der oben in dem Feuer verbrannt ist.«

»Wie kommen Sie darauf?«

Simon machte es kurz, er hatte nicht vor, Carla jetzt die ganze Geschichte zu erzählen.

»Er heißt Thomas Kemmerling. Investigativer Reporter beim *Express* in Hamburg. Er war an einer Mafia-Sache dran. Und hat mich vor kurzem kontaktiert, weil er meine Unterstützung wollte. Ich habe natürlich abgelehnt. Aber er hatte eine Verabredung mit Borletti, zu der es dann nicht gekommen ist.«

»Mit Borletti?«

»Ja, der war einer seiner Informanten.«

»Woher wissen Sie das alles?«

»Von Kemmerling. Wir kennen uns von früher. Aber das ist doch jetzt nicht so wichtig, oder? Er könnte in Gefahr sein. Er ist nicht aufzufinden, wollte sich aber bei mir melden. Ans Handy geht er nicht.«

»Deshalb haben Sie also die Mafia verdächtigt, Borletti umgebracht zu haben. Das hatten Sie von Ihrem Kollegen. Das hätten Sie vielleicht erwähnen sollen. Hat er denn bei Ihnen gewohnt?«

»Nein, im *Palazzo Motta*.«

»Also Orta. Das passt. Da bin ich gerade mit Stefano. Wir schauen im Hotel mal nach.« Sie machte eine Pause. »Und wir verständigen uns später nochmal, *va bene*? Ich glaube, Sie sind mir noch ein paar Erläuterungen schuldig.«

Damit war das Gespräch beendet.

Simon packte alles zurück in den Karton. Nur von der Lageskizze im Reisgebiet und den Artikeln über den Münchner Skandal machte er mit seinem Handy ein paar Fotos. Wer weiß, wofür das noch gut war. In jedem Fall würde er die Namen auf der Skizze googeln, vielleicht brachte das einen Hinweis.

Er sah auf seine Uhr. Wenn er das Paket heute noch absenden wollte, und das wollte er in jedem Fall, schon zu seiner eigenen Sicherheit, musste er sich beeilen. Die nächste Postfiliale war wenige Kilometer entfernt in Borgomanero und machte bald zu. Eine halbe Stunde später gingen Kemmerlings Unterlagen als Einschreiben auf die Reise nach Hamburg.

Auf dem Rückweg zu seinem Auto meldete sich Simons Handy. Carla. »Wo sind Sie jetzt, Simone?«, fragte sie.

»In Borgomanero.«

»Es gibt Neuigkeiten, und keine guten. Sie könnten recht haben«, fuhr sie fort.

Simon sagte nichts, wartete ab, dass sie weitersprach.

»Ich komme gerade aus dem Hotel. Ihr Kollege ist offenbar tatsächlich verschwunden. Und es könnte sein, dass da jemand eingedrungen ist. Vielleicht seinen Laptop an sich genommen hat. Danach sieht es aus.«

Simon fiel sofort wieder der Mann in der Lederjacke ein, dem er im Hotelflur begegnet war. Aber mit diesem Verdacht würde er sich jetzt erst einmal nicht aufhalten. Die Rechercheunterlagen, die er an sich genommen hatte, hatte Carla nicht erwähnt. Entweder hatten sie mit dem Portier nicht gesprochen oder – und das war wahrscheinlicher – es hatte inzwischen ein anderer Dienst gehabt. Aber auch das war jetzt nicht wichtig.

»Aber es gibt noch etwas«, fuhr Carla auch schon fort, »ich habe gerade die Information aus der Gerichtsmedizin bekommen: Der Mann oben im Feld war schon tot, als er verbrannt ist. Er ist erschossen worden. Und es könnte sein, dass es ein Deutscher ist. Vielleicht ist es also wirklich Ihr Kollege.«

»Und wie kommen Sie darauf, dass der Tote ein Deutscher ist?«, fragte er.

»Es ist nur eine Vermutung. Wir haben einen Siegelring bei ihm gefunden, mit einem Familienwappen. Der hat das Feuer erstaunlicherweise einigermaßen überstanden. Und Stefano hat das recherchiert und meint, das Wappen könnte deutscher Herkunft sein. Ich habe Ihnen gerade ein Foto von dem Ring auf Ihr Handy geschickt. Schauen Sie sich das doch einmal an, ja? Und rufen Sie mich dann bitte zurück.«

Simon verschlug es die Sprache. Eigentlich brauchte er das Foto nicht mehr anzusehen. Er wusste, wer das war. Er machte die WhatsApp von Carla auf. Kein Zweifel. Es war der Ring von Thomas Kemmerling. Der Journalist war ermordet worden.

12

Schon von Weitem hörte Simon das Saxofon von Nicola. Er war zu Fuß unterwegs auf dem Feldweg zu dem alten Haus in Coiromonte, in dem Paolo und seine Freunde in einer gleichermaßen prekären wie kreativen Gemeinschaft lebten. Vor einer Stunde war er von der Postfiliale in Borgomanero aufgebrochen und direkt in das hoch und malerisch auf einer Kuppe gelegene Dorf an den Hängen des Mottarone gefahren. Er hatte länger als üblich für die Strecke gebraucht, weil er so langsam gefahren war, müde und nachdenklich, ständig in Gedanken bei Thomas Kemmerling. Noch konnte Simon es nicht glauben, dass er tot war. Und alles sprach dafür, dass die Mafia den lästigen Reporter aus dem Weg geräumt hatte.

Jetzt hatte Simon das Haus erreicht. Seit er zum letzten Mal bei Paolo in Coiromonte war, hatte sich wenig verändert, der Garten mit den alten Walnuss-, Apfel- und Zitronenbäumen war verwildert wie ehedem, nur die Klappläden waren gestrichen worden, leuchteten jetzt in Türkis und gaben dem rustikalen dreistöckigen Haus mit seinen umlaufenden Holzbalkonen einen freundlicheren, fast mediterranen Anstrich.

Simon öffnete das Gartentor, und schon war Buffon zur Stelle, begrüßte ihn schwanzwedelnd, sprang an ihm hoch. Der Hund musste seine Witterung schon aus der Ferne aufgenommen haben. Simon genoss diese ungeteilte Zuneigung des Terriers von ganzem Herzen, heute noch mehr als sonst, und tätschelte ihm dankbar die Schnauze. Die Katze fiel ihm ein. Daphne. Aber die hatte er immerhin am Morgen noch versorgt und sie kam, anders als der Hund, auch gut allein aus.

Die Nachricht von dem improvisierten Konzertabend musste sich in der Gegend schnell herumgesprochen haben. Auf der weitläufigen Wildwiese saßen bestimmt fünfzig junge Leute, alle mindestens zwanzig Jahre jünger als Simon, einige mit Bierflaschen in der Hand, manche mit einem Instrument. Die Abendsonne hatte noch Kraft, legte einen rosa Lichtschein auf die umliegenden Berge, aber es war jetzt schwül geworden, sogar hier in einer Höhe von mehr als achthundert Metern.

Simon war im richtigen Moment gekommen. Auf der überdachten Terrasse saß der schmächtige Paolo am Keyboard und begleitete Nico, die mit geschlossenen Augen in ihr Saxofon blies, ihm wunderbar warme und volle Töne entlockte. Das erinnerte Simon an weit zurückliegende Zeiten, als er selbst Keyboarder in einer Band war, allerdings als Rockmusiker, also weit entfernt von Nicos jazzigem, sehr coolem Stil. Ihr Saxofon mit dem unverwechselbaren Sound war ein verschwenderisches Weihnachtsgeschenk von Simon gewesen. Es stammte aus der Manufaktur *Rampone&Cazzani* im winzigen Quarna Sotto, die diese Preziosen nur wenige Kilometer entfernt von Ronco hoch oben in den Hügeln über dem See in Handarbeit herstellten, und von der auch Weltstars ihre Blasinstrumente bezogen.

Er holte sich ein Bier aus einer der Getränkekisten, die neben der Terrasse standen, legte einen großen Schein in eine bereitstehende Schale, winkte Nico, die ihn nun auch entdeckt hatte, zur Begrüßung zu und gab ihr gleichzeitig zu verstehen, dass sie keine weitere Notiz von ihm nehmen sollte. Sie machte zwei, drei Schritte auf ihn zu, intonierte ein paar Takte, als wären sie nur für ihn bestimmt, bis Paolo wieder in die Tasten griff und sie ihr Spiel fortsetzten.

Simon zog sich an den Wiesenrand zurück, unter eine Kastanie mit tiefhängenden Ästen, wo es kühler und er ungestört war, nicht weit weg vom Eingang in den Garten und zugleich fern vom Getriebe auf der Wiese. Das war genau das, was er jetzt brauchte. Er wollte abschalten, mit niemandem reden müssen, der Musik und natürlich vor allem Nicola lauschen. Er streckte sich unter dem Baum lang aus, erschöpft von der Schwüle und noch wie erstarrt wegen des Todes von Kemmerling, und wäre fast eingeschlafen, auch weil ihm das Bier schnell in den Kopf gestiegen war. Kein Wunder, denn er hatte ja seit dem Mittagessen mit Carla in Omegna nichts mehr gegessen. Aber die Energie, sich in der Küche des Hauses etwas Brot und Käse zu besorgen, brachte er nicht mehr auf. Es war jetzt genug.

Die Gartentür quietschte. Buffon, der sich nur wenige Meter entfernt von Simon auf der Wiese in den letzten Strahlen der Abendsonne eingekringelt hatte, spitzte die Ohren und hob die Schnauze, begann aufgeregt zu winseln, schien den späten Gast zu kennen. Simon schreckte aus seinem Dämmerzustand hoch, warf einen Blick auf das Tor. Er traute seinen Augen nicht. Carla. Sein Herz machte einen Sprung, sein Körper spannte sich, fast erschrak er über die Heftigkeit seiner Reaktion. Die Uniform hatte sie gegen ein hüftlanges Hemd aus hellem Leinen, dunkle Jeans und flache, aber elegante Stiefeletten getauscht, sah in diesem Outfit noch schmaler und sehr jung aus.

Sie schaute sich suchend um, Simon winkte ihr zu, ein Lächeln ging über ihr Gesicht und in ihrem burschikosen Gang kam sie direkt auf ihn zu, ließ sich neben ihm fallen. »*Salve,*

Simone, versprechen Sie mir, dass wir nicht über die Morde sprechen?«

»Wir müssen gar nicht sprechen«, sagte Simon.

»Gute Idee«, erwiderte Carla.

»Wollen Sie auch ein Bier?«

»Ja, sehr gerne.«

Zwei Stunden war es jetzt her, dass Simon Carla von Borgomanero aus zurückgerufen und ihr bestätigt hatte, dass der Siegelring Thomas Kemmerling gehörte, er das Opfer war. Sie hatte ihm noch ein paar Fragen zu dem deutschen Journalisten, seiner Recherche und seinem Kontakt zu Borletti gestellt, hatte aber sehr müde und etwas resigniert gewirkt, und als sie sich von ihm verabschiedete, hatte er ihr spontan den Vorschlag gemacht, am Abend nach Dienstschluss noch nach Coiromonte zu kommen, um von den Ereignissen des Tages ein wenig abzuschalten. Nicht einen Augenblick hatte er geglaubt, dass sie wirklich kommen würde.

Jetzt war sie da, saß im Schneidersitz unter dem Baum und sah ihm entgegen, als er mit zwei Bierflaschen zu ihr zurückkehrte. Er ließ sich neben ihr nieder, so nah, dass ihr Geruch ihn streifte. Orange? Konnte sein. Und vielleicht ein Hauch von Minze. Über eine halbe Stunde lang saßen sie schweigend nebeneinander an den Stamm gelehnt, tranken ihr Bier und hörten Nicos Saxofon zu.

Inzwischen war es dunkel geworden, ein leichter Wind aufgekommen, der Mond nur eine dünne Sichel vor einem Nachthimmel, an dem sich jetzt dunkle Wolken ballten.

Applaus brandete auf. Auch Simon und Carla fielen heftig klatschend in den Beifall ein. Die Lampen auf der Terrasse waren inzwischen angegangen, warfen ihr gelbes Licht auf Nicola, die sich tief verbeugte, einen Moment unten verharrte, dann mit Schwung wieder hochkam. Ihr roter Haarschopf flog nach hinten, und sie schenkte Paolo eine Kusshand. Das sah schon fast professionell aus, dachte Simon, erstaunt über die Performance seiner Ziehtochter. Dann verschwand Nico von der Terrasse und machte einer Sängerin Platz, Paolo blieb am Keyboard.

Es verging nur ein Moment, bis Nicola mit dem Saxofon in der Hand vor ihnen stand, erst Buffon kraulte, dann Carla begrüßte, vermutlich genauso überrascht wie Simon über ihre Anwesenheit. »*Buonasera* Carla, toll, dass Sie auch gekommen sind. Wo haben Sie denn Ihren Freund gelassen? Den hätten Sie doch mitbringen können.«

Carla blickte sie erstaunt an.

»War das nicht Ihr Freund?«, fragte Nico. »Ich meine den smarten Typ, der Sie neulich beim Marathon begleitet hat.«

»Ach so«, Carla grinste. »Der hat dir gefallen? Das war Piero. Den kannst du haben. Das ist mein Cousin.«

»Verstehe«, antwortete Nico. »Vielleicht komme ich auf das Angebot zurück. Im Moment habe ich keinen Bedarf.« Sie wies mit dem Saxofon in der Hand in Richtung Terrasse, wo Paolo spielte, rief Buffon zu sich, drehte sich um und verschwand mit dem Hund.

»Sehen wir uns noch?«, rief Simon ihr nach.

Sie wandte sich noch einmal zu ihm um. »Ja klar, du schläfst heute Nacht hier, ich habe dir schon ein Bett vorbereitet. Und morgen frühstücken wir zusammen.«

Carla griff zu ihrem Bier, trank den letzten Schluck, sah Simon an, strich sich eine schwarze Strähne aus der Stirn. Ihr Gesicht war sehr nah, so nah, dass er ein paar Sommersprossen unter ihren Augen entdeckte, die ihm bisher gar nicht aufgefallen waren.

»Die gefällt mir, Ihre Tochter. Die ist so geradeheraus. Aber ich muss los, Simone«, sagte sie, »morgen muss ich schon früh zum Dienst, mich um diesen Kemmerling kümmern. Da haben Sie wohl recht mit Ihrer Mafiafährte. Und womöglich gilt das tatsächlich auch für den Mord an Borletti ...«

»Stopp«, sagte Simon leise und legte seinen Zeigefinger auf ihre Lippen. Noch im selben Moment erschrak er vor sich selbst. Was tat er da? Schon war er drauf und dran, sich zu entschuldigen, suchte nach den richtigen Worten, um diese zarte Geste, die jedoch zweifellos ein Übergriff war, zu erklären, als Carla ihm ebenfalls einen Finger auf den Mund legte, ihn sanft nach hinten drückte, bis er rücklings ausgestreckt am Boden lag. Sie beugte sich mit ihrem schmalen Körper über ihn, ließ sich dann ganz langsam auf ihn hinuntergleiten, lag jetzt mit ihrem Federgewicht auf ihm, schlang ihre Beine um seine, sah ihn aus ihren grünen Augen an, strich ihm die Haare aus der Stirn und küsste ihn. Eng umschlungen rollten sie auf die Seite, mitten ins dichte Gebüsch, das sie vor allen Blicken verbarg.

Mit seinem freien Arm tastete Simon sich vorsichtig unter ihr Hemd, spürte ihr Einverständnis, kreiste lange mit seinen Fingern, mal zart, mal fest über ihren Rücken, fuhr ihre Rippen entlang, über ihre straffe, warme Haut. Sie hatten aufgehört sich zu küssen, hielten sich fest und blickten sich an. Carla zog ihn noch näher an sich, presste ihren Schoß gegen seinen. Er atmete ihren Orangenduft, sog ihn gierig ein, packte forscher unter ihr Hemd, schob es weiter hoch und streichelte ihren Bauch, wanderte dann langsam, erst fragend, dann entschlossen höher. Sie hatte fast einen Jungenkörper, nur die Andeutung von Busen unter einem weißen Seidenunterhemd, das im Licht des Mondes, der für einen Moment hinter einer Wolke hervorkroch, leuchtete.

Ein gewaltiger Donnerschlag holte sie aus ihrer Versenkung.

Gleichzeitig begann es, erst in einzelnen dicken Tropfen, doch kurz darauf in Strömen zu regnen. Es blitzte wieder, dann sofort erneut ein Donner. Das Gewitter war sehr nah. Sie sprangen auf, richteten hastig ihre Kleider, die schon klitschnass waren. Im Garten war niemand mehr, die meisten Gäste waren gegangen, ein paar Leute hatten auf der überdachten Terrasse Schutz gesucht, auch Nico und Paolo. Simon griff nach Carlas Hand, wollte sie dorthin ins Trockene ziehen, aber sie sträubte sich.

»*Buonanotte*, Simone«, sagte sie, legte ihm wieder den Zeigefinger auf den Mund und verschwand in den Regen und die Nacht.

Nico hatte ein deutsches Frühstück zubereitet, mit frisch gelegten Eiern der Haushühner. Sie saßen auf der Terrasse, wo noch alles an das Konzert erinnerte. Ein paar Kabel lagen auf dem Steinboden und ein großer Lautsprecher stand in der Ecke herum. Der Himmel war bedeckt, die große Hitze war vorüber, es sah nach Regen aus.

»Hast du gut geschlafen?«, erkundigte sich Nicola. Hatte ihre Frage einen inquisitorischen Unterton? Hatte sie womöglich etwas gemerkt? Vermutlich nicht, entschied Simon. Sonst wäre sie, da kannte er seine Ziehtochter zu gut, sicherlich ruppiger zu ihm gewesen, hätte ihm auch kein Frühstück serviert, oder es wäre zumindest karger ausgefallen. Wahrscheinlich hätte sie ihn sogar beschimpft. Nico machte aus ihrem Herzen keine Mördergrube, so viel stand fest.

»Ja«, sagte er, »bestens.« Das stimmte, auch wenn ihn das selbst überrascht hatte, so aufgewühlt wie er nach dem Ereignis mit Carla war. Aber tatsächlich war er sofort eingeschlafen und erst am Morgen aufgewacht, mit Kopf und Bauch gleich wieder bei Carla. Sein Handgelenk tat wieder weh, aber das war ihm egal.

Der Gedanke an Luisa und mit ihm die Gewissensbisse kamen erst später, als er im Bad stand, sich die Zähne putzte und in den Spiegel sah. Es war das erste Mal, dass er sie betrog. Er bereute es und bereute es auch nicht. Es war schön gewesen. Es hatte ihn glücklich gemacht. Er sah Carla vor sich, spürte ihrem festen zerbrechlichen Körper nach. Wieder streifte ihn ein Glücksgefühl, es fuhr in seinen Bauch, weckte Wärme und Verlangen nach ihr.

Am Frühstückstisch war er allein mit Nico, Paolo war schon unterwegs, die meisten anderen Bewohner des Hauses schliefen noch, zwei junge Männer waren damit beschäftigt, die Spuren des Konzerts im Garten zu beseitigen.

Gedankenverloren köpfte Simon sein Ei.

»Und, hat es dir gefallen?« Nico riss ihn aus seinen Grübeleien. Worauf bezog sich nun ihre Frage? Jetzt doch auf Carla und ihn? Hatte sie also doch etwas mitbekommen? Nein, so würde sie dann nicht fragen. Natürlich, sie meinte bestimmt das Konzert, er war einfach überzogen hellhörig. »Ja, sehr gut«, beeilte er sich ihr zu antworten, »das Saxofon ist wirklich großartig.«

»Das Saxofon?«, fragte sie mit künstlich erhobener Stimme.

Diesmal begriff Simon seinen Fehler sofort. Sie wollte natürlich nicht ihr Instrument, sondern sich selbst gelobt sehen. Er war einfach aus der Spur. »Sorry, so habe ich das nicht gemeint«, korrigierte er sich. »Du spielst wunderbar.«

»Da hast du ja gerade noch mal die Kurve gekriegt«, sagte sie trocken. »Willst du noch einen Cappuccino?«

»Ja, gerne.«

Ein paar Minuten später kehrte Nicola mit dem Cappuccino zu ihm auf die Terrasse zurück. Als sie nur noch wenige Meter entfernt war, klingelte sein Handy. Er wusste nicht, ob er drangehen sollte, im Moment hatte er nicht die geringste Lust zu telefonieren. Hoffentlich war das nicht Luisa, durchfuhr es ihn. Das ging jetzt gar nicht. Er konnte nicht mit ihr sprechen, hätte nicht gewusst, was er sagen sollte. Und sie hätte ganz sicher sofort bemerkt, dass etwas nicht stimmte. Luisa konnte man nichts vormachen. Er schaute auf das Display. Carla. Ein kleiner Schauder erfasste ihn, jäh und äußerst willkommen. Sie war wirklich für Überraschungen gut. Mit ein paar schnellen Schritten war er im Garten.

»Carla?«, meldete er sich zärtlich.

Es blieb einen Moment still.

»Sie waren doch gestern im *Palazzo Motta*? Noch vor uns.« Das war eine andere Stimme, nicht die dunkle vom Abend zuvor, das war der *Maresciallo*, nicht die Carla, die er geküsst und die ihn begehrt hatte.

Simon wurde es schlagartig kalt. »Ja«, sagte er.

»Und haben Sie dort bei dem Portier, der am Nachmittag, noch bevor wir das Hotel aufgesucht haben, Dienst hatte, etwas abgeholt, was Thomas Kemmerling für Sie hinterlegt hat?«

»Ja.«

»Und wo ist das jetzt?«

»Weg.«

»Wie weg?«

»Das waren Rechercheunterlagen. Da waren Aussagen von Leuten drin, für die Informantenschutz gilt, außerdem war das fast alles spanisches Material. Das habe ich nach Hamburg an seine Redaktion geschickt.«

In der Leitung blieb es still. Dann war das Gespräch weg, Carla hatte es abgebrochen. Simon kehrte auf die Terrasse zurück, ließ sich wie ein Sack auf einen Stuhl fallen. Buffon kam angetrabt, legte die Schnauze auf sein Bein und leckte ihm die Hand.

»Schlechte Nachrichten?«, fragte Nico.

»Das kann man so sagen, ja.«

»Willst du darüber sprechen?« Sie klang mitfühlend wie selten. Sein Unglück und der Schrecken mussten ihm im Gesicht stehen.

»Nein.«

»Dann lass ich dich mal in Ruhe? Buffon wartet nämlich auf seine Runde. Ist das okay?«

Simon nickte.

Er hatte es vergeigt. Sogar gesiezt hatte Carla ihn wieder. Ihre Kälte tat weh. Er saß starr in seinem Stuhl, der Cappuccino vor ihm wurde kalt. Aber was hätte er anders machen können? Er hätte ihr von den Unterlagen erzählen sollen, ihr sagen, dass er sie in dem Schließfach gefunden und weggeschickt hatte, es ihr erklären. Schließlich hatte er ja gute Gründe dafür. Und zu diesem Zeitpunkt außerdem noch nicht gewusst, dass Kemmerling ermordet worden war. Aber er hatte auch nicht lange nachgedacht. Wann auch? Es war ja um etwas ganz anderes gegangen an diesem denkwürdigen Abend. Wieder stieg wie von selbst das Verlangen nach ihr in ihm auf.

Aber hatte er die Wahl gehabt? Es war richtig gewesen, ihr Kemmerlings Material nicht auszuhändigen. Er war Journalist. Sie war Polizistin. Da gab es Regeln. Wie den Schutz von Informanten. Daran würde er sich immer halten. Auch wenn er etwas kaputt gemacht hatte.

13

Auf der Rückfahrt von Coiromonte nach Ronco regnete es in Strömen und es war kalt im Auto, die Temperatur über Nacht um mindestens zehn Grad gefallen. Simon fuhr noch bedächtiger als üblich, denn die Scheibenwischer des alten Peugeot schafften es kaum, die Wassermassen zu bewältigen. Über dem See hingen Wolkenschwaden und verhüllten die Insel, nur noch der Glockenturm der Basilika stach aus dem Dunst heraus. Je näher Simon Pella kam, desto stärker wurde der Regen, prasselte so heftig auf den See, dass sich die Tropfen beim Aufprall weiß färbten und wie kleine Geschosse absprangen, fast wie Hagelkörner.

Als er hinter Pella endlich die Uferstraße nach Ronco erreichte, kam ihm das Feuer wieder in den Sinn, der verbrannte Wald und der erodierte Boden, aus dem sich durch den starken Regen Steine lösen und ihm vor das Auto rollen konnten. Sogar ein Erdrutsch war denkbar. Aber das Wissen um diese Gefahren ließ Simon eigenartig kalt, als ob er immun dafür war, es ihn nicht erreichte, so niedergeschlagen war er. Schon jetzt vermisste er auch Nico, die sofort nach dem Frühstück in Coiromonte mit Buffon nach Turin aufgebrochen war. Die paar Tage mit ihr waren wie im Flug vergangen, und viel hatte er von seiner Ziehtochter nicht gehabt.

In Ronco gab es eine unerwartete Regenpause, die Simon nutzte, um sich draußen auf die Terrasse zu setzen, seiner düsteren

Stimmung nachzugeben, auf den wolkenverhangenen See zu schauen und den Wellen zuzuhören, dem Rollen und Klatschen und Gurgeln, wenn sie gegen sein Haus schlugen und auf den kleinen Strand nebenan liefen. Das half immer.

Als der Regen nach einer halben Stunde wieder einsetzte, erst nur nieselnd, dann erneut in Strömen, ging es ihm schon viel besser. Er machte sich einen Espresso, setzte sich an seinen Schreibtisch und griff zu den Unterlagen von Kemmerling, die er abfotografiert und jetzt ausgedruckt hatte, der Lageskizze und den Artikeln aus dem *Blick*, versuchte sich darauf zu konzentrieren und den Gedanken an Carla von sich wegzuschieben und auch den an Luisa. Allerdings lag das Handy griffbereit auf dem Schreibtisch. Vielleicht meldete sich Carla doch wieder bei ihm? Damit war zwar eigentlich nicht zu rechnen, das wusste er. Aber er ließ das Telefon trotzdem nicht aus den Augen, während er Kemmerlings Berichte aus dem Münchner Boulevardblatt durchsah. Außerdem hatte er noch selbst recherchiert und weitere Informationen zu der alten Geschichte im Netz gefunden. Auch die beiden Namen auf der Lageskizze hatte er im Netz gesucht, aber ohne Erfolg.

Eine Frage war es, die Simon in erster Linie beschäftigte. Warum hatte Kemmerling seine Berichte für den *Blick* über den dubiosen Münchner Verein namens *Zuflucht* zusammen mit dem neuen Material, seinen eigentlichen Rechercheergebnissen aufgehoben? Das musste doch herauszufinden sein. Immerhin ging es in diesem Fall auch um eine Italienerin, beziehungsweise Halbitalienerin wie Simon, mit einer deutschen Mutter, wie er jetzt bei genauerer Lektüre feststellte. Die Familie ihres Vaters kam ursprünglich aus der Gegend von Neapel, einem Ort namens Castel Volturno. Raffaella Foracci, das war der Name der Frau, stand unter Verdacht, in Deutschland bei dem Menschenhandel mit den Flüchtlingsfrauen aus Nigeria unterstützend mitgewirkt zu haben, den meist nigerianischen Hintermännern dabei behilflich gewesen zu sein, die Frauen in Bordelle zu zwingen und auch auf den Straßenstrich. Die Polizei hatte verdeckt gegen sie ermittelt, in der Hoffnung, dadurch an die Hintermänner heranzukommen. Doch Raffaella Foracci musste im letzten Moment eine Warnung bekommen haben. Sie war ihrer Verhaftung jedenfalls zuvorgekommen und seither spurlos verschwunden.

Vielleicht war sie der Schlüssel zu den Morden, zumindest zu dem Mord an Kemmerling? Er hatte damals über zwei Wochen hinweg fast täglich über den Fall berichtet, war an sehr viele Hintergrundinformationen über den Frauenhandel herangekommen, und seine Artikel waren meist auf der Titelseite des *Blicks* platziert worden, sensationell aufgemacht und bebildert. Auch Raffaella Foracci war eine seiner Zielscheiben gewesen. *Die Hexe aus der Maxvorstadt* stand unter einem Foto, das einen seiner Artikel begleitete.

Hatte sie Zuflucht in Italien gesucht? Und war Kemmerling ihr im Zuge seiner Kokain-Recherchen auf die Spur gekommen, womöglich rein zufällig wiederbegegnet? Fanden sich deshalb die alten Berichte in seinen Unterlagen? Simon nahm sich erneut die Lageskizze vor. Konnte das ein Versteck sein? Vielleicht hatte Kemmerling herausgefunden, wo die Frau jetzt lebte. Obwohl der Lageplan das eigentlich nicht hergab, noch nicht einmal ein Ort oder wenigstens ein Haus waren dort eingezeichnet.

Simons Handy klingelte. Sofort stand er unter Hochspannung, griff hektisch nach dem Gerät. Fast wäre es ihm aus der Hand gefallen. Er sah auf das Display. Nein, es war nicht Carla. Es war nur Gianluca, sein Freund und Kollege von *Il Giorno*. Endlich. Außer der kurzen WhatsApp hatte er von ihm seit dem Feuer am See nichts mehr gehört.

»Warum warst du vorhin nicht auf der Pressekonferenz, Simon?«, fiel Gianluca mit der Tür ins Haus. »Ich denke, du bist mit Carla an dem Borletti-Mord dran?«

»Was für eine Pressekonferenz?«, fragte Simon unwirsch.

»Du wusstest also gar nichts davon?«

»Nein.«

»Carla hat dir nichts gesagt?«

»Nein, aber erzähl schon.«

»Es gibt einen zweiten Mord, darüber hat Carla heute Morgen informiert. Es ist der Mann, der da oben bei dem Feuer verbrannt ist. Aber er ist vorher erschossen worden. Und es ist ein Kollege von uns, übrigens ein Deutscher. Vom *Express*.« Aus der Art, wie Gianluca den Titel aussprach, klang sein Respekt für dieses Magazin.

»Davon weiß ich«, sagte Simon. »Und ich kannte ihn. Thomas Kemmerling.«

»Mann, da denkt man, man ist dir ausnahmsweise mal eine Nasenlänge voraus ... Woher weißt du das denn schon wieder?«

»Ich hatte vor Kurzem mit ihm zu tun.«

»Wusstest du auch, dass er an einer Recherche über Kokainhandel war?«

»Ja.«

»Na, dann brauche ich dir ja nichts mehr zu erzählen. Carla vermutet, dass die Mafia ihm auf den Fersen war und ihn erschossen hat.«

»Gibt es denn dafür irgendwelche konkreten Hinweise?« Simon gab sich bewusst naiv.

»Das mit der Recherche weiß sie von den Kollegen vom *Express* in Hamburg. Mit denen haben die *Carabinieri* Kontakt aufgenommen.«

»Und weiß man etwas über den Mörder? Irgendwelche Spuren?«

»Es gibt Aufnahmen von einer Wildkamera«, fuhr Gianluca fort. »So etwas gibt es da oben auf dem Weg zu der Wiese. Das wusste ich gar nicht, und die *Carabinieri* sind auch erst jetzt darauf gekommen. Die ist haarscharf von dem Brand verschont geblieben. Aber besonders aufschlussreich sind die Bilder nicht. Da ist Kemmerling zu sehen, tatsächlich mit einem Beutel, der nach Picknick aussieht. Carla vermutet, dass er ein Treffen im Zuge seiner Recherchen mit jemand hatte und das als Picknick getarnt hat. Und dann sieht man ein paar Minuten später jemand, der ihm folgt. Ein schmaler Typ. Aber man sieht alles nur von hinten. Kemmerling ist übrigens von hinten erschossen worden, aus kurzer Entfernung, in den Kopf. Der Typ muss ihn überrascht haben.«

»Der Typ? Kann es nicht auch eine Frau gewesen sein?«

»Nein, eher nicht. Die Experten sagen, auf den Aufnahmen sieht man einen Mann, Statur, Gang, das sieht alles nicht nach einer Frau aus. Warum fragst du?«

»Nur so.«

Gianluca gab sich mit der Antwort zufrieden, obwohl er Simon gut genug kannte, um zu wissen, dass es bestimmt einen Anlass für seine Frage gab. Gianluca war neugierig und beharrlich, aber niemals aufdringlich, einer der Gründe, warum Simon ihn so mochte.

»Dieser Kemmerling hat sich vielleicht ein bisschen zu weit vorgewagt«, fuhr Gianluca fort.

»Gut möglich«, erwiderte Simon. »Ich kannte ihn nur flüchtig, aber das war einer von den ganz Hungrigen, das steht fest. Ich glaube schon, dass er normalerweise nicht leichtsinnig war. Und er war zweifellos ein Profi. Aber er hat wohl gehofft, mit der Geschichte einen Scoop zu landen. Und hat deshalb vielleicht eine Grenze überschritten.« Simon dachte kurz nach, fuhr dann nach einer Pause fort. »Und kann es einen Zusammenhang mit dem Mord an Borletti geben? Hat die Polizei da irgendwelche Vermutungen? Hat Carla dazu etwas gesagt?«

»Nein. Jedenfalls veröffentlichen wir morgen eine Aufnahme aus der Wildkamera, von dem Typen, der Kemmerling gefolgt ist. Aber ich kann mir nur schwer vorstellen, dass ihn jemand darauf erkennt. Die Spurensicherung hat übrigens Kemmerlings Handy gefunden, aber von dem ist nicht viel übriggeblieben. Die Techniker versuchen es allerdings noch zu retten.«

»Und wie war Carla?«

Gianluca blieb einen Moment stumm. »Was ist denn das für eine Frage?«, sagte er schließlich. »Wie immer, natürlich. Ein bisschen müde sah sie vielleicht aus. Zwei Morde in so kurzer Zeit an unserem harmlosen See, das ist ja schon was. Aber die packt das. Du kennst sie ja.«

Stimmte das? Kannte er sie?, fragte sich Simon unwillkürlich. Nein, im Grunde wusste er sehr wenig von der Frau, die ihn gestern noch umarmt und zärtlich geküsst hatte. Aber das würde er jetzt nicht mit Gianluca erörtern. »Hast du ein bisschen Zeit?«, erkundigte er sich stattdessen.

»Ja, warum?«, fragte Gianluca zurück. »Ich muss meinen Bericht noch an die Redaktion schicken, aber dann bin ich für dich da. Brauchst du jemanden zum Reden?« Gianluca hatte gemerkt, dass mit Simon etwas nicht stimmte.

Das berührte Simon, auch wenn er das Angebot des Freundes nicht annehmen würde. »Ehrlich gesagt, nein«, erwiderte er. »Aber du könntest mir helfen, etwas herauszubekommen. Du kennst doch jeden Stein hier in der Region. Ich habe eine Lageskizze und keine Ahnung, wo das ist. Irgendwo im Reisgebiet jedenfalls.«

»Spielst du mal wieder den *lonesome rider*? Ist etwas mit Carla und dir, oder was ist mit dir los?«

»Nein, nichts ist mit mir los. Aber wenn es bei dir jetzt gerade nicht passt, ist es auch okay, ich will dich nicht drängen, es war nur eine Frage.«

»Natürlich helfe ich dir.«

»*Va bene*, ich bin in einer halben Stunde bei dir.«

Der Regen war inzwischen in einen leichten Niesel übergegangen, aber unter dem dicht bewölkten Himmel wurde es nicht richtig hell. Bei diesem Wetter war die schnurgerade Straße, die hinter Gozzano nach Borgomanero führte, mit ihren planlos verstreuten Einkaufszentren, Discountern, Baumärkten und Tankstellen besonders trist. Der Kontrast zu dem nicht weit entfernten See und der Harmonie, mit der dieser sich in die Landschaft schmiegte, fast ganz ohne Bausünden, konnte nicht größer sein. Wenigstens gab es kaum Verkehr, und Simon kam gut voran.

Gianluca lebte in einem alten dreiflügeligen Haus in einer Seitengasse ganz in der Nähe der Piazza des umtriebigen Städtchens. Es war ein mehrstöckiges Gebäude mit einem Innenhof, auf den die umlaufenden Balkone in allen Etagen herunterschauten. Eine hochgewachsene Palme ließ ihre nassen Blätter hängen und überall breiteten sich lehmbraune Pfützen aus. In einer Ecke standen große Müllbehälter, ein paar Fahrräder und Gianlucas Vespa unter einem Wellblechdach, auf das der Regen vom Dach ploppend heruntertropfte.

Der Aufzug war wie immer kaputt, und Simon nahm mit Schwung die Steintreppe hoch zu Gianlucas Appartement im vierten Stock. Schon in der Tür schlugen ihm aus der kleinen Küche das Blubbern der *Moka* und ein verlockender scharfer Espressoduft entgegen, und kaum hatte er seine Regenjacke abgelegt und es sich auf Gianlucas verschlissenem, aber gemütlichem Sofa bequem gemacht, servierte der ihm ungefragt das stark gezuckerte Getränk.

Zum ersten Mal seit dem Morgen und dem Anruf von Carla entspannte sich Simon, die Traurigkeit fiel von ihm ab. Er fühlte sich wohl in diesem Arbeitsraum, der unaufgeräumt war und nach Journalismus roch, und mit seinem dicken Freund, der ihn mit seiner Herzlichkeit überschüttete, weil das seine Art war, aber auch, weil er spürte, dass Simon das gut gebrauchen konnte.

Sie tranken ihren Espresso und schwiegen einen Moment. Schließlich sagte Gianluca: »Also, schieß los, Simon, was kann ich für dich tun? Was ist das für eine Skizze, die du mir zeigen willst?«

Simon zückte das Blatt, reichte es an Gianluca weiter. »Ich möchte wissen, wo das ist.«

Gianluca warf einen schnellen Blick auf die Skizze. »Was ist das? Wo hast du das her?«

»Von Kemmerling. Er hat seine Rechercheunterlagen im Hotel für mich hinterlassen.«

»Wow«, sagte Gianluca und brauchte einen Moment, bis er diese Information verdaut hatte. »Und die hast du noch?«

»Nein, eigentlich habe ich seine Sachen alle weiter an den *Express* nach Hamburg geschickt. Nur diese Skizze und ein paar Artikel von ihm habe ich vorher noch abfotografiert. Die sollen in Hamburg entscheiden, was sie mit dem Material machen.«

»Und Carla?«

»War nicht gerade begeistert, wie du dir denken kannst. Aber die Unterlagen von ihm fallen eben unter Zeugenschutz. Dir muss ich ja nicht erklären, was das heißt. Das hat er übrigens auch extra vermerkt, dass seine Informanten nicht preisgegeben werden dürfen. Und das meiste davon ist sowieso auf Spanisch. Er hat in Südamerika recherchiert, bevor er hierhergekommen ist. Das spielt also für Carlas Ermittlungen gar keine Rolle.«

»Aber die Skizze hast du fotografiert und dir ausgedruckt? Und darf man fragen, warum?«

»Ja, aber ich habe keine Ahnung, was es mit der auf sich hat. Vielleicht ist sie vollkommen unbedeutend. Deshalb habe ich sie auch Carla gegenüber bisher nicht erwähnt. Schau sie dir doch bitte mal an.«

Gianluca setzte eine Brille auf, ein billiges Supermarktmodell. Das war neu für Simon, und es erfüllte ihn mit einer gewissen Befriedigung, dass auch der so viel jüngere Kollege eine Lesehilfe brauchte, um die er selbst seit einiger Zeit nicht mehr herumkam.

Gianluca betrachtete die Skizze.

»Und du weißt nicht, wer die angefertigt hat?«

»Nein, keine Ahnung.«

»Kemmerling?«

»Nein. Der konnte kein Italienisch. Und es ist auch nicht seine Schrift.«

Gianluca konzentrierte sich auf die Zeichnung. Dann sah er leise lächelnd auf. »Da kannst du aber von Glück sagen«, sagte er, »dass du so einen kleinen Lokalreporter wie mich zum Freund hast, der sich hier in der Region wirklich auskennt.«

»Sag bloß, du weißt, wo das ist?« Simon war sofort elektrisiert.

»Ich glaube schon, es könnte jedenfalls sein. An der Skizze selbst erkennt man es eigentlich nicht, nur die paar Wörter, die da jemand hingekritzelt hat, geben schon einen Hinweis. *Strada, canale, sentiero, capanna*. Aber vor allem die Namen sind sehr aufschlussreich. Die kenne ich.«

»Ernsthaft? Ich habe die gegoogelt und nichts gefunden. Und wer ist das?«

»Das sind die Namen von zwei Partisanen, die kurz vor Kriegsende noch erschossen worden sind. Und für die gibt es eine Gedenkstele in der Nähe von Vercelli. Da, wo das damals passiert ist.«

Simon schaute Gianluca sprachlos an. Er war vollkommen perplex.

»Reiner Zufall«, sagte Gianluca. »Da war ich nämlich gerade. Und so ungefähr sehe ich das Gelände noch vor mir, das kommt ganz gut mit der Skizze hin, die Straße, der Weg, der Kanal, die Scheune.«

»Du warst da?«

»Ja, das ist ein Stück südlich von Vercelli, bei Stroppiana, also mitten im Reisgebiet.«

»Und dann ist das V rechts oben in dem Blatt die Abkürzung für Vercelli?«

»Ja, das kommt auch hin.«

»Und diese beiden Partisanen? Die sind also erschossen worden? Von den Deutschen?«

»Nein, nicht von den Deutschen. Das waren zwei Jungs aus Stroppiana, und die *GNR* hat die erschossen, ganz kurz vor Kriegsende, sozusagen im allerletzten Moment.«

»*GNR*?«

»*Guardia Nazionale Repubblicana.* Die müsstest du eigentlich kennen. Das war eine militärische Spezialtruppe der italienischen Faschisten. Die sind in den letzten Kriegsjahren brutal gegen die Leute aus dem Widerstand vorgegangen. Die beiden Jungs hat offenbar ein Spion verraten. Und dann hat die *GNR* sie auf der Landstraße nach Vercelli, zwischen Cascine Strà und Sali Vercellese, erwischt, erschossen und ihre von Kugeln durchsiebten Leichen dort am Rand des Reisfeldes liegen lassen. Der eine, Pier Roncarolo, war 25 Jahre alt, der andere, Domenico Carenzo, gerade mal 23 Jahre.«

»Und wann haben sie die beiden Männer erschossen?«

»In der Nacht zum 24. April.«

»Also nur einen Tag vor der Befreiung Italiens?«

»Ja, und der *Giorno della Liberazione*, also der 25. April, steht ja kurz bevor. Dadurch bin ich auf die beiden gekommen. Ich sollte nämlich zu diesem Anlass ein kleines Stück aus der Regionalgeschichte schreiben, und dabei bin ich auf dieses traurige Geschehen gestoßen.«

»Sind die da begraben?«

»Nein, begraben sind sie auf einem Friedhof in Stroppiana.«

»Gib mir das Ding bitte noch mal«, sagte Simon. Er nahm das Papier wieder an sich, setzte ebenfalls seine Brille auf, studierte nachdenklich das Blatt. »Aber warum hat jemand die Namen auf dieser Skizze notiert? Und warum waren sie für Kemmerling interessant? Der war doch an einem ganz anderen Thema dran.«

»Das, mein Lieber, kann ich dir auch nicht sagen. Da muss der Spürhund ran. Oder doch Carla. Willst du sie nicht vielleicht endlich informieren?«

»Ja, schon, aber ich will auch nicht voreilig die Pferde scheu machen.« Dass er außerdem auch andere Gründe hatte, warum er im Moment davor zurückschreckte, erwähnte er lieber nicht. »Erstmal«, fuhr er fort, »muss ich wissen, ob an der Sache überhaupt etwas dran ist oder ob ich nur einem Gespenst nachjage. Fährst du mit mir dahin?«

»Nach Stroppiana? Jetzt gleich?«

»Ja.«

Gianluca schaute auf die Uhr. »Das ist aber eine ganz schöne Tour, Simon. Und heute Abend bin ich mit Roberta in Orta zum Essen verabredet, bis dahin muss ich in jedem Fall zurück sein. Außerdem bin ich todmüde. Eigentlich wollte ich mich ein bisschen aufs Ohr legen.« Er grinste Simon an. »Aber du weißt ja, dass ich unter gewissen Umständen käuflich bin ...«

»Ein Schnitzel in Rahmsauce mit Bratkartoffeln?«, gab Simon ebenfalls grinsend und auf Deutsch zurück. Einladungen zu einem deftigen Abendessen waren die Währung, in der Gianluca sich seine immer mal wieder fälligen Hilfeleistungen von Simon bezahlen ließ. Seit er einmal ein paar Monate in Bayern verbracht hatte, sprach er ein bisschen Deutsch und war ein Fan rustikaler deutscher Küche. Simon fiel die Ostermahlzeit in Bra wieder ein. Vermutlich hatte Gianluca das erlesene *Slow Food*-Menü doch nicht so gut geschmeckt. Eine ordentliche Schweinshaxe wäre ihm wahrscheinlich lieber gewesen als schwarzer Reis und graues Kaninchen.

Gianluca nickte nur.

»*Va bene*«, sagte Simon, während er schon in seine Regenjacke schlüpfte, »das kriegst du, wie immer.«

Als sie eine knappe Stunde später an der Autobahnausfahrt nach Vercelli vorbeifuhren, gab es Simon einen Stich. Er musste an den Karfreitag denken, den er mit Carla in dem schönen Städtchen verbracht hatte, an das gemeinsame Abendessen in der sommerlich lauen Luft auf der Piazza, die eindrucksvolle Prozession. Wehmütig hing er der Erinnerung nach, während Gianluca neben ihm mit leicht geöffnetem Mund auf dem Beifahrersitz schlief, ganz leise schnarchend.

An der nächsten Ausfahrt fuhr Simon von der Autobahn ab, nahm jetzt die Landstraße in südliche Richtung. Dann wurde Simons Aufmerksamkeit von zwei Schwarzafrikanerinnen abgelenkt. Ziemlich leicht bekleidet standen sie im Nieselregen am Rand der Landstraße, die auf beiden Seiten durch waldiges Gelände führte. Offensichtlich warteten sie auf Kundschaft. Kamen die Frauen aus Nigeria? Waren sie Flüchtlinge, Illegale, die man in die Prostitution zwang, wie das in München geschehen war? Es war nicht das erste Mal, dass er solchen Prostituierten begegnete, die bei jedem Wetter draußen an den

Landstraßen standen und sich den vorbeifahrenden Männern anboten. Es hatte ihn stets aufs Neue schockiert, aber er hatte sich wenig Gedanken darüber gemacht, wer sie waren und woher sie kamen. Wie ignorant er doch sein konnte, dachte er. Und automatisch trat er aufs Gas, um nicht den Eindruck eines Freiers zu erwecken.

Gianluca wurde mit einem Ruck wach, schaute sich um. »Wir sind bald da«, sagte er.

Tatsächlich tauchte wenig später das Ortsschild von Cascine Strà vor ihnen auf. Sie passierten den winzigen Weiler, eine Ansammlung weniger Häuser und einiger etwas baufälliger Gemäuer, und bogen links Richtung Sali Vercellese ab. Nun waren sie mitten in den Reisfeldern. Rundherum erstreckten sie sich bis zum Horizont, mit Wasser gefüllt, von Erdwällen und Kanälen durchsetzt. In ein paar Wochen würde vom Wasser nichts mehr zu sehen sein und die Landschaft in einem hellen Grün leuchten.

Da war auch die Stele. Schon von Weitem war sie zu sehen, in einer Ausbuchtung am Straßenrand, vielleicht einen Meter hoch und in graubraunen Stein gehauen, ihr oberes Ende absichtlich abgebrochen, wie ein Symbol für das nicht gelebte Leben der beiden jungen Männer. Daneben verlief ein Kanal, auf beiden Seiten von Feldwegen und ein paar Bäumen gesäumt, schlanken Birken und Pappeln. Simon parkte den Peugeot auf dem Feldweg, holte die Skizze hervor, verglich sie mit dem, was er vor sich sah. Alles passte. Weiter hinten, am Ende des Reisfeldes, entdeckte er auch die Scheune, die in den Lageplan eingezeichnet war, blassgelb und unter Bäumen und Büschen ein wenig versteckt, nicht weit weg ein kleiner Forst.

»Weißt du eigentlich, wem die Felder hier gehören?«, fragte Simon.

»Nein, keine Ahnung. Ich habe mich ja nur für die beiden ermordeten Partisanen interessiert.«

Hinter ihnen, ein paar Kilometer entfernt, zeichnete sich im Grauschleier des Nieselwetters die Silhouette von Vercelli mit den Türmen der Basilica di Sant'Andrea ab. Das war das V in der Skizze. Dorthin waren vermutlich auch die beiden erschossenen Partisanen unterwegs gewesen. An der Stele befestigte Schwarz-Weiß-Fotografien zeigten zwei gepflegte junge Männer, der eine mit Schlips, der andere in offenem weißem Hemd, beide mit vollem schwarzem Haar, zu einer steifen Tolle über der Stirn hochgekämmt, fast wie bei Elvis Presley. Am Boden eine Vase mit Trockenblumen, die dort bestimmt schon länger stand. Das war alles nicht pompös, es war unsentimental und gerade deshalb sehr berührend.

Simon dachte nach. Ob sich Thomas Kemmerling für diese traurige Geschichte interessiert hatte? Vermutlich nicht. Der war auf der Suche nach anderen Geschichten gewesen, war keiner, der den Blick zurückwarf. Hatte er sich überhaupt wirklich für die Opfer, über die er in seinen Artikeln schrieb, interessiert? Auch davon war Simon nicht überzeugt. Kemmerling war eher einer der Enthüllungsjournalisten, denen es vor allem um die Sache selbst ging und weniger um die Menschen, über die sie schrieben, und nicht zuletzt auch um den eigenen Erfolg. Nein, es musste etwas anderes gewesen sein, was für ihn an diesem Gelände interessant gewesen war. Aber was? Simon ließ den Blick schweifen. Vielleicht die versteckte Scheune, ganz am Ende des Feldes, einige hundert Meter entfernt? Simon und Gianluca liefen darauf zu, am plätschernden Kanal entlang, immer noch durch Nieselregen. Ein modriger Geruch stieg von dem stehenden Wasser im Reisfeld auf, Frösche quakten leise und ohne Unterbrechung, weit und breit war kein Mensch zu sehen. Auch die Scheune war unauffällig, fensterlos, die Holztür mit einer Kette verriegelt, wahrscheinlich ein Lagerplatz für Werkzeuge.

Außer der Stele war hier nichts Ungewöhnliches zu entdecken. Aber Simon blieb dabei. Es musste etwas geben, was diesen Ort von anderen unterschied. Sie hatten es nur noch nicht gefunden. Er machte ein paar Fotos, ging noch einmal zu der Stele, strich über den Stein, als wollte er den beiden jungen Männern sein Mitgefühl und seinen Respekt ausdrücken.

»Und was ist nun hier interessant für dich, die Geschichte der Partisanen ja wohl nicht, oder?«, fragte jetzt Gianluca, der Simon bisher, ohne viel zu sagen, auf Schritt und Tritt gefolgt war, inzwischen klitschnass war und müde aussah.

»Ich weiß es nicht. Ich sehe es nicht. Aber wir sind hier richtig. Es muss einen Grund geben, warum diese Skizze in Kemmerlings Unterlagen war.«

»Verstehe. Also was jetzt? Espresso?«, fragte Gianluca.

Simon zögerte einen Moment. Es fiel ihm schwer aufzubrechen, ganz ohne Ergebnis, aber er wusste auch nicht weiter, wollte wie Gianluca endlich aus der Nässe heraus. »*Va bene.* Wo?«, stimmte er zu.

»In Stroppiana? Dann lernst du noch den Ort kennen, aus dem die beiden Jungs kamen.«

Stroppiana war ein steinernes Dorf und nicht besonders einladend, fand Simon. Aber vielleicht tat er diesem Städtchen ja Unrecht, denn bei dem Nieselwetter sah es doch überall ziemlich trist aus. Reichtum strahlten die Dörfer im Reisgebiet ohnehin meist nicht aus. Wovon lebten die Menschen in der Region? Die Reisproduktion der großen Landgüter prosperierte zwar, warf durchaus beachtliche Gewinne ab, trotz des Drucks auf dem Weltmarkt, aber viele Arbeitsplätze gaben die hochmechanisierten Betriebe nicht mehr her.

Als könne er Gedanken lesen, lieferte Gianluca Simon unvermittelt eine Antwort auf die Fragen, die ihm durch den Kopf gingen. »Hier ist ja nicht gerade der Bär los«, sagte er, als sie noch vom Auto aus nach einer Bar Ausschau hielten. »Das ist aber kein Wunder. Seit die Reisfelder kaum noch Jobs bieten, haben viele von den Leuten in den kleinen Gemeinden sich Arbeit weiter weg gesucht. Zum Beispiel hat Amazon in Vercelli vor ein paar Jahren ein riesiges Logistikzentrum installiert, das ist eines von sechs in Italien, mit Hunderten von Arbeitsplätzen, da haben viele jetzt neue Jobs gefunden.«

Auf der Hauptstraße hatten sie dann eine kleine Bar entdeckt, in der auch nicht viel los war. Nur ein paar alte Männer saßen an einem dunklen Holztisch und tranken Wein, drei Jugendliche an einem anderen Tisch waren mit ihren Handys beschäftigt. Der Fernseher lief.

Simon und Gianluca blieben an der Theke stehen, bestellten aufgewärmte *Focacce* mit Schinken und Käse, Gianluca gleich zwei, und tranken schweigend einen exzellenten Espresso hinterher.

»Gehen wir?«, sagte Gianluca schließlich und griff schon zu seiner durchnässten Regenjacke.

Simon legte ein paar Euro auf die Theke und leerte seinen Espresso mit einem letzten Schluck, als die Tür aufging und eine Frau in die Bar kam, sich neben ihn stellte und einen *Crodino* bestellte. Simon nahm sie im Aufbruch nur flüchtig wahr, aber irgendetwas irritierte ihn. Er schaute genauer hin. Die Haare waren nicht rot wie auf den Fotos aus dem *Blick*, sondern schwarz, das Gesicht vielleicht etwas schmaler. Aber Simon war sich sicher. *Die Hexe aus der Maxvorstadt.* Das war Raffaella Foracci.

14

Seit einer Viertelstunde saßen Simon und Gianluca in Simons Peugeot und warteten darauf, dass die Frau, die Simon für Raffaella Foracci hielt, die Bar wieder verließ. Von ihrer Position auf einem Parkplatz in einer Nebenstraße aus hatten sie den Eingang der Bar unverstellt im Blick, fielen aber selbst nicht auf. Auch der Regen, der sie von allen Seiten in Dunst hüllte, war jetzt nützlich.

Aber es dauerte. Minute um Minute verstrich und nichts passierte.

Simon nutzte die Zeit, um Gianluca zu berichten, was er aus Thomas Kemmerlings Unterlagen über diese Frau und die Aktivitäten des Münchner Vereins und den Menschenhandel wusste.

»Weißt du, wer mehr über die Umtriebe dieser nigerianischen Frauenhändler weiß?«, fragte Gianluca, als Simon mit seinem Bericht am Ende war.

»Nein, keine Ahnung.«

»Roberta. Sie hat sich mit dem Thema intensiv beschäftigt. Wenn du willst, kommst du nachher mit zum Essen und fragst sie ein bisschen aus. Die freut sich bestimmt, dich wiederzusehen. Und sie kann im Moment ein bisschen Zuwendung gut gebrauchen. Mit Alessandro Vanetti wird es nämlich anscheinend nichts Richtiges.«

»Ach ja? Warum?«

»Weiß ich nicht. Sie schweigt sich darüber aus, aber sie hat sich wohl mehr versprochen, glaube ich.«

»Wo trefft ihr euch denn?«

»Im *Isoletta* in Orta. Von dem Inselblick werden wir bei dem Wetter zwar nicht viel haben. Aber das Essen dort ist ja auch schon Grund genug ...« Gianluca strich sich über seinen stattlichen Bauch.

»Hast du reserviert?« Gianluca nickte. Zu mehr kam er nicht, denn jetzt ging die Tür der Bar auf, und Raffaella Foracci trat auf die Straße, warf einen Blick in den Himmel, spannte einen Regenschirm auf, lief zügig die Hauptstraße entlang und verschwand hundert Meter weiter um die Ecke.

Simon startete den Motor, fuhr ihr hinterher, bis er so nah an der Abzweigung war, dass er die Nebenstraße einsehen konnte.

Raffaella war an einem lehmverspritzten, schwarzen Geländewagen stehen geblieben, suchte in ihrer Tasche nach dem Schlüssel, den Regenschirm mit einer Hand über sich balancierend. War das nicht das Auto, das ihn verfolgt hatte?, schoss es Simon durch den Kopf. Aber nein, das hatte anders ausgesehen, größer, teurer und neuer.

Raffaella war inzwischen in ihren Wagen eingestiegen, fuhr an und legte sofort ein rasantes Tempo vor.

»Also los«, sagte Gianluca, »jetzt wird es spannend. Ich hoffe nur, die fährt nicht sonst wohin. So viel Zeit habe ich nicht mehr.«

Simon nahm die Verfolgung auf, fuhr zwangsläufig ebenfalls schnell, holte das Maximum aus dem Peugeot heraus, ganz gegen seine Gewohnheit. Auf der nassen Straße, im nicht nachlassenden Regen und mit dem alten Wagen war ihm nicht wohl dabei, aber es war nicht zu ändern. Er musste einfach wissen, wo diese Frau hinfuhr. Ein Zufall hatte ihm diese Begegnung beschert, eine Chance, die er sich nicht entgehen lassen würde. Auch wenn er keine Ahnung hatte, wohin das führte, und damit meinte er nicht nur das Ziel dieser Verfolgungsfahrt.

Raffaella Foracci war unterwegs in südliche Richtung, auf Casale Monferrato zu, die schöne Stadt, hinter der das Hügelpiemont mit seinen Weinlandschaften begann. Die Landstraße verlief wieder schnurgerade, aber es gab nicht viel Verkehr, sodass Simon genügend Abstand halten konnte, und die Fahrerin vor ihm hoffentlich nicht bemerkte, dass er ihr folgte. Sie waren seit knapp zehn Minuten unterwegs und schon kamen weit hinten die Hügel bei Casale in den Blick. Gianluca wurde neben Simon nervös, sah ständig auf die Uhr. »Wir entfernen uns immer mehr«, sagte er. »Tut mir leid, Simon, aber ich muss langsam zurück.«
»Ruf Roberta an, sag ihr, dass es später wird.«
»Nein, das geht nicht. Das tut mir sehr leid, aber du musst das verstehen. Sie kommt extra aus Turin an den See, ist bestimmt schon unterwegs und muss nach dem Essen wieder zurück. Und das bei dem Wetter.«
Das sah Simon ein. Die Hilfsbereitschaft seines Freundes überzustrapazieren, kam nicht in Frage. Auch wenn es ihn viel kostete, jetzt aufzugeben. Aber wenigstens hatte er sich dieses Mal das Kennzeichen des Wagens gemerkt. Damit könnte er weiterkommen, auch wenn sie der Signora Foracci nicht bis zu ihrem Ziel folgten. Er bremste ab, fuhr etwas langsamer, hielt Ausschau nach einem Ort, wo er wenden konnte.
Aber dann hatte er Glück. Gerade hatte er eine Stelle erreicht, an der er umdrehen wollte, als Raffaella Foracci abbog, erst in eine Nebenstraße, dann nach vielleicht knapp zwei Kilometern in einen längeren Feldweg, an dessen Ende ein Haus lag. Simon atmete durch, schaute Gianluca erleichtert an. Das reichte. Er wusste genug, zumindest für den Moment. Es war ihm nicht nur gelungen, Raffaella Foracci ausfindig zu machen. Er wusste auch, wo sie vermutlich lebte. Das würde genügen, um das Geheimnis dieser Frau weiter zu ergründen.

Eine gute Stunde später stellten sie den Wagen auf dem Parkplatz oberhalb des alten Stadtkerns von Orta San Giulio ab und liefen durch den strömenden Regen den Weg hinunter zum *Ristorante Isoletta*. Simon hatte im Kofferraum seines Peugeot noch einen alten Regenschirm gefunden, der ausladend genug war, um sie beide trotz Gianlucas Leibesfülle einigermaßen vor dem Nass zu schützen. Gianluca hatte den Arm um ihn gelegt und wenn man nicht genau hinsah, hätte man sie sicher für ein Liebespaar halten können. In gewisser Weise waren sie das ja auch, dachte Simon, jedenfalls hatte er den Freund in der letzten Zeit sehr in sein Herz geschlossen.

Die engen Gassen von Orta und die wunderbare, zum See hin offene Piazza, auf der sich an Sonnentagen und in lauen Nächten die Touristen tummelten, lagen ausgestorben im Dunkel, aber in den Bars und Restaurants waren doch Licht und Leben, und die angestrahlte Insel gab zusammen mit der auf der anderen Seeseite auf einem Felssporn kauernden Kirche Madonna del Sasso dem Ganzen einen guten Schuss Theaterdonner.

Wenig später saßen sie im gut gefüllten Speiseraum des *Ristorante Isoletta* an einem weiß gedeckten Tisch, jeder eines der lokal gebrauten Biere vor sich, und warteten auf Roberta. Sie kam eine halbe Stunde zu spät, in einem langen Kleppermantel und einem topfartigen Wachshut auf dem Kopf, einer Montur, in der sie mal wieder nicht gerade *bella figura* machte, unter der sie aber trocken geblieben war. Trotzdem schüttelte sie sich wie ein Hund, als sie zu ihnen an den Tisch kam und gar nicht überrascht wirkte, dass da auch Simon saß. »*Che tempo brutto*«, sagte sie in ihrem rauen, aber warmherzigen Ton. »Sorry für die Verspätung. Wenn ich das geahnt hätte, *colleghi*, wäre ich in Turin geblieben. Da müsst ihr beiden euch aber anstrengen, damit das wenigstens ein netter Abend wird.«

Schon saß sie und strahlte Simon an. »Und du, Simone, was verschlägt dich hierher bei dem Mistwetter?«

»Ich war mit Gianluca unterwegs und der hat mich eingeladen. Ich hoffe, das war okay?«

»*Va benissimo*, ich freue mich. Auch dass, wie ich sehe, deine Hand wieder okay ist. Allerdings befürchte ich, dass du, wie ich dich kenne, nicht ganz grundlos mitgekommen bist, oder?«

Roberta konnte man nichts vormachen. Auch nicht mit vorgeschobenen Begründungen und strategischen Komplimenten. Also rückte Simon sofort mit seinem Anliegen heraus. »Gianluca sagt, du hast viel zu dem Prostitutionsgeschäft mit den Frauen aus Nigeria recherchiert?«

Roberta nickte. »Ich wusste es ja.« Sie grinste. »Aber wie soll das denn dann um Gottes Willen ein netter Abend werden? Können wir wenigstens erstmal unser Essen bestellen? Ich komme um vor Hunger.«

»Ich auch«, sagte Gianluca, rieb sich mal wieder den Bauch und vertiefte sich in die Speisekarte.

Sie nahmen all drei das Gleiche, eine Platte mit Salami und Käse aus dem Ossolatal als Vorspeise, dann Ossobuco mit Polenta und einer Gremolata aus Petersilie, Zitronenschale und Knoblauch, dazu eine Flasche Barolo.

»Und was macht Alessandro?«, fragte Gianluca, nachdem er allein mindestens die Hälfte der Vorspeisenplatte verspeist hatte.

»Dem geht es gut. Aber können wir bitte über etwas anderes sprechen?«, antwortete Roberta, trank einen großen Schluck Wein und unterband so jede weitere Nachfrage.

Das hört sich nicht gut an, dachte Simon. Aber besonders hart schien sie das doch nicht zu treffen, dafür war die Journalistin zu gut gelaunt. Ihm fiel das Jobangebot des Reis-Unternehmers ein. Daran hatte er gar nicht mehr gedacht. Im

Grunde hatte er sich schon längst dagegen entschieden. Gianluca hatte recht gehabt, er hatte einfach keine Lust auf diesen Job, auch wenn es für *Slow Food* war, er wollte Journalist bleiben.

Beim Dessert, mit Amaretti-Bröseln gefüllten Pfirsichen aus dem Ofen, kam Roberta auf Simons Frage nach dem Frauenhandel zurück. »Wie kommst du denn jetzt eigentlich auf diese Prostituierten aus Nigeria? Du warst doch mit dem Mord an Borletti und dem Reisgeschäft befasst? Hatte der Gauner da etwa auch seine Finger drin? Oder hat das mit dem Mord an unserem Kollegen zu tun, mit Thomas Kemmerling? Da bist du doch bestimmt auch dran? Und hat das eine mit dem anderen etwas zu tun?«

Roberta war eine hellwache Journalistin, und ihrem erwartungsvollen Blick war anzusehen, dass sie Lunte gerochen hatte und auf eine Geschichte lauerte.

»Ich weiß es nicht. Im Moment habe ich ein paar Fäden in der Hand und keine Ahnung, wie und wo sie zusammenlaufen.« Das war eine ehrliche Antwort, die Simon, wie er fand, der immer hilfsbereiten Journalistin schuldig war, die aber dennoch alles offenließ. Zu seiner Erleichterung drang Roberta nicht weiter in ihn. »Was willst du denn wissen?«, fragte sie, schob ihr nur zur Hälfte geleertes Weinglas ein Stück von sich weg und hielt sich ab jetzt an Wasser.

»Gibt es denn Verbindungen zwischen Italien und Deutschland in diesem Geschäft mit den Frauen aus Nigeria?«, fragte Simon.

»Darüber weiß ich nicht viel, damit habe ich mich nicht beschäftigt, ehrlich gesagt. Aber es kommt wohl vor, dass die Frauen von Italien aus an Menschenhändler und Zuhälter in Deutschland weitergeschleust werden. Die Ermittler von der Sondereinheit sagen, dass das Ganze bereits von Nigeria aus geplant wird, also auch, wie die jungen Frauen in Europa verteilt werden.«

»Und wer steckt dahinter, die Mafia also?«

»Ja, aber nicht die italienische. Nigerianer. Das ist ein ganzes Netz, das sich aus vielen einzelnen Geheimbünden und kriminellen Gangs zusammensetzt. In dem nicht zuletzt auch Frauen eine wichtige Rolle spielen. Die Nigerianer haben im Übrigen ähnliche Spielregeln, die Schwüre, das Zugehörigkeitsgefühl, der Schweigekodex und den Geheimhaltungspakt. Im Vergleich dazu hat unsere Mafia inzwischen allerdings fast schon ein modernes Setting. Zwischen beiden gibt es offenbar jetzt so eine Art friedliche Koexistenz, die lassen sich gegenseitig weitgehend in Ruhe. Den Menschenhandel überlässt man lieber den Afrikanern, dafür kennen die bei anderen kriminellen Aktivitäten wie dem Drogenhandel genau ihre Grenzen.«

»Und wie funktioniert der Frauenhandel genau?«

»Die Frauen sind oft noch minderjährig, kommen meist aus prekären Verhältnissen, suchen einen Ausweg und werden mit falschen Versprechungen geködert. Sie werden in Nigeria von sogenannten *Madams*, also Zuhälterinnen, angeheuert, angeblich für einen Job in Europa, zum Beispiel in Krankenhäusern. Diese *Madams* sind ein wichtiger Teil des Netzwerks. Wenn die jungen Frauen dann angebissen haben, werden sie erst zu Fuß und dann auf den Ladeflächen von Lastwagen durch die Sahara bis nach Libyen gekarrt. Und dann in einem der Flüchtlingsboote übers Mittelmeer. Wenn sie das alles überleben, was ja keineswegs immer der Fall ist, wie ihr wisst, geht es auf den Straßenstrich. Man sagt ihnen, sie müssten ihre Schulden abarbeiten, also das Geld, das ihre Reise gekostet hat.«

»Schweinehunde.«

»Stimmt, Simone. Aber vergiss nicht, dass es dafür einen Bedarf gibt. Hungrige Männer in Europa, die immer preiswertere und immer jüngere Mädchen wollen. Nigeria hat eben das passende Angebot dafür. Solange ihre Ware gefragt ist, werden diese Frauenhändler weiter Erfolg haben und viel Geld verdienen.«

»Und die Frauen landen dann also auf dem Straßenstrich?«

»Ja, in Italien jedenfalls. In Deutschland läuft das wohl anders, darüber weißt du aber bestimmt mehr als ich. Bei euch gibt es doch Bordelle, oder?«

»Rotlichtviertel«, ergänzte Gianluca trocken auf Deutsch.

Roberta sah ihn fragend an.

»*Quartiere a luci rosse.*«

Roberta verstand immer noch nicht ganz.

»Das sind die Sperrbezirke in den Städten, wo du die Bordelle findest. Da sind sie legal.«

»Ernsthaft?«

»Ja, es ist so, wie Gianluca sagt. Und hier?«, fragte Simon.

»Das gibt es hier nicht. Nicht mehr. Seit 1958, also inzwischen schon seit mehr als 60 Jahren. Übrigens aufgrund der politischen Initiative einer Frau. Angelina Merlin. Die war Sozialistin und wollte den Prostituierten etwas Gutes tun, sie von der Bevormundung durch die Zuhälter befreien. Das hat dann zu einem Gesetz geführt, das nicht die Prostitution, aber die Bordelle verboten hat. Das damals gut Gemeinte hat sich aber in sein Gegenteil verkehrt, jetzt fordern viele eine Reform, nicht nur politische Parteien, sondern sogar auch Teile der katholischen Kirche.«

In diesem Moment betrat eine Hochzeitsgesellschaft den Speiseraum, alle elegant gekleidet, die durchnässte Braut lachend vorneweg, das am Saum mit Matschflecken bespritzte weiße Kleid hoch geschürzt. Sie sahen durchweg etwas ramponiert aus, waren aber unüberhörbar und ausgelassen. In Orta wurde viel und gerne geheiratet, und es war noch nicht lange her, dass ein amerikanischer Serienstar hier mit großem Tamtam und Medienecho seine Vermählung inszeniert hatte. Meist dinierte man zum Abschluss feierlich in der *Villa Crespi*, einer alten, mit einem Luxusrestaurant ausgestatteten Villa im maurischen Stil, aber diese Hochzeiter hatten sich für den großen Saal im ersten Stock des *Isoletta* entschieden, das nicht ganz so edel und teuer war, dafür aber Inselblick bot und eine weniger förmliche Mahlzeit.

Simon schaute der Braut nach, die immer noch lachend über die Treppe nach oben verschwand. Er dachte an Luisa, zum ersten Mal seit der nächtlichen Begegnung mit Carla, ohne mit sich zu hadern, voller Wärme und ja, Sehnsucht. Wie selbstverständlich wusste er in diesem Moment, dass seine Gefühle für sie zu mächtig waren, dass er sie niemals verlassen könnte, auch nicht für eine wunderbare Frau wie Carla, die ihm mit ihrer nüchternen Ader so viel ähnlicher war, vielleicht viel besser zu ihm passte. Aber Luisa war unwiderruflich, sein Leben ohne sie nicht vorstellbar. Träumerisch sah er der Braut nach, die jetzt schon fast oben verschwunden war, ihren langen weißen Schleier über die Treppe hinter sich herziehend. Und es kam ihm in den Sinn, dass, wenn er und Luisa wider Erwarten eines Tages doch einmal heiraten sollten, sie beide bestimmt auch das *Ristorante Isoletta* der *Villa Crespi* vorziehen würden. Ach, Luisa. Wo war sie? Noch bei ihm oder schon ganz woanders? Er würde sich endlich bei ihr melden. Noch heute Nacht.

»Und wenn die Frauen aus Nigeria dann auf dem Straßenstrich gelandet sind, haben sie keine Chance, da wieder rauszukommen?«, fragte Gianluca und riss Simon aus seinen Gedanken an Luisa.

»Es gibt einzelne Fälle, in denen Frauen das geglückt ist. Die geflohen sind und einen Weg gefunden haben. Aber das ist die

Ausnahme. Was können die Frauen auch schon tun? Sie haben ja kaum Möglichkeiten, sich zu wehren. Sie haben keine Papiere und keine Aufenthaltsgenehmigung und sind den Zuhältern vollkommen ausgeliefert. Und die schrecken auch nicht davor zurück, ihre Familien in Nigeria zu bedrohen, wenn sie aufmucken.«

Alle drei am Tisch schwiegen. Der Regen klatschte nach wie vor heftig gegen die Fenster des Restaurants. Schließlich bestellte Gianluca Espresso und drei Grappa.

Dann meldete sich Roberta wieder zu Wort, beugte sich zu Simon. »Aber jetzt rück doch mal damit heraus, *collega*, warum du das alles wissen willst?«

Simon zögerte einen Moment, gab sich dann einen Ruck, stellte seine Bedenken zurück und erzählte Roberta von Kemmerlings Recherchen, von dem Münchner Verein und von der Begegnung mit der Frau, die er für Raffaella Foracci hielt.

»Und du bist sicher, dass sie das war?«, fragte Roberta.

»Nein, nicht hundertprozentig. Aber ich glaube nicht, dass ich mich irre. Ich kann mir keine Namen merken, aber Gesichter sehr gut. Allerdings habe ich nur Fotos auf den Kopien von Kemmerlings Berichten aus dem *Blick* gesehen, und die sind auch schon ein paar Jahre alt.«

»Das wäre doch ungewöhnlich, dass eine Italienerin in diesem nigerianischen Geschäft mitmischt«, wandte Roberta nachdenklich ein.

»Sie hat wahrscheinlich Verbindungen dahin. Ihr Vater lebt zwar schon seit über fünfzig Jahren in Deutschland, und sie ist in München geboren. Aber die Familie kommt ursprünglich aus der Nähe von Neapel, aus Castel Volturno.«

»Wow. Das könnte es dann tatsächlich erklären«, sagte Roberta. »Das Städtchen an der Küste ist eine Hochburg der nigerianischen Mafia. Da steckt eine lange Geschichte dahinter.

Über die hat einer von unseren Kollegen ein sehr lesenswertes Buch geschrieben. Sergio Nazarro. Schon mal davon gehört?«

Simon schüttelte den Kopf.

»Eine Reportage. Das Buch heißt wie der Ort. Castel Volturno.«

»Der kommt auch in Kemmerlings Berichten vor«, sagte Simon. »Auch dass diese Raffaella Foracci dahin vermutlich Beziehungen hatte, wahrscheinlich weil ein Teil der Familie des Vaters dort noch lebt. So muss sie dann irgendwann begonnen haben, in diesem Geschäft mitzumischen.«

»Wenn die Frau, die ihr verfolgt habt, mit Raffaella Foracci identisch ist, dann wird sie doch noch gesucht. Und, ehrlich gesagt, Simone, solltest du dann die *Carabinieri* informieren. Du hast doch einen guten Draht zu Carla Moretti?«

Simon zuckte innerlich zurück. Aber er ließ sich nichts anmerken, sah Roberta an, nickte.

»Dann sprich mit ihr.« Roberta griff zu ihrem Topfhut, setzte ihn auf ihr wirres Haar, zog ihn mit beiden Händen herunter und gab damit das Zeichen zum Aufbruch.

Simon blickte zu Gianluca, der ebenfalls zu seiner Jacke griff, offenbar mit Roberta einer Meinung war, jedenfalls zu ihrem Vorschlag genickt hatte. Im Aufstehen trank er noch Robertas Grappa, den sie mit Hinweis auf ihre bevorstehende Rückfahrt nach Turin nicht angerührt hatte, in einem Zug leer.

Simon lehnte sich seufzend im Stuhl zurück und leerte ebenfalls sein Glas. »Ich weiß, ihr habt ja recht«, sagte er. »Ich habe das auch vor. Aber bevor ich mit den *Carabinieri* rede«, – bewusst vermied er es, Carlas Namen auszusprechen –, »und die Frau aus Stroppiana womöglich zu Unrecht verdächtige, fahre ich morgen noch einmal dahin und schaue sie mir genauer an.«

15

Auf der Rückfahrt nach Ronco hörte es schlagartig auf zu regnen, der Himmel riss auf, gab den Mond frei, der einen Streifen gleißendes Licht auf das Wasser warf. Simon hatte Gianluca noch in Borgomanero abgesetzt, war von dort gemächlich zurück zum See zurückgekehrt und fuhr jetzt die Uferstraße entlang, durch riesige Pfützen pflügend, denen er nicht ausweichen konnte. Nervös hielt er stets nach *Carabinieri* Ausschau, nicht weil er die Begegnung mit Carla fürchtete, die um diese Zeit bestimmt nicht mehr unterwegs war, sondern weil er zu viel getrunken hatte, auch wenn er sich nach dem üppigen Essen vollkommen nüchtern fühlte.

Als er endlich in Ronco ankam, griff er, obwohl erschöpft von dem langen Tag, sofort zum Handy und rief Luisa an. Die ganze Fahrt über hatte er an sie gedacht, mit ihr Zwiegespräche geführt, besorgt und aufgeregt, und dann hatte sich unversehens doch wieder Carla dazwischengedrängt, sich in seine Gedanken geschlichen. Er hatte sie vor sich gesehen, wie sie schmal und entspannt und doch ein bisschen verloren unter dem Baum in Coiromonte saß, als er mit dem Bier auf sie zulief. Es tat weh. Er versuchte, das Bild wegzuschieben. Fast gelang ihm das.

Er erwischte Luisa in einer Kneipe mit Freunden, aber sie ging mit ihrem Handy nach draußen, in eine in Frankfurt viel kältere Nacht. Lange hatte das Gespräch nicht gedauert. Luisa hatte Italienisch mit ihm geredet, ein paar Mal lauthals gelacht, vielleicht sogar noch um eine Nuance übersprudelnder als gewöhnlich. Er hatte sie vor sich gesehen, wie sie in ihr Telefon sprach, in diesem dunklen, vollen Ton, der ihr eigen war, sich mit den Fingern durch das Haar strich, vergeblich versuchte, ihre Locken zu bändigen. Es hatte sich angefühlt, als sei sie an seiner Seite, als streifte ihn ihr Atem und als spürte er ihre Haut. Als sei sie ihm niemals entglitten. Am Ende hatte er ihr so zärtlich eine gute Nacht gewünscht, dass sie doch noch verwundert nachgefragt hatte, was mit ihm los sei, aber nicht insistiert, als er ihr darauf keine Antwort gab.

Er hatte tief und fest geschlafen, war erst um neun Uhr wach geworden, hätte sogar noch länger geschlafen, wenn die Katze ihn nicht mit einem fordernden Satz in sein Bett geweckt hätte. Er war aufgestanden, hatte seiner Daphne noch im Bademantel Futter und Wasser hingestellt und saß jetzt mit seinem Cappuccino gedankenverloren auf der Terrasse. Der See schwappte gegen die Mauer, mit gierigen kleinen Wellen, die ein frischer Frühlingswind über das Wasser trieb. Die ungewöhnliche Osterhitze war vorüber, die Luft klar, der Himmel fliederblau und voller Wattewolken, die Hügel auf der anderen Seeseite getränkt in sattes Grün, alles wie klargespült.

Sein Handy meldete sich. Widerwillig blickte er auf das Display, wollte sich eigentlich nicht stören lassen, seinen Gedanken weiter nachhängen, obwohl oder vielleicht deshalb, weil er gar nicht hätte sagen können, woran er eigentlich dachte. Konnte es womöglich Carla sein?

Es war Gianluca. »Bist du gut nach Hause gekommen?«, fragte er, wartete aber Simons Antwort nicht ab. »Ich war heute Morgen schon tätig für dich«, sagte er.

»Wie das?«

»Ich habe ein bisschen recherchiert und weiß jetzt alles über die Frau, die dich so beschäftigt.«

»Über Raffaella Foracci?«

»Nein. Raffaella ja. Aber nicht Foracci. Fontana. Ich vermute, dass sie trotzdem die Gesuchte ist. Sie hat wohl den Namen des Mannes angenommen, mit dem sie zusammenlebt. Fabrizio Fontana.«

Das war nicht üblich in Italien, sogar eigentlich unmöglich, denn auch wenn sie heirateten, behielten die Frauen ihren eigenen Familiennamen, überlegte Simon sofort. Aber wenn sie das war, hatte sie ja allen Grund, sich einen anderen Namen zuzulegen. Also verbuchte er das als ein weiteres Indiz dafür, dass er mit ihr auf der richtigen Spur war. »Und was hast du noch herausgekriegt?«, fragte er.

»Sie lebt mit diesem Fontana in dem Haus, bis zu dem wir sie gestern verfolgt haben. Die beiden betreiben ein kleines Geschäft in Stroppiana, Zeitschriften, Schreibkram, Süßigkeiten, Gebührenmarken, so was alles. Das läuft aber unter dem Namen ihres Lebensgefährten. Sie ist da offiziell nicht bekannt.«

»Und woher weißt du das dann?«

»Ich habe in Stroppiana so meine Kontakte. Weil ich da doch vor Kurzem erst wegen des Stücks über die beiden erschossenen Partisanen unterwegs war. Außerdem habe ich dir doch schon hundert Mal gesagt, dass du einen Provinzreporter wie mich nicht unterschätzen solltest.«

»Und was wissen deine geheimen Quellen noch so über sie?«

»Eigentlich nichts. Sie hält sich wohl sehr bedeckt. Freundlich sei sie und zuverlässig, heißt es. Dem Mann traut man weniger über den Weg, aber der lässt sich nur selten in dem Laden blicken. Aber ich habe noch etwas herausgefunden …«

Gianluca machte eine bedeutungsvolle Pause.

»Jetzt sag schon«, erwiderte Simon ungeduldig.

»Du hast doch wissen wollen, wem das Reisfeld gehört.«
»Ja und?«
»Das ist interessant, es gehört nämlich Borletti!«
»Wow, das ist wirklich interessant.« Simon war mit dem Handy am Ohr aufgesprungen. »Also ich fahre heute auf jeden Fall nochmal dahin und fühle der Frau auf den Zahn. Ich muss wissen, ob sie das wirklich ist. Kommst du mit?«
»Nein, Simon, tut mir leid. Ich habe eigentlich einen anderen Job. Und hin und wieder gibt es für einen kleinen Provinzjournalisten doch mal etwas zu tun.«
»Verstehe. Schade. Und trotzdem danke. Wir hören dann voneinander.«

Simon hatte es jetzt eilig, aber Gianluca entließ den Freund und Kollegen nicht einfach so. »Hey, Simon«, sagte er beschwörend, »fahr da nicht allein hin. Besser, du rufst Carla an, was immer da gerade zwischen euch ist ...«

Gianluca hatte recht, das wusste Simon. Aber er brachte es nicht über sich, sich bei ihr zu melden. Er würde einfach auf der Hut sein, die Suche lieber abbrechen, als sich irgendeiner Gefahr auszusetzen. Und für Gefahr hatte er eine gute Witterung. Darauf würde er sich mal wieder verlassen.

Eine gute Stunde später fuhr Simon wieder auf Vercelli zu, die gleiche Strecke wie am Vortag, aber diesmal unter einem Frühlingshimmel, der alles in ein freundlicheres Licht setzte. Bei Vercelli fuhr er von der Autobahn ab, nahm wie schon am Tag zuvor die Landstraße in Richtung Casale Monferrato. Noch lag Vercelli nicht ganz hinter ihm, als ihm am Straßenrand an einer Abbiegung ein Wegweiser ins Auge fiel, *Riso Vanetti, vendita diretta*. Der war ihm am Vortag in dem Regendunst beim Vorbeifahren gar nicht aufgefallen. Da ging es also zu dem Reisgut von Alessandro Vanetti, Robertas Freund, der das inzwischen aber anscheinend schon nicht mehr war. Wieder kam Simon dessen überraschendes Jobangebot in den Sinn. Sollte er, wenn er schon einmal hier war, einen Abstecher machen, den Hof in Augenschein nehmen? Nein. Erstens wusste er ohnehin längst, dass der Job nicht für ihn in Frage kam, und zweitens war er zu gespannt auf die Begegnung mit der Frau, die sich jetzt Fontana nannte und wahrscheinlich Raffaella Foracci war.

Stroppiana wirkte an diesem Morgen ebenfalls gefälliger, auch wenn es wieder wie leer gefegt, in den Straßen kaum jemand unterwegs war. Das heftige Unwetter hatte keine Spuren hinterlassen, noch nicht einmal eine Pfütze am Straßenrand; die Wassermassen mussten in dem ausgetrockneten Untergrund verschwunden sein, als hätte es den Regen gar nicht gegeben. Nach dem Geschäft musste Simon nicht lange suchen. Er hatte die Adresse in sein Navi eingegeben und es lag nicht weit weg von der Bar, in der er am Tag zuvor auf Raffaella Foracci getroffen war, in einer Nebenstraße nur eine Ecke weiter.

Simon blieb vor dem Laden stehen und warf einen vorsichtigen Blick durch die Glasscheiben. Er war klein, ziemlich unübersichtlich und vollgestopft mit allem Möglichen, vor allem Zeitschriften. Und er war offensichtlich leer, kein Kunde zu sehen, die Frau mit dem schwarzen Haar, die er für Raffaella Foracci hielt, hinter der Kassentheke allein, in einer Illustrierten blätternd. Gut, dass dieser Fontana, ihr Lebensgefährte, nicht da war. Aber noch zögerte Simon. Wie sollte er vorgehen? Wie konnte es ihm beiläufig gelingen, etwas über diese Frau in Erfahrung zu bringen? In keinem Fall wollte er sich als Journalist zu erkennen geben. Wenn sie die Gesuchte war, und davon war er eigentlich überzeugt, durfte er keinen Argwohn bei ihr wecken. Am besten schlüpfte er in die Rolle eines deutschen Touristen, der in den Reisfeldern unterwegs ist und eine gute Einkaufsadresse sucht.

»*Buongiorno.*« Anders als sonst betonte Simon das deutsche R, diesen phonetischen Makel in seinem Italienisch, gegen den er schon so lange anging, der ihm jetzt aber nützlich war.

Die Frau hinter der Theke sah von ihrer Illustrierten auf, blickte ihn aufmerksam an, fast etwas überrascht, dass ein Fremder ihren Laden betrat, dachte Simon, nickte ihm fragend zu.

»*Scusi, Signora,* ich bin fremd hier und hätte eine Frage. Sie kennen sich doch bestimmt in der Gegend aus?« Simon baute absichtlich Fehler in sein Italienisch ein. Das war eine neue Erfahrung, und erstaunt bemerkte er, dass ihm das sogar Spaß machte.

»Ja, natürlich, warum?« Die Antwort kam freundlich, aber auch ein wenig misstrauisch. Die Frau war auf der Hut. Oder bildete er sich das ein, weil es zu seiner Erwartung passte und daher so sein sollte?

»Ich möchte Reis kaufen und suche einen Hof hier in der Gegend, bei dem es einen Direktverkauf gibt.«

»*Va bene,* ich kann Ihnen gerne ein paar Adressen geben. Aber wenn Sie wollen, kann ich Ihnen auch Reis verkaufen. Wir haben einen sehr guten Carnaroli.«

»Sie verkaufen auch Lebensmittel?«

»Eigentlich nicht, nur den Reis eben. Der kommt von *Vanetti,* aus biologischem Anbau. Wie gesagt, Carnaroli. Das ist der beste. Und die Marke kann ich Ihnen sehr empfehlen.«

Sie griff hinter sich, legte eine Packung mit einem elegant gestalteten V auf dem Etikett neben die Kasse.

»Und was kostet der?«

»Der ist nicht billig. Wenn Sie billigen Reis wollen, müssen Sie in den Supermarkt gehen. Der ist nicht weit weg von hier.«

»Nein, nein. Das passt schon. Ich wüsste nur trotzdem gerne, was der kostet.«

»Das Pfund hier sechs Euro. Wir haben aber auch Kilopackungen, die kosten dann elf Euro.«

»Dann geben Sie mir doch bitte drei Kilo.«

Sie beugte sich nach unten, verschwand fast vollends hinter der Theke, holte die Päckchen hervor, steckte sie in eine Tüte.

»Nicht viel los heute, oder?«, fragte Simon, um das Gespräch in Gang zu halten.

»Nein, jetzt nicht, ist ja auch bald Mittag. Und Touristen wie Sie verirren sich selten zu uns.«

»Leben Sie denn hier im Ort?«

»Nein, ein Stück weiter, Richtung Casale Monferrato.«

»Oh, das soll schön sein.«

»Ja, ist es. Das würde ich mir an Ihrer Stelle ansehen. Sie sind doch Tourist? Aus Deutschland?« Diesmal war es Simon sehr recht, dass sie seine deutsche Herkunft erkannt hatte.

»Ja, aus München.« Täuschte er sich oder war da eine kleine Irritation, ein leichtes Flackern in ihrem Blick? »Kennen Sie München?«, fragte er.

»Nein.« Sie wandte sich zur Kasse. Vielleicht ein wenig zu abrupt, dachte Simon.

»Schade«, sagte er. »Für Italiener wie Sie hier im Norden ist das ja gar nicht so weit. Und zum Oktoberfest kommen immer viele Besucher aus Italien. Das kennen Sie doch bestimmt?«

»Ja. Jedenfalls habe ich schon davon gehört.«

»O'zapft is«, sagte er, hob dazu eine fiktive Maß. Das war ein plötzlicher Einfall, von dem er schon im selben Moment nicht ganz überzeugt war und bei dem er sich etwas dämlich vorkam. Aber er hoffte, sie damit zu verblüffen und eine spontane Reaktion hervorzulocken, mit der sie offenbarte, dass sie sehr gut Deutsch sprach.

Sie sah ihn an – ob überrascht oder verständnislos wusste er nicht – und schnitt ihm schroff das Wort ab. »War das alles? Oder wollen Sie noch etwas außer dem Reis?«
»Nein danke.«
»Dann bekomme ich 33 Euro von Ihnen.«
Simon zückte sein Portemonnaie, reichte ihr einen 50-Euro-Schein. Während sie das Wechselgeld aus der Kasse nahm, studierte er ihre Gesichtszüge aus der Nähe. War das Raffaella Foracci? Er war sich fast sicher, auch wenn sie sich durch nichts verraten hatte. Ihr Haar war jedenfalls gefärbt, das war aus der Nähe an dem helleren, etwas rötlichen Scheitelansatz eindeutig zu erkennen.

Jetzt schob sie ihm die Scheine, das Kleingeld und den Kassenbon über die Theke, er griff zu. Neben der Kasse war in einem Gestell lauter Krimskrams im Angebot, Süßigkeiten, billige Lesebrillen, Ansichtskarten von Vercelli, auch Feuerzeuge. Simon stutzte. Neben den üblichen einfachen roten, blauen und grünen Plastikmodellen gab es auch Sturmfeuerzeuge. Silberne Zippos. Mit einem aufgeprägten Adler. Er gab einen stummen Pfiff von sich. So ein Feuerzeug hatte er doch schon einmal gesehen. In Borlettis Arbeitszimmer. Er sah die Szene genau vor sich, den chaotischen Raum mit den durchwühlten Schubladen. Und mittendrin in dem Tohuwabohu das eigenartige Zippo, das wahrscheinlich einem der beiden Männer gehörte, die dort alles auf den Kopf gestellt und Sonia Berger bedroht hatten. Simons Gedanken arbeiteten fieberhaft. Sein Herz schlug schneller. Es konnte doch kein Zufall sein, dass er ausgerechnet im Geschäft von Raffaella Foracci auf dieses ziemlich ungewöhnliche Sturmfeuerzeug traf. War das endlich der Link, nach dem er intuitiv so lange gesucht hatte, das Indiz, das alles zusammenführte, den Mord an Franco Borletti und den an Thomas Kemmerling und diese Frau hinter dem Tresen eines unscheinbaren Geschäfts in Stroppiana? Noch hatte er keine Ahnung, worin der Zusammenhang bestand, aber es schien immerhin einen zu geben. Hatte Kemmerling Raffaella Foracci wiedergetroffen und erpresst und sie hatte ihm Informationen preisgegeben? Wenn ja, was für welche? Simon dachte wieder an die Skizze. Hatte also vielleicht Raffaella Foracci die für Kemmerling gezeichnet?

Simon hatte es jetzt eilig. Er nahm das Wechselgeld und den Kassenbon an sich, sagte keinen Ton mehr. Sein Herz pochte, aber er ließ sich seine Aufregung nicht anmerken, jedenfalls versuchte er das, griff zu der Tüte mit dem Reis, verabschiedete sich schnell. Als er die gläserne Tür des Ladens hinter sich zuzog, sah er, dass Raffaella nicht wieder zu ihrer Illustrierten gegriffen hatte, sondern noch aufrecht an der Kasse stand, ihm unverwandt nachsah. Hatte sie etwas gemerkt? Hatte sie Verdacht geschöpft, ahnte sie, dass er ihrer wahren Identität auf der Spur war? Dass diese Begegnung etwas eigenartig gewesen war, hatte sie zweifellos verspürt, da war er sich sicher.

Er machte zögernd ein paar Schritte, blieb dann auf der Straße stehen, versuchte, seine Gelassenheit zurückzugewinnen, atmete tief durch. Sollte er vielleicht noch einmal zurückkehren und ein Zippo kaufen? Sozusagen als Indiz, das er in Händen halten konnte? Nein, besser nicht, entschied Simon. Erstens könnte er das noch zu einem späteren Zeitpunkt nachholen. Und zweitens würde er damit womöglich nur Raffaella Foraccis Misstrauen zusätzlich schüren.

Aber was nun? Inzwischen hatte er seinen Peugeot erreicht. Er startete den Motor, und ohne lange nachzudenken, schlug er erneut den Weg zu der Gedenkstele für die beiden jungen Partisanen ein. Das war schiere Intuition, er hätte nicht erklären können, warum er das tat, weshalb es ihn noch einmal dorthin zog. Außer dass ihm ständig diese Lageskizze durch den Kopf ging.

Wieder empfing ihn das Konzert der Frösche, das ihm noch lauter vorkam als am Vortag. Genossen auch diese quakenden Tiere das frische Frühlingswetter, die Sonne und das Bad im silbrig blinkenden Wasser? Ahnungslos, welches Schicksal sie vielleicht bald erwartete, nämlich dass ihre zarten Schenkel auf Feinschmeckertellern landen würden?

Es roch auch nicht mehr so modrig, und erst jetzt fiel Simon das üppige Grün ins Auge, das es hier gab und das der Regen am Tag zuvor in einem eintönigen Grau verschluckt hatte. Jetzt flimmerten die Birken im Sonnenlicht, und allerlei bunte Gewächse leuchteten am Rand des Kanals. Hinten bei der Scheune gab es einen richtigen kleinen Forst. Es war schön hier an diesem Tag, aber was wollte er hier, fragte sich Simon, in dieser menschenleeren Landschaft, in der sich außer dem Treiben der Frösche und den Flugversuchen einiger junger Enten gar nichts tat?

Schon wollte er zu seinem Auto zurückkehren, als plötzlich ganz in der Nähe der Scheune ein schwarzer Geländewagen auftauchte. Etwas nervös kniff Simon die Augen zusammen. Ja, er hatte sich nicht getäuscht, der sah wirklich so aus wie der Wagen, der ihn auf der Fahrt nach Stresa verfolgt hatte. Jedenfalls stimmten dieses Mal Größe und Bauart. Intuitiv duckte er sich hinter die Büsche am Kanal und behielt von dort die Scheune und ihr Umfeld im Auge. Der Wagen verschwand in dem kleinen Waldstück, kurz darauf traten zwei Personen aus den Bäumen heraus, dem Gang und der Kleidung nach zu urteilen zwei Männer. Sie gingen auf die Scheune zu, öffneten die Tür und verschwanden im Inneren. Was taten die da?

Dann passierte eine Zeitlang gar nichts. Simon nutzte die

Gelegenheit, um näher an die Scheune heranzukommen. Ganz vorsichtig robbte er im Schutz der Büsche den Kanal entlang, bis er nur noch gut hundert Meter entfernt war, duckte sich in einen der Wassergräben. Es war unangenehm matschig, aber für Rücksicht auf seine Kleider war das nicht der Moment. Sollte er sich noch weiter vorwagen? Nein, das war ihm zu riskant. Immerhin hatte er von seiner Position aus wieder den Geländewagen im Blick. Und er war sich jetzt sicher. Das war das Auto, das ihn auf dem Weg nach Stresa und zurück zum See verfolgt hatte.

Nun war ihm doch etwas mulmig zumute. Es roch nach Gefahr. Er war mutterseelenallein. Und wenn nicht alles täuschte, waren diese Leute gefährlich. Am besten, er hielt sich an das, was er sich vorgenommen hatte, verschwand schleunigst von der Bildfläche, informierte jetzt endlich Carla und überließ ihr alles Weitere. Schon war er auf dem Rückzug, als er bemerkte, dass inzwischen zwei weitere Autos angekommen waren, die ebenfalls am Rand des Reisfeldes notdürftig hinter Bäumen versteckt parkten. In der Ferne kreiste ein Hubschrauber. Simon sah sich um. Nirgendwo war jemand zu sehen. Was war hier los? Am besten blieb er doch erst einmal in seinem Versteck, harrte der Dinge, die da kommen würden, und hoffte, dass ihn niemand entdeckte.

Ein gellender Schmerz im Rücken. Ein keuchender Atem an seinem Ohr. Jemand war von hinten auf ihn gesprungen, hielt Simon im Zangengriff, drückte ihm die Luft ab. Wenn der Mann ihn nicht umbrachte, dann erledigte das vielleicht sein Herz, so verrückt wie es schlug. Er machte einen Versuch, sich aus dem Klammergriff zu lösen. Aber er hatte keine Chance. Der Mann drückte seine Arme in seinem Rücken so fest zusammen, dass Simon meinte, seine Knochen müssten brechen, auch wenn er den Schmerz hinter seiner Angst nicht spürte. Dann ein metallisches Geräusch, etwas schnappte in seinem Rücken zu. Handschellen. Sofort fuhr wieder ein Stechen in sein noch nicht ganz verheiltes Handgelenk. Aber jetzt lockerte der Mann seinen Griff etwas. Simon rang nach Luft, Blut schoss in seine Arme. Noch immer wusste er nicht, wie ihm geschah, sein Herz raste, sein Hirn war taub, wie gelähmt.

Dann lichtete sich der Nebel und er fasste wieder einen klaren Gedanken. Seit wann legte die Mafia ihren Opfern Handschellen an? Und endlich verstand er. Der Mann, der ihn eisern im Griff hatte, das war nicht die Mafia, das war ein Polizist. Wenn auch in Zivil. Wahrscheinlich von einer Anti-Mafia-Einheit. Jetzt kreiste auch der Hubschrauber direkt über ihnen.

Was sonst gerade um ihn herum geschah, blieb Simon verborgen, immer noch stand er nach unten gebückt, mit dem Rücken zu seinem Bewacher, und der hielt ihn kommentarlos und unerbittlich wie in einem Schraubstock fest. Aber nun dämmerte es ihm: Er war mitten in eine Polizeiaktion geraten, hatte die durch seine Anwesenheit womöglich behindert oder sogar vereitelt. Wahrscheinlich hielt man ihn für einen der Kriminellen. Und schon der nächste Gedanke war: Was würde Carla bloß dazu sagen?

Der Polizist riss ihn nach oben und zu sich herum. »Was machen Sie hier?«, schrie er ihn an.

Simon wollte antworten, brachte aber keinen Ton heraus, seine Stimme versagte. Noch immer schnappte er nach Luft, seine Hand tat unerträglich weh. Er versuchte sich zu konzentrieren, musste zunächst husten, brachte dann aber doch ein paar verständliche Laute über die Lippen. »Ich bin Journalist. Ich habe mit den Leuten in der Scheune nichts zu tun.«

Statt ihm zu antworten, gab der Polizist ihm einen Stoß,

packte ihn grob am Arm und führte ihn wortlos den ganzen Weg am Kanal entlang auf das Polizeiauto zu, eine Zivilstreife, an die gelehnt ein schmaler Mann in Jeans und schwarzem Jackett mit erhobenen Händen stand. Ein weiterer Polizist tastete ihn gerade nach Waffen ab, brachte eine Pistole zum Vorschein. Das musste einer der Typen aus dem schwarzen Geländewagen sein. Aber wo war der zweite Mann, fragte sich Simon. War ihm die Flucht geglückt? Und war er womöglich daran schuld?

Der *Carabiniere* legte dem Verdächtigen jetzt Handschellen an, schob ihn mit Nachdruck in den Polizeiwagen, auf die Rückbank, dann Simon, ähnlich resolut, gleich hinterher. Wenigstens nahm er ihm noch die Handschellen im Rücken ab, um sie ihm vorne anzulegen. Dann setzte er sich auf den Beifahrersitz. Niemand sagte etwas. Auch Simon schwieg. Es war nicht der Moment für Erklärungen. Er musste sich in sein Schicksal fügen. Am Ende würde sich schon alles aufklären.

Nun stieg auch der andere Polizist in den Wagen, setzte sich ans Steuer und fuhr sofort los. Noch immer sprach keiner, die ganze Fahrt über. Simon drückte sich dicht ans Fenster, um jeden Körperkontakt mit dem Mann neben ihm zu vermeiden, schaute angestrengt in die Landschaft hinaus, in der die überschwemmten Reisfelder an ihm vorüberglitten, bis ihm vor Erschöpfung fast die Lider zufielen.

Plötzlich bremste der *Carabiniere* am Steuer heftig ab. Ein Lieferwagen hatte ihnen aus einer Seitenstraße kommend die Vorfahrt genommen. Simon und sein Nachbar im Fond wurden nach vorne geschleudert, versuchten sich mit ihren gefesselten Händen an den Vordersitzen abzustützen. Da sah Simon es. Der Mann neben ihm hatte am Unterarm eine Tätowierung. Einen Skorpion. Groß und schwarz, mit zwei kräftigen Scheren. Sofort war die Erinnerung da. Davon hatte Sonia Berger, die Freundin Borlettis, gesprochen. Sie hatte ausgesagt, dass einer der beiden Männer, die bei Borletti eingebrochen waren, genau so ein Tattoo hatte. Mit einem Schlag war Simon wieder hellwach. Langsam schlossen sich die Kreise.

In Vercelli angekommen, brachte man Simon in einen bewachten Warteraum auf dem Revier, nach wie vor in Handschellen. Allmählich ließen wenigstens die Schmerzen in der Hand etwas nach. Vielleicht war es noch einmal gut gegangen und sie war nicht erneut verletzt. Der *Carabiniere*, in dessen Büro er schließlich geführt wurde, tippte mit dem Rücken zu ihm etwas in einen Computer, drehte sich aber mit Schwung in seinem Schreibtischsessel um, als die Tür aufging und Simon hereinkam. Simon erkannte den Mann sofort. Eine Woge der Erleichterung durchlief ihn. Was für ein glücklicher Zufall. Es war der Polizist, mit dem Carla in Borlettis Haus gesprochen und den sie so brüsk abgefertigt hatte. Das war seine Rettung. Der Mann hatte ihn ja schon gesehen, würde sich erinnern und sofort begreifen, dass er mit der Mafia und den Kriminellen bei der Scheune nichts zu tun hatte. Allerdings schien der *Carabiniere* ihn nicht wiederzuerkennen. »Nehmen Sie Platz«, sagte er, in durchaus freundlichem Ton, aber ohne Anstalten zu machen, ihm die Fessel abzunehmen. »Mein Kollege sagt, Sie behaupten, Journalist zu sein, stimmt das?«, fuhr er fort.

»Ja. Das ist richtig. Sie müssten sich eigentlich an mich erinnern. Ich war vor ein paar Tagen zusammen mit *Maresciallo* Moretti im Haus von Signor Borletti. Nach dem Einbruch dort. Sie hat mich Ihnen kurz vorgestellt.«

Der *Carabiniere* sah ihn überrascht an, fixierte ihn stumm, dann ging ein Lächeln, fast schon ein Strahlen über sein rundes Gesicht. »Ach ja, jetzt erkenne ich Sie«, sagte er. »Sie sehen ein bisschen mitgenommen aus. Vielleicht habe ich Sie deshalb nicht gleich erkannt.«

»Das verstehe ich, aber könnten Sie mir bitte die Handschellen abnehmen? Mir sterben langsam die Hände ab.«

Der *Carabiniere* erhob sich sofort, kam auf ihn zu. »Was zum Teufel«, sagte er, während er die Fessel löste, »hatten Sie denn bei der Aktion zu suchen? Sie sind den Ermittlern der Sondereinheit ganz schön in die Quere gekommen.«

Simon war im Dilemma. Was sollte er jetzt antworten? Um das Revier als freier Mensch zu verlassen, musste er dem Polizisten irgendeine überzeugende Erklärung liefern, was ihn in die Reisfelder getrieben und warum er sich ausgerechnet in einem Wasserkanal versteckt gehalten hatte. Die Wahrheit jedoch sollte Carla als Erste erfahren, das war er ihr schuldig. »Das war purer Zufall, dass ich da hineingeraten bin«, sagte er, »ich mache eine Recherche für einen Artikel über die Partisanen, die in diesem Reisfeld bei Kriegsende erschossen worden sind, und ich bin blöderweise mitten in diese Aktion hineingestolpert. Ich hatte ja keine Ahnung. Erstmal war da gar niemand. Und dann ging alles plötzlich ganz schnell. Es tut mir leid, wenn ich etwas vermasselt habe.«

Simon hatte Glück, dass man dem *Carabiniere* offenbar nicht mitgeteilt hatte, wo genau und auch noch bäuchlings der Kollege von der Anti-Mafia-Einheit in dem Reisfeld auf ihn gestoßen war. Dann hätte der Mann ihm diese Notlüge sicher nicht abgenommen und er wäre in Erklärungsnöte geraten. So glaubte er ihm. Jedenfalls fragte er nicht weiter nach, nickte verständnisvoll und wurde dann ernst. »Einer von denen, die da ihren Geschäften nachgegangen sind, ist leider entkommen«, sagte er. »Aber ich kann Sie etwas entlasten. Das geht höchstwahrscheinlich nicht auf Ihr Konto. Die haben wohl den Hubschrauber gehört, der Pilot ist dem Treffpunkt einfach viel zu nahegekommen, und daraufhin hat der eine sich rechtzeitig absetzen können. Es muss da einen Schleichweg geben. Aber den anderen haben wir wenigstens gekriegt.«

Sollte er dem *Carabiniere* von der Tätowierung dieses Mannes berichten? Nein, er blieb dabei, beschloss Simon. Bevor er nicht mit Carla gesprochen hatte, würde er nichts von seinem Wissen preisgeben. »Und worum geht es?«, fragte er.

»Das darf ich Ihnen nicht sagen.«

»Aber dann kann ich jetzt gehen?«

»Ja, können Sie. Dem steht nichts mehr im Weg.«

Simon verließ das Revier, erschöpft, mit schmerzendem Rücken und mit sich hadernd. Er hatte zweifellos Mist gebaut. Wieder einmal. Er sah an sich herunter, auf seine lehmverschmierten Schuhe und Hosen. Aber das war jetzt unwichtig. Er sog die frische Luft ein, hielt sein Gesicht in die Sonne, bis ihm schwarz vor Augen und schwindelig von dem grellen Licht wurde. Als Kind hatte er hin und wieder versucht einen Schmerz, die frische Platzwunde am Knie oder die Beule am Kopf, mit einem anderen Schmerz, etwa dem Stich einer Stecknadel in den Arm, zu übertönen. Schon damals hatte das nicht wirklich funktioniert.

Das vielleicht Schwerste stand ihm aber jetzt noch bevor. Carla. Wie sollte er ihr unter die Augen treten? Wie sollte er ihr das erklären? Was er in dem Reisefeld gesucht hatte. Aber nicht nur das.

Er lief durch die Straßen von Vercelli, ziellos und ohne Blick für die Schaufenster der Geschäfte, ignorierte auch die erstaunten Blicke, die Passanten ihm zuwarfen und die vermutlich seinem verschmutzten Aufzug galten. Er machte *brutta figura*, aber es war ihm vollkommen egal. Nach einer Weile wusste er nicht mehr, wo er war, kehrte schließlich irgendwo in der

Altstadt in eine kleine Bar ein, trank einen doppelten Espresso an der Theke, widerstand aber der Versuchung, sich dazu einen Grappa zu genehmigen.

Seine Gedanken drehten sich im Kreis, fanden keinen Ausweg. Was sollte er Carla sagen? War es wirklich klug, sie jetzt in sein Wissen einzuweihen? Sie würde ihn nach diesem neuerlichen Missgeschick bestimmt endgültig von den Fällen Borletti und Kemmerling ausschließen, zumal sie ohnehin genug von seinen notorischen Alleingängen hatte. Diese Aussicht gefiel ihm gar nicht. Schließlich war er schon so nah dran, dachte er. Dafür sprach nicht zuletzt der tätowierte Skorpion. Andererseits wäre es unverantwortlich, sich weiter allein auf diesem gefährlichen Terrain zu bewegen und Carla nicht in alles einzuweihen. Es musste sein.

Aber noch etwas bewegte Simon, und zwar fast noch mehr. Wie würde es sein, ihr wiederzubegegnen? Noch immer ergriff ihn ein wohliger Schauder beim Gedanken an sie. Aber es durfte sich nicht wiederholen. Und um keinen Preis wollte er ihr wehtun. Fast hoffte er, dass ihre Wut auf ihn wegen Kemmerlings Unterlagen so groß war, dass sie ihn kalt zurückwies. Ihn in die Wüste schickte. Aber er wollte sie doch nicht verlieren. Was für ein Schlamassel.

Er bestellte einen Toast mit Käse und Schinken, obwohl er keinen Appetit hatte. Aber er musste etwas essen. Mehr als die Hälfte schaffte er jedoch nicht. Hinterher noch einen Espresso. Dann brach er auf. Wohin jetzt? Er hatte keine Idee. Das Erste und Einzige, was ihm einfiel, was es jetzt zu tun gab, war, sein Auto in Stroppiana zu holen. Dann würde es irgendwie weitergehen. Es ging ja immer irgendwie weiter. *Andrà tutto bene*, das war so eine Formel, mit der man sich in Italien Zuversicht zusprach. Simon glaubte nicht wirklich daran. Aber bloß kein Selbstmitleid!

Als er die Bar verließ, fuhr gerade ein leeres Taxi vorbei. Simon hob die Hand, winkte, erneut durchzuckte ihn ein heftiger Schmerz, aber wenigstens hatte der Fahrer ihn bemerkt, hielt an, sah etwas skeptisch an seiner verdreckten Kleidung herunter, öffnete aber die hintere Tür für ihn.

»Nach Cascine Strà bitte, zu der Gedenkstele für die beiden jungen Partisanen. Da steht mein Wagen«, sagte Simon und ließ sich auf die Rückbank fallen.

Der Fahrer sah ihn verständnislos an, schien aber, wenn nicht die Stele, so doch zumindest den Ort zu kennen, legte den Gang ein und gab Gas. Sobald das Taxi Fahrt aufgenommen hatte, griff Simon zum Handy, atmete noch einmal tief durch und rief Carla an.

»Es ist etwas passiert.« Die Polizistin registrierte sofort, dass es ernst war. Wahrscheinlich wusste sie auch schon Bescheid, war von den *Carabinieri* in Vercelli informiert worden. Und auch wenn nicht, es ging jetzt kein Weg mehr daran vorbei: Er würde ihr alles sagen, ohne Umschweife und ohne Vorbehalt. Wirklich alles. Auch was sie und ihn anging.

»Wo sind Sie?«

»In Vercelli. Im Taxi. Ich muss noch mein Auto holen. Das steht hier nicht weit weg. Kann ich dann zu Ihnen aufs Revier in Omegna kommen?«

»Ja.«

»In eineinhalb Stunden bin ich bei Ihnen.«

16

Je näher Simon Omegna, dem Revier und Carla kam, umso unbehaglicher war ihm zumute. Automatisch fuhr er immer langsamer, bis er sich dabei ertappte und doch wieder Gas gab. Auf der Straße war nicht viel los. Immer wieder kam links von ihm der glitzernde See in Sicht, aber Simon hatte keinen Blick für dessen Zauber. Seine Gedanken kreisten um das, was im Reisfeld passiert war, aber vor allem zermarterte er sich Herz und Hirn wegen Carla. In welcher Verfassung würde er sie antreffen, nach ihrem vorletzten, eisigen Telefongespräch? Würde er Worte finden, um ihr etwas von sich zu erzählen? Was ihm doch ohnehin so schwerfiel. Was war das für ein Wirrwarr von Gefühlen, dachte Simon. Das Verlangen und die Nähe mit Carla, die Liebe und die Sehnsucht nach Luisa. Aber im Grunde war eben doch schon alles entschieden. Er würde Luisa niemals verlassen. Und eine Affäre war für ihn undenkbar. Genauso wie für Carla, das wusste er. Und dass sie, wie er, längst eine Entscheidung für sich getroffen hatte.

Umso überraschter war er, als er Carla gegenüberstand. Sie machte es ihm leicht, begrüßte ihn zugewandt, fast schon herzlich, und es wirkte nicht aufgesetzt. Sie bat ihn, Platz zu nehmen. Vermied es aber, ihm nahezukommen, ließ viel Raum zwischen ihm und ihr, griff wieder auf das alte Sie zurück. Carla war professionell wie immer.

Eine Weile saßen sie sich in ihrem Büro schweigend gegenüber, sahen sich an. Simon wich ihrem Blick nicht aus, wagte aber nicht, etwas zu sagen, wollte ihr den Vortritt lassen. Die Fenster waren offen, ließen die frische Frühlingsluft hereinströmen, das Sonnenlicht fiel in staubigen Bahnen in den Raum, schimmerte in Carlas schwarzem Haar. Von draußen drang der Lärm einer Baustelle herein, eine knatternde Vespa fuhr vorbei. Einen Moment schien die Zeit stillzustehen.

Carla brach schließlich das Schweigen. Ohne eine Miene zu verziehen, sagte sie trocken: »Sie haben da etwas Dreck im Haar, Simone. Überhaupt sehen Sie so aus, als ob Sie gerade von einem Kinderspielplatz kämen. Und da ist ja auch etwas dran, oder?«

Wie war das zu verstehen? Das konnte er auf alles Mögliche beziehen. Simon blieb stumm, fuhr sich durchs Haar, fischte ein paar verklebte Lehmkügelchen heraus, die aus dem Wassergraben im Reisfeld stammen mussten, wusste nicht wohin damit, zerbröselte sie in seinen Händen. Carla trommelte mit ihren schmalen Fingern auf den Schreibtisch. Dann lehnte sie sich mit ihrem Stuhl ein wenig zurück, strich sich die schwarzen Strähnen aus der Stirn, atmete tief durch. »*Ora basta*, Simone«, sagte sie, und damit war eigentlich alles gesagt, glaubte Simon. Doch dann schickte sie, als ob sie sicher gehen wollte, dass er sie wirklich verstanden hatte, dass es nun genug und aus und vorbei sei, noch ein *va bene?* hinterher. Diesmal meinte er ein leichtes Zittern in ihrer Stimme zu hören.

»*Va bene*«, stimmte er zu, obwohl er fand, dass im Moment eigentlich gar nichts gut war und er außerdem nicht ganz sicher war, worauf sich dieses *basta* bezog. Hieß das, dass sie gar nichts mehr von ihm wissen wollte? Dass sie ihn gleich aus ihrem Büro hinauswerfen würde? Zu seinem Glück kündigte ihr nächster Satz nichts dergleichen an.

Sie ließ sich mit ihrem Fliegengewicht nach vorne fallen und stützte sich mit beiden Armen auf dem Schreibtisch ab. »Dann ist das klar, und wir kommen jetzt zu Ihrem Abenteuer von heute«, sagte sie. »Was zum Teufel haben Sie bloß in dem Reisfeld gemacht? Und erzählen Sie mir bitte nicht, dass Sie auf Recherchetour waren. Ganz so gutgläubig wie der Kollege in Vercelli bin ich nicht ...«

War sie so cool, oder strengte sie sich dafür an? Simon sah sie vor sich in der Nacht, hatte ihr leicht bitteres Orangenaroma in der Nase und spürte ihrer heftigen Umarmung nach. Konnte sie das so einfach abstreifen? Vermutlich nicht. So gut kannte er sie inzwischen. Sie hatte eine sehr zarte Seite. Aber sie war auch pragmatisch und unsentimental. Das half, wie Simon aus eigener Erfahrung wusste. Wie gut sie zusammengepasst hätten! Oder eben auch nicht.

Er zögerte mit der Antwort, war mit seinen Gedanken noch woanders. Er brauchte einen Moment. Er hatte Carlas Frage gehört, die Worte verstanden, aber sie waren noch nicht bei ihm angekommen.

»Sie wussten, dass dieses Feld, in dem Sie aufgegriffen wurden, Borletti gehört?«, setzte Carla in sein Schweigen nach.

»Ja«, sagte er schließlich. Dann griff er in seine Jackentasche, legte ihr wortlos die Lageskizze auf den Schreibtisch.

»Was ist das?«, fragte Carla.

»Die habe ich in den Unterlagen von Thomas Kemmerling gefunden.«

»In den Unterlagen, die Sie nach Hamburg an seine Redaktion geschickt haben?« In ihrer Frage lag nun doch ein schroffer Unterton.

»Das musste ich tun«, protestierte er sofort.

Sie ließ ihn nicht weiterreden. »Lassen Sie es gut sein, Simone. Sie haben eben Ihre Prioritäten. Das habe ich schon verstanden.« War das zweideutig? Bezog sich nicht nur auf die Unterlagen? Simon wusste es nicht.

»Also, was ist das?«, hakte sie mit rauer Stimme nach.

»Das ist eine Lageskizze und die habe ich abfotografiert.«

»Aha«, unterbrach sie ihn sofort, mit der Skizze schon in der Hand. »Wenigstens davon hätten Sie mich in Kenntnis setzen müssen. Aber gut, dann erklären Sie mir jetzt bitte zumindest, warum Sie das getan haben.«

»Ich dachte, die Skizze könnte vielleicht Hinweise auf den Mord an Borletti liefern, da ich sie bei Kemmerling gefunden habe und der mit Borletti in Kontakt stand. Am Anfang war das reine Intuition. Ich hatte keine Ahnung, was darauf zu sehen ist, wo das ist und ob es irgendeine Bedeutung hat. Deshalb habe ich das für mich behalten.«

»*Ho capito*, ich verstehe«, unterbrach Carla ihn erneut. »Und seit wann lassen Sie sich vor allem von Ihrer Intuition leiten?« Wieder hatte das einen spitzen Unterton.

Simon ignorierte die Frage und fuhr einfach in seinen Erklärungen fort. »Ich wollte Sie jedenfalls nicht voreilig alarmieren. Jetzt weiß ich, dass die Skizze dieses Reisfeld zeigt, in dem eben die Aktion der Sonderermittler stattgefunden hat. Und das, wie Sie wissen, Borletti gehört. Jemand muss dieses Blatt für Kemmerling angefertigt haben oder er ist auf irgendeinem Weg darangekommen. Wie Sie sehen, sind da verschiedene Begriffe und Namen zur Orientierung eingezeichnet.«

»Er kann die nicht selbst gezeichnet haben?«

»Nein, das ist nicht seine Schrift. Außerdem sprach Kemmerling kein Italienisch.«

»Und weiter? Wie haben Sie dann herausbekommen, wo das ist?«, fragte Carla. »Das geht aus dem Blatt ja überhaupt nicht hervor.« Sie war jetzt trotz allem ganz bei der Sache, wie Simon erleichtert feststellte.

»Gianluca hat mir geholfen. Der Journalist von *Il Giorno*. Der hat erkannt, wo das ist, weil er da wegen einer Recherche kürzlich erst war. Reiner Zufall. Und ich bin dann hingefahren, um mir an Ort und Stelle ein Bild zu machen, was es damit auf sich haben könnte. Und natürlich wollte ich Sie informieren, sobald ich meiner Sache sicherer wäre.«

»Ach ja?« Carla sah ihn spöttisch an. »Aber zugegeben lagen Sie mit Ihrer Nase ja nicht ganz falsch«, fuhr sie dann doch versöhnlich fort. »Die Ermittler hatten dieses Feld von Borletti schon eine Weile im Visier. Leider hat man mich jetzt erst darüber informiert. Wobei unklar ist, ob Franco Borletti selbst mit den Geschäften der Männer in dieser Scheune etwas zu tun hatte.«

»Ich denke, doch.« Simon war nun hellwach. Er saß Carla in ihrem Büro gegenüber und es war, als wäre doch nicht alles vorbei. Als wären sie wieder das eingespielte kollegiale Team von vordem. Und vielleicht waren sie das ja immer noch, hoffte er.

»Warum?«, fragte Carla zurück.

»Der Typ, den Ihre Kollegen in dem Reisfeld erwischt haben, könnte einer von den beiden Männern sein, die in Borlettis Haus eingebrochen sind.«

»Wieso?«

Wieder knatterte ein Mofa draußen vorbei, diesmal noch lauter, und Simon wartete mit seiner Antwort ab, bis es sich entfernt hatte. »Er hat eine Tätowierung am Arm. Einen Skorpion.« Mehr musste er nicht sagen. Natürlich erinnerte sich Carla an Sonia Bergers Aussage, musste dafür nicht erst in die Akten sehen.

Sie griff sofort zum Telefon und rief ihre Kollegen in Vercelli an. Dem brüsken Ton nach zu urteilen, redete sie mit dem *Carabiniere*, der bei dem Ortstermin in Borlettis verwüstetem Arbeitszimmer anwesend gewesen war, dem Simon noch vor zwei Stunden auf dem Revier gegenübergesessen hatte und der ihn schließlich hatte gehen lassen. Carla sprach den Kollegen sofort auf das Tattoo an, hörte ihm dann geraume Zeit nur schweigend zu. »Unter diesen Umständen überstellen Sie ihn am besten hier zu mir, ich ermittele ja in dem Mord an Borletti«, sagte sie schließlich und verabschiedete sich von ihm, nun etwas freundlicher.

»Bingo«, sagte sie und schlug mit der flachen Hand auf ihren Schreibtisch. »Das war ein Volltreffer. Das mit dem Skorpion stimmt. Wir schicken ein Foto von dem Tattoo an Sonia Berger. Die wird bestätigen, dass es seins ist. Eigentlich gibt es keinen Zweifel, dass das unser Mann ist. Die Kollegen haben inzwischen nämlich auch das Auto der beiden Typen gecheckt. Und darin haben sie ein kleines Notizbuch gefunden, wahrscheinlich von Kemmerling. Jedenfalls steht sein Name drin. Es sieht also ganz so aus, als hätten wir seinen Mörder gefasst. Und damit auch den von Borletti.«

»Die waren aber zu zweit. Dann könnte doch auch der andere ...«

»Ja, ich weiß, aber der zweite Mann ist leider flüchtig. Jetzt nehmen wir uns erstmal den einen vor. Alles andere wird sich ergeben. Eigentlich hatten die Ermittler noch einen Dritten im Visier, einen der Bosse. Caruso. Um den ging es bei dem Einsatz vor allem. Angeblich sollte er auch zu dem Treffen in die Scheune kommen.«

»Und?«

»Er scheint nicht gekommen zu sein, war vielleicht vorgewarnt.«

»Und wieso konnte der eine von den beiden Männern entkommen?«

Carla grinste ihn an. »Da hat es einen kleinen Zwischenfall gegeben, ein deutscher Journalist soll ...« Sie sprach nicht weiter, lachte aus vollem Hals, noch nie hatte Simon sie so lachen gehört. Ihm wurde kalt ums Herz. Sie lachte immer noch und er überlegte, ob er einfach aufstehen, den Raum verlassen und verschwinden sollte.

Aber dann hörte sie plötzlich auf zu lachen, wurde ernst. Sie hatte gemerkt, dass sie zu weit gegangen war. »Sorry, Simone«, sagte sie, »ich kann Sie beruhigen. Es war nicht Ihre Schuld. Die sind durch den Hubschrauber gewarnt worden.«

»Aber den Mann hätte man doch kriegen müssen? In dieser übersichtlichen Landschaft? Wenn sogar ein Hubschrauber im Einsatz war?«

»Der ist durch einen vor vielen Jahrzehnten stillgelegten unterirdischen Kanal entkommen. Den haben die *Carabinieri* aus Vercelli jetzt entdeckt, als sie die Scheune genauer untersucht haben. Den Kanal haben schon Partisanen während des Kriegs benutzt. Als Versteck und um Waffen und Vorräte zu lagern. Im Boden der Scheune gibt es einen verborgenen Zugang.«

Das erklärte, dachte Simon, warum die beiden jungen Partisanen ausgerechnet an dieser Stelle von der *Guardia Nazionale* erwischt und erschossen worden waren. Ob Carla von diesem Ereignis wusste? Die Gedenkstele kannte? Wahrscheinlich nicht. Jedenfalls musste er unbedingt Gianluca von dem unterirdischen Gang berichten, der konnte diese Information vielleicht noch in seinen Artikel einbauen. Dann würde er sich bei dem Kollegen endlich mal mit etwas anderem als mit Bratkartoffeln für seine Unterstützung revanchieren.

»Und wo führt der Kanal hin?«

»Der läuft unterirdisch weiter in Richtung Vercelli. Aber begehbar ist er nur bis zu dem kleinen Forst, in dem die beiden Männer ihr Auto abgestellt hatten. Und von da ist der zweite Mann – ich vermute, es war nur der eine, weil der Boss gar nicht dort war – vielleicht zu Fuß, aber vermutlich mit einem

Fahrrad geflohen, dafür sprechen die Spuren jedenfalls – im Schutz der Bäume entlang des größeren Kanals. Also dem, der noch in Funktion ist und durch die Reisfelder führt.«

»Und was ist mit dieser Scheune?«

»Die Scheune hatten die Mafiajäger, wie gesagt, schon im Visier. Sie diente, wie sich jetzt bestätigt hat, als Umschlagplatz für Drogen, die dann zusammen mit Reislieferungen auf die Reise gegangen sind. Die Kollegen haben nicht nur den Zugang zu dem alten Kanal, sondern auch Spuren von Kokain auf dem Boden der Scheune entdeckt.«

»Und in das Geschäft mit den Drogen war Borletti also tatsächlich involviert? Und wollte auspacken? Das hat jedenfalls auch Kemmerling vermutet.«

»Steht das in seinen Unterlagen? Die jetzt in der Redaktion in Hamburg liegen?« Sie versuchte ein strafendes Gesicht aufzusetzen, lächelte aber dazu und es sah im Vergleich zu vorher geradezu herzlich aus.

»Nein, davon steht darin kein Wort«, sagte Simon. »Die habe ich alle überflogen. Da ging es vor allem um Recherchen, die er in Südamerika gemacht hat. Fast alles auf Spanisch. Er hat allerdings so etwas angedeutet, als ich ihn getroffen habe. Aber Kemmerling war ein Aufschneider und ganz getraut habe ich ihm nicht ... Jedenfalls war er an Borletti dran und wollte sich mit ihm treffen. Und von der Scheune hat er gewusst. Er hatte ja diese Lageskizze, in die sie eingezeichnet ist. Irgendjemand muss sie ihm gegeben haben und dazu gesagt haben, wo das genau ist.«

»Und wahrscheinlich musste er deshalb sterben«, vermutete Carla. Sie nahm die Lageskizze an sich, packte sie in einen Umschlag, fuhr dann fort: »Genauso wie Borletti, wenn die Annahme Ihres ermordeten Kollegen stimmt, dass er mit diesen Geschäften zu tun hatte und auspacken wollte ...«

»Sie sind sich also sicher, dass es in beiden Fällen die Mafia war?«, fragte Simon.

»Danach sieht es jedenfalls aus, oder? Bei Kemmerling bin ich mir ziemlich sicher, dass der Mann, der ihm gefolgt ist, ein Auftragskiller war. Und sich mit ihm getroffen hat, um ihn aus dem Weg zu räumen. Vermutlich also der, der jetzt zusammen mit Ihnen«, sie lächelte süffisant, »in dem Reisfeld erwischt wurde. Die Techniker werten zurzeit die Pistole aus, die bei ihm sichergestellt wurde, und auch Kemmerlings Handy. Das hat glücklicherweise den Brand so weit überstanden, dass sie es wieder hinbekommen haben. Die Auswertung braucht aber eine Weile, wegen des Zugangscodes. Den bekommen wir aber hoffentlich bald aus Hamburg von seiner Redaktion. Die scheinen ihn zu kennen und rücken ihn wohl auch heraus. Wenn nicht, könnten Sie vielleicht etwas Druck bei Ihren deutschen Kollegen machen?«

»Sie meinen als kleine Entschädigung für meinen Fehltritt?« Simon wagte einen Schuss Ironie. Bewusst ließ er offen, worauf er damit anspielte, und zum ersten Mal lächelte er bei diesen Worten.

»Für welchen?«, fragte Carla erwartungsgemäß zurück.

Sie hatten sich beide gefangen. Wie immer Carlas *basta* zu verstehen war, es würde nicht ganz vorbei sein, das spürte Simon. »Und was geschieht jetzt mit dem Typ in Vercelli, den Sie im Verdacht haben?«, fragte er dann.

»Der wird zu uns überstellt. Ich werde ihn vernehmen, sobald er hier ist. Das ist ein junger Kerl, aber im Übrigen kein Unbekannter. Einbruch, Drogenbesitz, Tätlichkeiten. Nur unter Mordverdacht stand er bisher noch nicht. Ich werde ihn in die Zange nehmen. Vielleicht gesteht er ja auch den Mord an Borletti …«

»Es gibt da übrigens noch etwas …«, sagte Simon.

Carla hob unwillig den Kopf, schaute ihn fragend an. »*Dio mio*«, sagte sie, »das hört sich nach noch einem Geständnis an. Schießen Sie los, Simone. Ich rechne mit dem Schlimmsten.«

»In Kemmerlings Unterlagen habe ich noch eine andere Entdeckung gemacht. Alte Artikel aus einem Münchner Boulevardblatt, die er selbst geschrieben hat. Vor gut zwei Jahren. Darin ging es um Frauenhandel, Prostitution. Flüchtlingsfrauen aus Nigeria, die über Italien in Bordelle in Deutschland gezwungen worden sind. In diese Machenschaften war damals auch eine Frau verstrickt, Raffaella Foracci, eine Halbitalienerin, so wie ich. Die ist dann aber spurlos aus München verschwunden, kurz bevor sie festgenommen werden sollte.«

»Ja und?«

»Ich glaube, Kemmerling hat sie bei seinen Recherchen im Reisgebiet wiedergefunden. Vielleicht rein zufällig. Sie lebt da unter einem anderen Namen. Nicht weit weg von dem Reisfeld mit der Hütte, das Borletti gehört und in dem die Aktion heute stattgefunden hat.«

»Ja, und weiter?«, unterbrach ihn Carla etwas ungeduldig.

»Das mit dem Frauenhandel ist nicht alles. Das ist mir aber auch erst nach und nach klargeworden. Es könnte nämlich sein, dass diese Frau etwas mit den Morden zu tun hat, oder zumindest mit den Mördern. Vielleicht hat sie ja sogar diese Lageskizze für Kemmerling angefertigt.«

»Das sagt Ihnen wieder Ihre Intuition?«

»Ja, auch. Aber nicht nur. Das würde schon zusammenpassen. Denn wie gesagt, womöglich hat Kemmerling sie ja wiedergefunden und wollte ihre wahre Identität aufdecken. Dann war sie damit erpressbar. Das wäre doch plausibel. Warum habe ich sonst seine alten Artikel in seinen Unterlagen gefunden?«

»Ach, Simone«, ergriff wieder Carla das Wort, »wir haben jetzt mit diesem Typ aus dem Reisfeld einen zweifellos Tatverdächtigen gefasst. In jedem Fall, was den Mord an Kemmerling angeht, und vermutlich auch den an Borletti. Lassen Sie mich bitte erstmal meinen Job machen und mir diesen Mann vornehmen.«

Simon ließ nicht locker. »Die Frau betreibt einen kleinen Laden in Stroppiana, und da kann man auch Feuerzeuge kaufen, und zwar genau solche von der Sorte, wie wir eines bei Borletti im Arbeitszimmer gefunden haben. Ein Zippo mit so einem eingravierten Adler. Sie könnte also mit den beiden Männern aus dem Reisfeld zu tun haben. Wir könnten zusammen dahinfahren und Sie schauen sich diese Frau mal an, morgen zum Beispiel ...«

»Okay ... Das könnte allerdings tatsächlich ein Hinweis auf eine Verbindung sein, da haben Sie vielleicht recht.« Carla strich sich nachdenklich das störrische Haar aus der Stirn. Weiter kam sie nicht, denn ihr Telefon klingelte und sie griff sofort zum Hörer.

»*Pronto.*« Sie hörte einen Moment nur zu. »Ich bin gleich da.« Schon war sie aufgesprungen, griff zu ihrer Uniformjacke, eilte zur Tür. »Tut mir leid, Simone«, sagte sie. »Ich muss los. Ein schwerer Unfall auf der Uferstraße.«

Bevor sie aus der Tür war, drehte sie sich doch noch einmal zu ihm um. »Okay, Simone, vielleicht ist ja wirklich etwas dran. Ich versuche es einzurichten, morgen am späten Vormittag. Sonst kommen Sie, wie ich Sie kenne, womöglich noch auf die Idee, da allein hinzufahren.« Sie grinste. »Sagen Sie mir Bescheid, wenn Sie sich auf den Weg zu dieser Raffaella machen wollen.«

Schon war sie aus ihrem Büro verschwunden.

Un train peut en cacher un autre. Hinter einem Zug kann sich ein anderer verstecken. Das war ein Warnhinweis, der früher in Frankreich häufig an unbeschrankten Bahnübergängen zu finden war. Er kam Simon in den Sinn, als er zurück nach Ronco fuhr. Natürlich war es gut, dass er Carla dafür gewonnen hatte, zumindest einen Blick auf Raffaella Foracci zu werfen. Aber überzeugt schien sie nicht zu sein. Übersah sie, dass es hinter dem Offensichtlichen noch eine andere Möglichkeit gab? Natürlich sprach vieles dafür, dass der Mann mit dem Skorpion-Tattoo der Mörder von Kemmerling und auch von Borletti war. Es konnte aber auch sein geflüchteter Begleiter gewesen sein. Und Simon war davon überzeugt, dass Raffaella Foracci irgendetwas mit diesen Männern zu tun hatte. Und je länger er darüber nachdachte, umso sicherer war er, dass Kemmerling sie erpresst und aus diesem Grund die Lageskizze von ihr bekommen hatte. Carla war eine hervorragende Ermittlerin, aber wenn sie glaubte, auf der richtigen Spur zu sein, verfolgte sie die geradlinig, zuweilen sogar ein wenig stur, und es war nicht ausgeschlossen, dass sie dabei hinter dem, was sie für offensichtlich hielt, eine andere Spur übersah. Aber immerhin hatte sie sich ja am Ende doch dazu durchgerungen, mit ihm nach Stroppiana zu fahren und auch dieser Spur nachzugehen. Simon war darüber froh und er war auch erleichtert, nicht nur der Sache wegen. Carla war nun wieder an seiner Seite.

In Ronco angekommen, fand er sofort einen Parkplatz. Vom Osterauftrieb war nicht mehr viel zu spüren, jedenfalls nicht hier in dem kleinen Dorf am Ende einer Sackgasse. Als Simon sein verwaistes Haus betrat, überkam ihn eine Welle von Traurigkeit. Er hielt nach der Katze Ausschau, die wenigstens etwas Leben in der Leere versprach, aber Daphne war nirgendwo zu sehen. Er schnalzte mit der Zunge, füllte ihr etwas Katzenmilch in die Schale, hoffte, sie damit anzulocken. Aber es tat sich nichts. Er vermisste ihr Maunzen, hätte ihr gerne das Fell gestreichelt. Schließlich gab er auf. Es war nicht das erste Mal, dass sie im Dorf unterwegs war, nach einer Weile würde sie schon wiederkommen.

Mit einem Espresso machte er es sich auf dem Sofa bequem und ganz zufällig fiel sein Blick in die Ecke des großen Wohnraums, wo die Glastür auf die Terrasse zum See hinausführte. Instinktiv überfiel ihn ein Fluchtreflex. Kein Wunder, dass die Katze Reißaus genommen hatte. Auf dem Steinboden in der Ecke lag eine Schlange, dick, lang und anthrazitfarben, ordentlich eingerollt wie ein Wasserschlauch. Begegnungen mit Schlangen waren in Ronco keine Seltenheit, aber ein Exemplar dieser Größe hatte Simon bisher noch nicht gesehen, schon gar nicht im Inneren seines Hauses. Giftig war sie wahrscheinlich nicht. Das waren in dieser Region der Welt eher die kleineren. Aber etwas furchteinflößend sah sie schon aus. Er näherte sich ihr vorsichtig, um sie genauer zu betrachten. Hatte sie einen runden Nattern- oder einen spitzen Vipern-Kopf? Im ersten Fall war sie ungiftig und ungefährlich. Nattern schwammen auch gern im See, sahen ein bisschen aus wie Regenwürmer und hielten den Kopf über Wasser wie Brustschwimmer. Obwohl sie niemand etwas zuleide taten, verloren sie manchmal ihr Leben, denn im Dorf hatten viele Angst vor ihnen und erschlugen sie, wenn sie ihnen unter die Augen kamen.

Simon war der Schlange in der Ecke jetzt ganz nah. Sie schien zu schlafen. Er öffnete vorsichtig die Terrassentür, um das Tier nicht aufzuschrecken, griff zu einer Schaufel, die dort in der Ecke stand, hob damit die Schlange mit Schwung, aber kontrolliert in die Höhe und schleuderte sie nach draußen, wo sie geschickt landete und blitzschnell davonglitt. Schlangen waren Bewegungskünstler, man sah nicht, woher bei ihnen der Antrieb kam. Sie glitten einfach davon, geräuschlos und fließend, ungeheuer elegant.

Am Ende dieses Nachmittags, den er angenehm verchillt hatte, wie Nico gesagt hätte, klingelte sein Handy. Carla. Sie fiel direkt mit der Tür ins Haus. »Er hat gestanden. Dario De Luca heißt er. Er hat Ihren Kollegen umgebracht.«

»Und den Brand gelegt?«

»Das streitet er ab. Vielleicht hat da oben wirklich jemand gegrillt und das Feuer entfacht, in dem der erschossene Kemmerling dann verbrannt ist.«

»Und Borletti? Hat er den auch umgebracht?«

»Damit will er nichts zu tun haben. Behauptet er. Aber ich glaube ihm nicht. Er gibt zu, dass er und sein Komplize das Arbeitszimmer von Borletti ausgeräumt haben und Sonia Berger sozusagen entführt, das ja. Aber umgebracht habe er ihn nicht, sagt er.«

»Und was haben die beiden bei Borletti gesucht?«

»Der steckte offenbar wirklich mit drin in dem Drogengeschäft, hat das Kokain seinen Reislieferungen untergemischt, wollte aber aussteigen, ein neues Leben in Hamburg anfangen. So wie Sonia Berger es gesagt hat. Er hat wohl damit gedroht, dass er auspackt, wenn man ihn am Aussteigen hindert. Dumm von ihm. Angeblich hatte er Fotos von der Scheune und den verdeckten Transporten gemacht. Nach so etwas haben sie jedenfalls bei ihm gesucht, sagt De Luca. Deshalb auch seinen Laptop mitgenommen. Gefunden haben sie anscheinend nichts. Vielleicht hat Borletti nur geblufft, weil er aussteigen wollte und dafür ein Druckmittel brauchte. Das hätte er besser nicht getan. Das hat ihn wohl sein Leben gekostet. Aber wie gesagt, den Mord an ihm will De Luca nicht begangen haben. Den gesteht er aber auch noch, da bin ich mir sicher.«

»Und warum gibt er ihn dann nicht gleich zu?«

»Keine Ahnung. Vielleicht denkt er, dass wir ihm den, anders als den Mord an Kemmerling, nicht nachweisen können.

Und ein Doppelmord würde noch schwerer wiegen. Der Typ ist nicht dumm. Aber Sie werden sehen, ich kriege ihn auch wegen Borletti noch dran.«

»Und wenn er es wirklich nicht war? Sondern zum Beispiel sein Komplize?«

»Er war es.«

»Was haben Sie denn konkret gegen De Luca in der Hand?«

»Er hat bei Borletti gearbeitet. Ein paar Monate. Dann hat er selbst gekündigt. Schon im Februar. Deshalb stand sein Name nicht auf der Liste, die wir von Signora Borletti bekommen haben. Aber jedenfalls konnte er an das Cabaryl herankommen.«

»Und was den Mord an Kemmerling angeht, wie sind Sie da an sein Geständnis gekommen?«

»Das war nicht so schwierig. Kemmerling ist ohne jeden Zweifel mit De Lucas Pistole erschossen worden. Das Projektil stammt aus seiner Waffe. Außerdem haben wir den Zugangscode zu Kemmerlings Handy aus Hamburg bekommen und es ausgewertet. Da gibt es eine Nachricht, die er auf De Lucas Handy geschickt hat. Mit der hat er die Verabredung zu dem vorgeblichen Picknick mit ihm am Ostermontag bestätigt. Von Sonia Berger wiederum haben wir DNA-Spuren in seinem Auto gefunden. Sie sehen, alles fügt sich zusammen.«

»Dann hat er sich für einen Mafioso aber reichlich laienhaft verhalten.«

»Das ist ein ganz junger Typ, gerade mal zwanzig, noch nicht lange bei dem Verein. Der musste sich wohl erst noch beweisen mit dem Mord. Der Auftrag dazu dürfte von weit oben gekommen sein.«

»Und der zweite Mann, was ist mit dem?«

»Über den ist nichts aus De Luca herauszubekommen. Auch Caruso kennt er angeblich nicht. Er hat zwar den Mord gestanden, weil die Indizien gegen ihn erdrückend waren, aber ein

Abtrünniger wird aus ihm nicht. Der hält sich eisern an Treueschwur und Schweigepakt.«

»Und hat er noch Genaueres zu dem Mord an Kemmerling gesagt?«, fragte Simon mit etwas heiserer Stimme. Der gewaltsame Tod des Kollegen ging ihm nach wie vor unter die Haut. Kemmerling war nicht sympathisch und schon gar kein Freund gewesen. Aber er gehörte zur gleichen Zunft, war Journalist wie Simon, und wenn ein Kollege bei der Ausübung seines Jobs starb, tat das besonders weh.

»De Luca hatte sich mit Kemmerling da oben auf dieser Wiese verabredet. Er hat im Vorfeld so getan, als wolle er auch auspacken. Ich glaube, wie gesagt, jemand hat ihm den Auftrag gegeben, das mit Kemmerling zu erledigen. Vielleicht Caruso. Immerhin war Kemmerling ihnen unmittelbar auf den Fersen, kannte, wie es aussieht, die Scheune, aber vor allem hat er wahrscheinlich auch herausgekriegt, wer hinter dem Decknamen Caruso steckt. Das ist nur meine Vermutung. Aber ich glaube, das ist der wahre Grund, warum Kemmerling sterben musste.«

17

Wo war Daphne? Auch in der Nacht war die Katze nicht zurückgekehrt. Die Näpfe mit Wasser und Futter standen am Morgen unangetastet neben dem Sofa. Simon ging auf die Suche nach ihr, schaute in jede Ecke des Hauses, unter die Betten und in die Schränke. Ohne Erfolg. Konnte ihr etwas passiert sein? Hatte die Begegnung mit einer der wilden Dorfkatzen womöglich ein schlechtes Ende genommen? Natürlich kam ihm auch der vage, nicht ganz abwegige Gedanke, jemand könnte ihr etwas angetan haben. Als Warnung. Er sah wieder den toten Fisch vor sich, mit dem sich der Mord an Thomas Kemmerling am Ostersonntag angekündigt hatte. Würde er Daphne tot vor seiner Türschwelle finden? Er wies sich selbst als paranoid in die Schranken, war aber dennoch erleichtert, als er vor die Haustür trat und da nichts war. Simon drehte noch eine größere Runde im Dorf, befragte die Nachbarn, aber niemand hatte die Katze gesehen.

Es war wieder wärmer geworden und Simon ins Schwitzen geraten, als er die Dorfgassen ablief. Vor seiner Haustür war er dann fast mit Anna zusammengestoßen, seiner schönen Nachbarin mit ihrer Hündin Emma. Anna versprach, die Augen nach der Katze offen zu halten und lud Simon noch zum Espresso zu sich ein. Das wäre eine Gelegenheit gewesen, ihr ein wenig auf den Zahn zu fühlen und sie nach Tommaso zu fragen. Aber er lehnte trotzdem ab. So sehr interessierte ihn diese eventuelle Affäre auch wieder nicht und eigentlich wollte er schon längst auf dem Weg zu Raffaella Foracci sein. Schließlich stellte er die Suche nach der Katze ein. Sie würde schon wiederkommen.

Der Anruf von Carla kam, als er zurück im Haus war und Simon sie selbst gerade anrufen wollte.

»Sorry, Simone«, sagte sie und wirkte aufrichtig bedrückt. »Ich kann nun leider doch heute nicht mit Ihnen nach Stroppiana fahren. Die Staatsanwältin will von mir einen Bericht über die Ermittlungen zu den beiden Morden haben. Sofort. Das kann ich nicht aufschieben. Wir holen das nach. Vielleicht morgen. Ich melde mich wieder bei Ihnen.«

Es war schon fast Routine, als Simon und Gianluca eineinhalb Stunden später auf Stroppiana zufuhren und dort einen Parkplatz suchten. Simon hatte lange gezögert, ob er sich ohne Carla auf den Weg machen sollte. Aber er war zu ungeduldig, um diese Recherche noch länger aufzuschieben, und rang sich daher schließlich doch durch, ergriff jedoch eine Vorsichtsmaßnahme. Er hatte vor seiner Abfahrt Gianluca in Borgomanero angerufen, dem Freund erklärt, was er vorhatte und dass er sich in spätestens drei Stunden wieder bei ihm melden würde. Wenn nicht, möge er Carla anrufen. Gianluca hatte natürlich versucht, ihm sein Vorhaben auszureden, heftig auf ihn eingeredet, ihn wegen seiner Ungeduld attackiert. Schließlich hatte er angeboten – nicht ohne zu fluchen und Simon zu verwünschen –, ihn zu begleiten. Eine halbe Stunde später war Gianluca in Borgomanero zu ihm ins Auto gestiegen.

Simon rechnete damit, dass Gianluca ihn noch auf der Fahrt mit Vorhaltungen überziehen würde, aber nichts dergleichen geschah. Sie sprachen nicht viel, aber Simon war froh und dankbar, nicht allein unterwegs zu sein. Von Zeit zu Zeit blickte er zu seinem Begleiter auf dem Beifahrersitz, der ständig in einem Notizblock herumkritzelte, angeblich, weil er einen Artikel vorbereitete. Simon glaubte, dass er damit seine Nervosität überspielte, und komischerweise machte ihn das selbst ruhiger und gelassener.

Sie näherten sich nun Stroppiana und Gianluca schlug seinen Notizblock zu. »Und hast du einen Plan?«, fragte er.

»Plan ist vielleicht zu viel gesagt. Ich denke, wir gehen diesmal in die Offensive.«

»Aha, und das heißt?«

»Ich stelle uns als Journalisten vor und sage ihr ins Gesicht, dass wir sie erkannt haben.«

»Und wenn sie nicht allein ist? Vielleicht ausnahmsweise ihr Typ, dieser Fontana, dabei ist?«

»Dann greift Plan B.«

»Plan B?«

»Wir verschwinden.«

Zügig, beide innerlich angespannt, legten sie die wenigen Schritte vom Parkplatz bis zu dem Laden zurück, zögerten aber noch einen Moment vor der gläsernen Eingangstür. Das Geschäft war leer, es gab keine Kunden – eine Voraussetzung für das Gelingen ihres Vorhabens. Dann stieß Simon mit seinem Arm gegen die Tür. Es knackte dumpf in den Scharnieren, aber sie bewegte sich nicht, höchstens einen Millimeter. Der Laden war geschlossen.

»Mist.« Simon trat wütend gegen die Tür. Damit hatte er nicht gerechnet. Wie Luft aus einem angestochenen Ballon entwich die Anspannung. Enttäuscht und ziemlich frustriert blickte er zu Gianluca, der sich schon hinuntergebeugt hatte und im Türrahmen nach einer Information zu den Öffnungszeiten suchte. Simon hoffte, dass Raffaella Foracci wenigstens nicht Urlaub machte, sondern vielleicht nur gerade beim Friseur war oder eine kleine Pause einlegte, zum Beispiel wieder in der Bar um die Ecke, wo sie ihr zuerst begegnet waren.

Ganz unten im Türrahmen hatte Gianluca jetzt ein Schild entdeckt. »Freitag Ruhetag«, sagte er. »Was jetzt?«
»Sollen wir zu ihr nach Hause fahren?«
»Ist das nicht zu riskant?«
Simon dachte nach. Gianluca hatte selbstverständlich recht. Wie würde sie reagieren, wenn sie ihr allein in ihrem abgelegenen Haus begegneten und mit ihrem Wissen konfrontierten? Womöglich rabiat und sogar gewalttätig? Sie wussten zu wenig über sie. Noch konnten sie einen Rückzieher machen. Es wäre vernünftig und angebracht. Aber alles in Simon sträubte sich dagegen, jetzt aufzugeben. Er wollte endlich wissen, ob diese Frau wirklich Raffaella Foracci war, warum er Kemmerlings Artikel über sie in dessen Unterlagen gefunden hatte und ob sie mit den Morden an dem Journalisten und an Borletti etwas zu tun hatte, oder zumindest mit den Tätern.
»Lass uns hinfahren. Wenigstens einen Blick auf das Haus werfen.«
»Und wenn dieser Fontana da ist?«
»Dann können wir immer noch umkehren.«
Zu Simons großem Erstaunen nickte Gianluca zustimmend.

Bald hatten sie die kleine Nebenstraße erreicht, und dann auch den Abzweig, von dem der Feldweg zu dem entlegenen Haus führte. Hier hatten sie vor zwei Tagen ihre Verfolgung abgebrochen. Langsam fuhr Simon auf das Gebäude zu. Im grellen Sonnenlicht und mitten in der öden Landschaft sah das noch gut hundert Meter entfernte, zweistöckige Haus mit seinen kleinen Fenstern, düsteren Klappläden und einer hässlichen blauen Kunststofftür in der Mitte nicht besonders vertrauenerweckend aus. Allerdings war Simon bewusst, dass er in den Anblick mehr hineininterpretierte, als objektiv da war. Seine Wahrnehmung kam von innen, war von seinen Ängsten und dunklen Ahnungen diktiert. Vor dem Haus stand der kleine schwarze Geländewagen, mit dem sie unterwegs gewesen war. Sie war also offenbar zu Hause. Allein? Oder war womöglich doch auch der Mann da, mit dem sie zusammenlebte? Hoffentlich nicht.

Die Haustür war verschlossen und es gab keine Klingel. Auf einem verwitterten Türschild aus Metall stand der Name Fontana. Gianluca klopfte. Sie warteten. Schauten sich währenddessen auf dem Grundstück um. Es war penibel aufgeräumt, aber trostlos. Das lehmverspritzte Auto parkte vor einem Wellblechschuppen, daneben ein Rennrad, das teuer aussah, und ein ganzer Berg akkurat gestapeltes Holz. Außer einem radikal heruntergestutzten Rasenstück mit einer Hollywoodschaukel ohne Matratzen, einer fast vertrockneten Palme in einem Kübel aus Ton und einer bunten Plastikschaukel, die zusätzliche Tristesse verbreitete, war da nichts. Kein Baum, kein Strauch. Und wofür war die Schaukel? Hatte Raffaella etwa ein Kind? Und wem gehörte das Rennrad?

Sie hörten Schritte. Die sich der Haustür näherten. Ein Klackern. Jemand lief über einen Steinfußboden. Unverkennbar war das eine Frau.

Die Tür ging auf. Sie war es. Die schwarzen Haare hochgesteckt und mit einer Schürze um den Leib, in Jeans, die eng anlagen wie Leggings, und auf Stiefeletten mit schmalen, hohen Absätzen. Sie sah sie fragend an, schien Simon nicht wiederzuerkennen. »*Signori?*«, sagte sie, die Augenbrauen hochgezogen.

»Guten Tag, Signora Foracci«, erwiderte Simon vernehmlich auf Deutsch.

Verblüfft starrte sie ihn an, schien ihn jetzt wiederzuerkennen, wollte die Tür sofort schließen, aber Gianluca schaffte es gerade noch, einen Fuß in den Spalt zu bekommen.

»Was wollen Sie von mir?«, fragte sie ungehalten, ebenfalls in akzentfreiem Deutsch mit einem ganz leichten bayerischen Einschlag. »Sind Sie Polizisten?«

»Nein, wir sind Journalisten. Wir kommen wegen Thomas Kemmerling.«

»Wer soll das sein?«, blaffte sie.

»Sie müssen uns nichts vormachen. Sie wissen sehr wohl, von wem ich rede«, sagte Simon. »Thomas Kemmerling hat über Sie berichtet, über Ihre Aktivitäten in München, vor zwei Jahren. Im *Blick*. Nicht gerade freundlich.«

»Okay, von mir aus. Es stimmt, ich kenne den Typ. Und wer sind Sie? Sie waren doch gestern schon in meinem Laden, oder? Was wollen Sie von mir?«

»Thomas Kemmerling ist tot. Ermordet worden. Und wir sind Kollegen von ihm.«

»Und was geht mich das an?«

»Er hat Sie hier doch wiedergefunden. Und gedroht, Sie ans Messer liefern.«

»Und ich habe ihn umgebracht, oder was? Ich denke, Sie sind kein Polizist?«

»Nein, ich sagte ja, wir sind beide Journalisten.«

»Von Journalisten habe ich die Nase voll.«

»Das kann ich verstehen. Aber Sie sollten mich trotzdem kurz anhören. Wir wollen nur ein paar Informationen von Ihnen. Dann lassen wir Sie in Ruhe. Aber nur dann. Also überlegen Sie sich das gut.«

Die Drohung schien zu wirken, Raffaella nickte resigniert. »Fünf Minuten«, sagte sie, gab die Tür frei, ließ sie eintreten und folgte ihnen in ihrem Rücken. Simon war jetzt doch etwas mulmig zumute, Gianluca hingegen schien erstaunlich gelassen. Der Freund war offenbar für Überraschungen gut. Als Journalisten waren sie noch nie zusammen unterwegs gewesen, schon gar nicht bei einer vergleichbaren Aktion, und vielleicht war der Kollege mutiger als Simon gedacht hatte.

»Gleich links, da ist die Küche«, sagte Raffaella.

Sie kamen in einen großen Raum mit einem hässlich gefliesten dunklen Boden, in der Mitte ein großer Holztisch, auf dem Gemüse ausgebreitet war. Karotten, weiße Bohnen, Lauch, Staudensellerie. Wahrscheinlich hatten sie Raffaella bei der Zubereitung einer Minestrone überrascht. Aber das gastronomische Stillleben hatte nichts Beruhigendes. Neben den Karotten lag ein großes Küchenmesser mit einer langen, scharfen Klinge. Ein Anblick, der Simon gar nicht gefiel. Er wechselte einen Blick mit Gianluca.

Raffaella Foracci schien ihre Irritation nicht bemerkt zu haben, rückte ihnen zwei Stühle zurecht, setzte eine Espressokanne aufs Feuer, hielt ihnen fragend zwei kleine Tassen hin. Beide nickten. Sie schob das Gemüse etwas zur Seite, legte die Beine auf den Tisch, so dass ihre spitzen Absätze Simon entgegenstachen, und zündete sich eine Zigarette an. Mit einem Zippo mit Adler. Von Nahem sah sie älter aus, als Simon sie in der Bar auf den ersten Blick geschätzt hatte. Sie war nicht schön, hatte aber ein markantes, schmales Gesicht, das ein wenig von Traurigkeit umweht war, fand Simon. Unter ihrem rechten Auge entdeckte er einen nur notdürftig mit Makeup kaschierten blauen Fleck. Hatte sie den schon bei den ersten beiden Begegnungen gehabt? Wenn ja, dann war es ihm nicht aufgefallen.

»Also, was wollen Sie von mir? Machen Sie es wenigstens kurz«, sagte sie in herausforderndem Ton an Simon gewandt.

»Sie sind hier untergetaucht? Mittlerweile seit zwei Jahren?«

»Was geht Sie das an? Wenn Sie keine Polizisten sind?« Die blubbernde Espressokanne auf dem Herd unterbrach sie. Sie stand auf, nahm sie vom Herd, füllte drei Tassen, stellte Zucker dazu. In der Ferne war jetzt ein Motorengeräusch zu hören, das näher zu kommen schien, dann aber erstarb.

»Sie haben Frauen aus Afrika, die mit ihrer Flucht nach Italien einen Ausweg aus ihrer Misere suchten, in Bordelle nach Deutschland gezwungen. Das stimmt doch, oder?«, sagte Simon und es klang eher wie eine Feststellung und nicht wie eine Frage.

»Also sind Sie doch wegen der alten Geschichte in München hier«, antwortete Raffaella. »So ein Schmarrn. Aber das habe ich mir ja schon gedacht. Noch so ein Selbstgerechter, der von nichts einen blassen Schimmer hat.« Sie nahm einen tiefen Zug von ihrer Zigarette, trank ihren Espresso, lehnte sich zu Simon vor. »Haben Sie mal mit einer dieser Frauen gesprochen?«, fragte sie. »Was glauben Sie, was die gemacht hätten, wenn sie in Italien geblieben wären? Hätten die studiert, Kinder gekriegt, ein Haus gebaut?« Sie lachte. Es war ein kurzes, hartes Lachen. »Von wegen. Die wären auf dem Straßenstrich gelandet, hätten den geilen Typen irgendwo im Wald bei jedem Wetter einen runtergeholt. Dagegen ist ein Bordell in Deutschland das Paradies. Aber davon haben Sie natürlich keine Ahnung.« Sie zog wieder an ihrer Zigarette. »Ihr Journalisten seid doch alle gleich. Seht nur, was ihr sehen wollt, und haltet euch für etwas Besseres. Dabei geht's bloß um die Auflage. Mieses Pack.« Einen Moment sah es so aus, als wollte sie vor Simon ausspucken.

»Wie Thomas Kemmerling?«, mischte sich jetzt Gianluca ein.

»Ja, wie Thomas Kemmerling. Der hat sich damals erst an mich und danach an eine der Frauen rangemacht, hat uns getäuscht und dabei ausgehorcht, damit seine Story aufgezogen und sich als Moralapostel aufgespielt. Die Frauen selbst haben den einen Dreck interessiert.«

Simon griff jetzt auch zu seinem Espresso, der nur noch lauwarm und sehr bitter war, trank ihn in einem Schluck aus. Aber war da nicht ein Geräusch? Simon schaute fragend zu Gianluca. Der saß zurückgelehnt auf seinem Stuhl, beobachtete Raffaella und schien nichts gehört zu haben. Konnte jemand ins Haus gekommen sein? Vielleicht ihr Lebensgefährte? Simon dachte an das Rennrad, das draußen vor dem Schuppen stand, und an das Feuerzeug mit dem Adler, mit dem sich Raffaella ihre Zigaretten anzündete und das er bei Borletti gesehen hatte. Und da war plötzlich ein neuer Gedanke. Konnte dieser Fabrizio Fontana nicht womöglich der ominöse zweite Mann im Reisfeld gewesen sein? Diese Möglichkeit hatte Simon bisher gar nicht in Betracht gezogen. Wenn er das war, konnten sie nur hoffen, dass der Mann nicht unverhofft auftauchte. Simon spitzte weiter die Ohren. Aber es war jetzt still, er musste sich getäuscht haben. Nur der Sekundenzeiger der alten Küchenuhr über dem Herd tickte leise. Weit in der Ferne bellte ein Hund. Simon wandte sich wieder Raffaella Foracci zu. Sie sollten schnell zur Sache kommen, dachte er.

»Hören Sie«, sagte er. »Ich habe eigentlich nicht vor, diese alte Geschichte aus München wieder aufzuwärmen. Sie haben ja recht, die geht mich nichts an. Was wir wollen, sind Informationen von Ihnen. Wenn Sie uns die geben, lassen wir Sie in Ruhe. Wir wollen wissen, was mit unserem Kollegen passiert ist. Die Polizei hat gestern seinen Mörder verhaftet. Aber jemand muss ihm den Auftrag dazu gegeben haben. Ich weiß, dass Sie Kemmerling getroffen haben und dass Sie etwas darüber wissen, warum er sterben musste.«

Simon schwieg einen Moment, wartete die Wirkung seiner Worte ab. Das war ein Bluff. Er pokerte und fragte sich, ob Raffaella das auch tat. Sie blieb ebenfalls stumm, war schwer zu durchschauen. Wusste sie von der Aktion im Reisfeld und der Verhaftung von Kemmerlings Mörder? Ihre Miene verriet nichts.

»Ich habe mit dem Mord an diesem Journalisten nichts zu tun«, sagte sie schließlich und drückte energisch ihre bis zum Filter heruntergerauchte Zigarette im Aschenbecher aus.

»Aber Sie streiten nicht ab, dass Sie ihn getroffen haben?«

»Er wollte einen Deal mit mir machen.«

»Einen Deal?«

»Ja, einen Deal. Genauer gesagt, er hat mich erpresst.«

Simon sah sie fragend an.

»Er wollte Informationen von mir. Wie Sie beide. Bei ihm ging es um Mafiageschäfte. Da war er dran. Und er hat versprochen, mich in Ruhe zu lassen, der Polizei nicht zu sagen, dass er mich gefunden hat, wenn ich ihm ein paar Informationen liefere. Ich sage ja, wie Sie. Ihr seid eben alle gleich.«

»Und haben Sie diesen Deal mit ihm gemacht?« Das war Gianluca, der sich in die Unterhaltung mischte, in erstaunlich perfektem Deutsch. Dass er darin so gut war, hatte Simon nicht gewusst.

»Ja.«

»Und worin bestand der genau?«, fragte nun wieder Simon.

»Sie meinen, was ich ihm erzählt habe?«

»Ja.«

»Warum sollte ich Ihnen das verraten?«

»Aus dem gleichen Grund, warum Sie es Thomas Kemmerling erzählt haben. Damit wir Sie in Ruhe lassen.«

»Also gut«, sagte Raffaella resigniert, »wenn Sie dann wirklich Ihren Mund halten und möglichst schnell aus meinem Leben verschwinden. Da gibt es eine Scheune, nicht weit weg von Stroppiana. Ich habe damit nichts zu tun. Aber ich weiß, dass da Reis reinkommt und mit Kokain wieder rausgeht. Das habe ich ihm erzählt. Mehr nicht. Das hat gereicht.«

Sie schien von dem Polizeieinsatz, der in dem Reisfeld am Tag zuvor stattgefunden hatte, tatsächlich nichts zu wissen. Überschätzte er sie? War sie harmloser, als er gedacht hatte? Und wusste weniger? Oder war diese Frau mit allen Wassern gewaschen und spielte ihnen die Naive vor?

»Und von dieser Scheune und dem Feld haben Sie ihm eine Skizze gegeben?«

»Ja, woher wissen Sie das?«, sie richtete sich auf, nahm mit einem Ruck ihre Beine vom Tisch, war plötzlich sehr angespannt und auf der Hut. »Haben Sie die Zeichnung gesehen? Hat er sie Ihnen gegeben?« Sie stand auf, ging zum Herd, schenkte sich noch einen Espresso ein. »Kann ich die wiederhaben?«, fragte sie. Es klang fast flehend.

Warum war ihr diese Skizze derart wichtig? Simon konnte sich den Stimmungswechsel, der gerade in diesem Raum vor sich ging, beim besten Willen nicht erklären. Er schaute fragend zu Gianluca, der leise den Kopf schüttelte, wie um Simon zu signalisieren, dass er ebenfalls nicht verstand.

»Warum?«, fragte Simon.

»Sie brauchen die doch nicht mehr. Sie wissen doch jetzt alles.« Sie saß jetzt wieder und nestelte sich eine weitere Zigarette aus der Packung.

Irgendetwas war mit dieser Skizze, was sie nervös machte. Simon hatte nicht die geringste Idee, was das sein konnte. Er versuchte es auf einem anderen Weg.

»Kennen Sie eigentlich Franco Borletti?«, fragte er.

»Den Reis-Unternehmer? Der ermordet worden ist?«

»Ja, den meine ich.«

»Ja klar, wer kennt den nicht hier in der Gegend? Aber natürlich nicht persönlich. Der war doch eine ziemlich große Nummer im Reisgeschäft.«

»Auch im Kokaingeschäft?«

»Keine Ahnung. Damit habe ich nichts zu tun.«
»Immerhin kannten Sie doch die Scheune.«
»Nur vom Hörensagen.«
»Aber Sie haben doch die Skizze angefertigt.«
»Nein. Ich habe sie gefunden.«
»Wer dann?«
»Keine Ahnung.« Sie schob ihre Tasse heftig von sich weg. Es war spürbar, dass sie diese Information nicht preisgeben würde und es keinen Zweck hatte, darauf zu insistieren. Auch wenn dieser Punkt Simon brennend interessierte. »Also nochmal zurück zu Ihnen und zu Ihrer Rückkehr aus München nach Italien«, sagte er und lächelte sie gewinnend an. »Wie haben Sie Ihre Flucht hierher denn eigentlich geschafft? Da muss Ihnen doch jemand geholfen haben. War das Ihr jetziger Lebensgefährte?«

»Nein, Fabrizio war ja schon mit mir in München. Wir sind zusammen hierhergekommen.«

Das war eine neue Information. Das musste damals allen entgangen sein. Den Ermittlern und auch Kemmerling. Simon dachte einen Moment nach, riskierte dann einen Schuss ins Blaue.

»Ich vermute, Caruso hat Ihnen beiden geholfen?«

»Wer bitte?« Sie schüttelte den Kopf, etwas zu heftig, fand Simon. Oder bildete er sich das ein?

»Den Namen habe ich noch nie gehört. Und jetzt langt's auch mal, okay? Ich habe Ihnen doch alles gesagt. Und unser Deal gilt?«, fragte sie und griff reflexartig zu ihrem Küchenmesser, hackte spielerisch auf einer Karotte herum, in der anderen Hand noch die Zigarette. Simon machte das seltsamerweise keine Angst. Er war inzwischen überzeugt, dass sie harmloser war, als er gedacht hatte, und was sie da tat, schien ihr selbst gar nicht bewusst zu sein.

»Ja, der gilt«, sagte er. Auch Gianluca nickte.

War da wieder ein Geräusch? Ein Knarren? Simon spitzte erneut die Ohren. Jetzt hatte es sich so angehört, als käme es aus dem Nebenzimmer. Schritte auf einem Dielenboden. War ihr Freund doch zurückgekommen? Warum kam er dann nicht in die Küche? Raffaella blickte nervös um sich. Hatte sie das Geräusch auch gehört?

»Wie heißen Sie eigentlich?«, fragte sie an Simon gewandt, offensichtlich bemüht, von etwas abzulenken und dem Gespräch eine belanglosere Richtung zu geben.

Simon zögerte einen Moment. Sollte er ihr seinen richtigen Namen preisgeben? Besser nicht, entschied er. »Körbel«, sagte er dann. »Charly Körbel.« Er vermied es, Gianluca anzusehen, der sich bestimmt ein Grinsen nicht verkneifen konnte. Das war der Name eines einst erfolgreichen Fußballspielers der Frankfurter Eintracht, und warum ihm der zuerst in den Sinn gekommen war, wusste Simon nicht. Jedenfalls sagte der Name Raffaella, wie zu erwarten war, offenbar nichts.

»Okay, Charly. Und wieso sprechen Sie eigentlich so gut Italienisch?«

»Meine Mutter war Italienerin.«

»Ja mei, da haben wir also sogar etwas gemeinsam.« Sie versuchte, locker zu wirken. »Bei mir war es der Vater«, fuhr sie fort, drückte ihre nur halb gerauchte Zigarette aus. »Nicht immer einfach, oder?« Sie lächelte ihn an, aber auch das sah gezwungen aus.

»Nein, nicht immer einfach, da haben Sie recht«, antwortete er kurz angebunden.

Ein Blick zu Gianluca sagte Simon, dass der den gleichen Impuls hatte wie er. Sie sollten jetzt aufbrechen. Auf einmal schien die Situation brenzlig, Raffaella Foracci unberechenbar, der Stimmungswechsel und ihre plötzliche Nervosität befremdlich, die Geräusche von nebenan bedrohlich.

Als sie ins Freie traten, Raffaella die Tür hinter ihnen schloss, war es schwül geworden, in der Ferne über der Alpenkette ballten sich Gewitterwolken und zahllose Mücken umschwirrten sie. Der vorzeitige Sommer war zurückgekehrt, die Plage hatte begonnen. Sie gingen die paar Schritte zu Simons Peugeot, Simon setzte sich ans Steuer, Gianluca ließ sich in den Beifahrersitz fallen. Simon steckte den Zündschlüssel ins Schloss, startete den Motor aber nicht sofort.

»Was war da am Schluss mit ihr los?«, fragte er Gianluca.

»Ich glaube, da war jemand im Haus. Ich habe jedenfalls Geräusche gehört. Du nicht?«

»Doch, da war etwas. Das kam von nebenan. Vielleicht ist der Typ, mit dem sie zusammenlebt, dieser Fontana, zurückgekehrt und hat uns belauscht. Und das hat sie so nervös gemacht.«

»Gut möglich. Und was hältst du von ihr?«

»Schwer zu durchschauen«, sagte Simon. »Mal schien sie ahnungslos zu sein, dann wieder eingeweiht.«

»Stimmt. Besonders raffiniert hat sie aber nicht gewirkt, fand ich. Und sie schien vor irgendetwas Angst zu haben, vor allem, nachdem du diese Lageskizze erwähnt hast.«

»Hast du das blaue Auge gesehen?«, fragte Simon.

»Vielleicht von Fontana?«, erwiderte Gianluca. »Du meinst, sie hatte also Angst vor ihm?«

»Vielleicht ist der ja einer der Hintermänner. Daran habe ich bisher blöderweise gar nicht gedacht. Und wenn er auch mit ihr in München gelebt hat, dann versteht er Deutsch und hat alles von unserem Gespräch mitbekommen. Vielleicht hat sie das so nervös gemacht.« Simon lehnte sich in seinem Sitz zurück, schloss einen Moment die Augen. »Wir sollten hier weg«, sagte er.

Er startete den Motor, warf aber beim Wenden des Peugeot

noch einmal einen Blick auf das Haus. Dabei fiel ihm wieder der Schuppen ins Auge. Er bremste abrupt. »Siehst du das Motorrad? War das schon da, als wir gekommen sind?«

»Eine Moto Guzzi. Nein, die ist mir auch nicht aufgefallen. Aber vielleicht haben wir sie übersehen, so angespannt, wie wir waren.«

»Oder sie gehört Fontana und er ist damit zurückgekehrt ...«

18

Vercelli war noch ein gutes Stück entfernt, aber am Horizont konnte man die Turmspitzen der Basilica di Sant'Andrea bereits erahnen. Links und rechts die Weite der Reisfelder mit ihren glitzernden Wasserflächen. Simon atmete tief durch. Gianluca saß mit geschlossenen Augen neben ihm, als ob er gleich einschlafen würde. Seine Gelassenheit war frappierend, fand Simon, der seinen Freund an diesem Tag von einer ganz neuen Seite kennenlernte. Den Feldweg, der von Raffaella Foraccis Haus abging, hatten sie schon hinter sich gebracht und waren jetzt auf der kleinen Nebenstraße unterwegs, die sie schließlich zurück zur *Strada Provinciale* in Richtung Vercelli führen würde.

Sie hatten es geschafft. Ihnen war nichts passiert. In einer Mischung aus Erleichterung und Zufriedenheit kam Simon die Idee, Carla anzurufen. Er holte sein Handy aus der Jackentasche, warf noch einen prüfenden Blick in den Rückspiegel. Ein einzelner Frontscheinwerfer blitzte grell auf wie Fernlicht. Ein Motorrad fuhr hinter ihnen, musste gerade eine Bodenwelle passiert haben. Der Fahrer hielt Abstand, schien sie nicht überholen zu wollen. Auch Gianluca war darauf aufmerksam geworden, hatte sich aufgesetzt, schaute nach hinten.

»Verfolgt der uns etwa?«, fragte Simon.

»Sieht fast so aus. Das ist, glaube ich, die Moto Guzzi von eben.«

Simon trat das Gaspedal durch. Aber in diesem Moment tat es einen Knall, dann noch einen und noch einen und statt schneller zu werden, begann der Peugeot zu rumpeln. Sie hatten einen Platten. Der Typ auf dem Motorrad hinter ihnen hatte in die Reifen geschossen, mindestens einen musste er getroffen haben. Simons Herz begann zu rasen, während Gianluca wieder erstaunlich ruhig blieb, zumindest äußerlich, dachte Simon. Er ließ den Peugeot am Straßenrand holpernd ausrollen, sie verriegelten beide die Türen. Simon sah sich hektisch im Auto um. Gab es irgendetwas, das als Waffe dienen könnte? Nein, da war nur der Schirm, mit dem sie durch das verregnete Orta gelaufen waren. Noch ein Blick in den Rückspiegel. Der Fahrer hatte das Motorrad jetzt am Straßenrand abgestellt. Es war die Moto Guzzi aus der Scheune. Der Mann, der auf ihr saß, war Fabrizio Fontana, anders konnte es nicht sein. Er war nun abgestiegen und kam schnell auf sie zu, in schwarzer Ledermontur, den Sturzhelm noch auf dem Kopf und die Pistole, mit der er auf sie geschossen hatte, in der Hand. Hilfe war weit und breit nicht in Sicht, nirgendwo eine Menschenseele zu sehen. Es war Mittagszeit, kaum Verkehr auf den Straßen, schon gar nicht auf dieser abgelegenen Nebenstraße.

Fontana stand jetzt auf Gianlucas Seite, rüttelte an der Wagentür, die Waffe auf ihn gerichtet. Gianluca löste die Verriegelung, öffnete die Tür.

»Komm raus«, bellte Fontana ihn an, etwas abgedämpft, weil er das Visier seines Helms nicht hochgeklappt hatte. Gianluca stieg mit im Nacken verschränkten Armen aus dem Wagen. Fontana trieb ihn vor sich her zum Heck des Wagens, öffnete den Kofferraum: »Handy her und einsteigen.«

Simon saß hinter seinem Lenkrad, wie gelähmt in einer Mischung aus Angst, Selbstvorwürfen und Wut. Er suchte fieberhaft nach einem Ausweg. Sollte er versuchen zu fliehen? Zu riskant. Fontana würde sie erschießen, erst Gianluca, dann ihn, an seiner Entschlossenheit gab es keinen Zweifel. In was bloß hatte er den stets hilfsbereiten Gianluca da hineingezogen? Gottlob hatte der alte Peugeot einen riesigen Kofferraum, der Gianlucas Leibesfülle aufnehmen würde. Aber wer weiß, ob ihnen nicht noch Schlimmeres bevorstand.

Fontana klappte den Kofferraum mit Schwung zu, befahl nun Simon, das Auto zu verlassen. Jetzt konnte Simon durch das Visier des Helms sein Gesicht sehen und er erinnerte sich sofort wieder. Es war Fontana gewesen, dem er im Flur des *Palazzo Motta* auf dem Weg zu Kemmerlings Zimmer begegnet war. Ein Allerweltsgesicht, nicht besonders markant, dachte Simon.

»Dreh dich um und dann los.« Fontana wies mit dem Lauf der Pistole zu dem Feld, das sich hinter dem Straßenrand erstreckte. Was hatte er vor? Tatsächlich war da ein Weg. Und versteckt hinter Büschen verlief wieder ein Kanal. Simons Herz pochte. Panik ergriff ihn. Würde Fontana ihn erschießen, sobald sie hinter den Büschen waren? Aber warum hatte er das dann nicht schon vorher, in seinem Haus getan?

»Bleib stehen.«

Simon spürte den Lauf der Pistole in seinem Rücken.

»Jetzt die Böschung runter.«

Fontana zwang ihn in den Kanal. Simon befolgte widerstandslos seine Anweisungen. Fontana bückte sich über ihn, mit der Pistole weiter auf ihn zielend. Der Kanal war trockengefallen, aber es gab dort eine hölzerne Schleuse mit Metallringen. An der fixierte Fontana eine Eisenkette, die er zuvor eng um Simons Handgelenke geschlungen hatte. Dann drückte er ihn tiefer hinein in den Graben, zog seine Beine lang und fesselte seine Füße, verband sie ebenfalls mit der Schleuse. Jetzt konnte er sich nicht mehr rühren.

»Charly Körbel also?« Fontana hatte sich in voller Größe über ihm aufgebaut, grinste ihn höhnisch an. »Und du bist also Journalist?«

»Ja, und ein Freund von Thomas Kemmerling, den Sie umgebracht haben«, stieß Simon hervor, erstaunt, dass er überhaupt einen Ton herausbrachte.

»Dann sieh dich besser vor, Charly. Du hast etwas von diesem Typ bekommen? Eine Lageskizze?«

Simon reagierte nicht. Sollte er zugeben, dass er sie besaß?

»Wo ist die?« brüllte Fontana. »Was hast du damit gemacht?«

»Ich weiß nicht, wovon Sie sprechen.«

»Bullshit.« Fontana trat nach ihm. »Wo ist die Skizze?«

Was sollte er tun? Simons Gedanken überschlugen sich. Fontana hatte ihr Gespräch mit Raffaella also tatsächlich mitgehört und vermutete die Skizze bei ihm. Wahrscheinlich hatte er sie gezeichnet und Raffaella hatte sie bei ihm gefunden und Kemmerling gegeben. Wenn Fontana sie unbedingt wiederhaben wollte, musste sich darauf irgendetwas verbergen, was ein Geheimnis bleiben sollte. Der Ort selbst, die Scheune im Reisfeld, konnte es nicht sein. Die war polizeibekannt, sogar am Tag zuvor schon Einsatzort der Anti-Mafia-Einheit gewesen. Wenn er mit seiner Vermutung richtig lag, dann durfte er auf keinen Fall verraten, dass die *Carabinieri*, dass Carla Moretti längst im Besitz dieser Skizze war. Solange Fontana das nicht wusste, sondern sie bei ihm vermutete, konnte sie eine Art Lebensversicherung für ihn und für Gianluca sein. Er musste taktieren, Fontana hinhalten, solange dies eben möglich war. Er schwieg.

»Du machst einen Fehler, Charly. Überleg dir das gut.« Fontana spuckte aus, knapp neben Simon zielend, drehte sich auf dem Absatz um und verschwand. Simon hörte noch, wie er sein Motorrad anließ und mit quietschenden Reifen losfuhr. Panik ergriff ihn. Sein Herz raste, Schweiß lief ihm in die Augen. Er zerrte an seinen Fesseln, aber die saßen bombenfest. Da war nichts zu machen. Er versuchte sich zu beruhigen, einen klaren Gedanken zu fassen. Das Handgelenk tat ihm wieder weh, fühlte sich an, als wäre es erneut verletzt. Aber das war jetzt vollkommen unwichtig.

War Fontana endgültig verschwunden und würde ihn hier im Graben sterben lassen? Und Gianluca würde im Kofferraum des Peugeot ersticken? Nein, beruhigte sich Simon, Fontana würde zurückkommen. Alles andere ergab keinen Sinn. Sonst hätte er ihn gleich erschießen können. Er wollte etwas von ihm und ließ ihn deshalb am Leben. Erst einmal. Er benutzte diesen Kanal, um ihm Angst zu machen, ihn weich zu klopfen, damit er die Skizze herausrückte. Was enthielt die bloß, was so wichtig war? Was hatten er und Carla übersehen?

Wenn Fontana wiederkam, würde er bluffen, beschloss Simon. So tun, als hätte er die Skizze an einem sicheren Ort versteckt. Eine Übergabe mit ihm vereinbaren. So könnte er vielleicht sein und Gianlucas Leben retten.

Wo war eigentlich sein Handy? Daran hatte auch Fontana nicht gedacht. Er musste es im Auto zurückgelassen haben. Mist! Aber in seinen Fesseln wäre er ohnehin nicht an das Telefon herangekommen, sagte er sich, und die Vorstellung, ohnmächtig dem Klingeln zuzuhören, das ihm womöglich Hilfe bringen könnte, auf das er aber nicht reagieren konnte, war fürchterlich.

Seine Beine kribbelten, seine Füße waren schon halb taub, die Knöchel schmerzten. Die Sonne stand jetzt direkt über ihm und es war noch schwüler geworden. Einmal fuhr ein Auto auf der kleinen Straße hinter den Büschen vorbei, dann auch ein Motorrad. Aber die Geräusche verloren sich allesamt in der Ferne. Niemand würde ihn hier in dem versteckten Graben finden. Er musste auf die Rückkehr von Fontana warten. Und darauf hoffen, dass er sich auf einen Bluff einließ.

Langsam wurde Simon ruhiger und fügte sich in sein Schicksal, wehrte sich nicht mehr gegen die Ketten. Das war sinnlos und tat nur weh.

Ein Flugzeug zog seine Bahn am Himmel, malte einen Kondensstreifen in die blaue Luft, verlor nach und nach an Höhe, war unterwegs nach Malpensa, dem nahe gelegenen Mailänder Flughafen. Würde er jemals wieder fliegen, fragte sich Simon. Luisa wiedersehen? Sein Haus in Ronco? Dann fiel ihm noch die Katze ein. Ob sie inzwischen zurückgekehrt war? Und wer würde sich um sie kümmern, wenn Fontana ihm etwas antat? Nicola, dachte er. Seine wunderbare Tochter. Der Gedanke an sie war tröstlich.

Plötzlich wurde es unter ihm feucht. Schwitzte er so stark? Oder hatte er sich etwa vor Angst in die Hose gemacht? Langsam breitete sich um ihn herum eine Pfütze aus. Simon begriff schlagartig. Der Kanal füllte sich mit Wasser. Das nach und nach anstieg. Fontana musste eine Schleuse weiter oberhalb geöffnet haben, das Wasser floss wieder. Es würde Zentimeter um Zentimeter steigen und den Kanal füllen. Und wenn Fontana nicht wiederkam, würde er in den Fluten ertrinken.

Dann kamen die Mücken. Ein riesiger Schwarm, gegen den er sich in seinen Fesseln nicht wehren konnte. Sie umschwirrten ihn sirrend, ließen sich auf ihm nieder, im Gesicht, auf seinen Händen und Füßen. Und für Mückenstiche war er ungewöhnlich empfindlich, sofort schwollen sie bei ihm heftig an. Welchen Tod würde er sterben? Würde er ertrinken oder vorher schon diesen Blutsaugern zum Opfer fallen? In Scharen fielen sie über ihn her, bis er ihre Attacken nicht mehr spürte. Irgendwann mussten diese Viecher doch genug haben, dachte er. Spätestens, wenn kein Tropfen Blut mehr in ihm übrig war.

Schon reichte ihm das Wasser bis zum Bauch, und es war fast eine Erleichterung, denn die Mücken ließen nun von ihm ab und seine Stiche wurden gekühlt. Natürlich war das nur ein vorläufiger Aufschub seines Leidens. Denn lange würde es nicht mehr dauern, bis das Wasser ihn ganz überschwemmte und er hier ertrank. Er sehnte diesen Fontana herbei, der ihn endlich erlösen würde, so absurd das war.

Da war erneut ein Motorengeräusch. Aber wieder klang es nicht nach einer Moto Guzzi. Begann er zu delirieren oder hielt wirklich ein Auto an? Ja, jemand bremste, der Motor eines Wagens ging aus. Türgeräusche. War das Fontana? Oder kam da seine Rettung? Es blieb eine Weile ruhig. Aber dann hörte er Schritte. Und Stimmen, die näher kamen. Eine hörte er heraus. Eine tiefe Stimme, die er kannte. Carla. Sie schickte der Himmel. Wie hatte sie ihn gefunden?

Schon war sie über ihm, schaute ihn erschrocken aus ihren grünen Augen an. Dann befreite sie ihn von seinen Fesseln, schnell und geschickt. Blut schoss in seine Adern, das Leben kehrte pulsierend zurück. Seine Stiche spürte er nicht mehr. Auch das Handgelenk nicht. Die Schmerzen würden sicher wiederkommen. Aber er war gerettet. Und sofort war da der Gedanke an Gianluca.

»Was ist mit Gianluca?«, fragte er.

»Keine Sorge«, sagte Carla. Den haben wir schon aus dem Kofferraum befreit. Ihr Freund sitzt jetzt oben und versucht, wieder zu sich zu kommen. Stefano ist bei ihm.«

Simon stand auf, wollte eigentlich sofort zu Gianluca eilen, aber seine Beine gaben nach, er musste sich setzen, fand einen Platz am Rand des Grabens, rieb sich die Fußgelenke, streckte die geschundenen Arme und Beine aus. Das Wasser im Kanal plätscherte freundlich vor sich hin. Das Element, das er so liebte und das ihn fast umgebracht hatte.

»Wie haben Sie mich gefunden?«, fragte er Carla.

»Das haben Sie Gianluca Rossi zu verdanken«, sagte sie. »Er

hat vor Ihrer Fahrt hierher seine Kollegin Roberta Pavone informiert und sie gebeten, mich anzurufen, wenn er sich nach zwei Stunden nicht bei ihr meldet. Das hat sie getan. Ich habe mir natürlich fast gedacht, dass Sie trotzdem auch ohne mich nach Stroppiana zu dieser Frau gefahren sind und war ohnehin in Alarmbereitschaft. Wir haben uns dann sofort auf den Weg gemacht und hier Ihren Peugeot mit dem Platten am Straßenrand stehen sehen. Ich habe gleich geahnt, dass da etwas nicht stimmt. Dann haben wir das Klopfen aus dem Kofferraum gehört und erstmal Signor Rossi aus seiner schrecklichen Lage befreit.«

Auf Carla war eben Verlass, auch wenn sie manchmal etwas stur ihren Weg verfolgte. Am liebsten wäre Simon ihr um den Hals gefallen. Aber das ging natürlich gar nicht. Sogar in dieser außergewöhnlichen Situation und trotz ihrer offensichtlichen Sorge um ihn achtete sie auf Abstand zu ihm. Natürlich war sie wütend, dass er doch wieder ohne sie aufgebrochen war. Aber ihre Augen waren voller Wärme.

»Wer war das?«, fragte sie.

»Fabrizio Fontana. Das ist der Mann, mit dem Raffaella Foracci zusammenlebt, nicht weit weg von hier. Er hat gesagt, dass er wiederkommt. Er will etwas von mir. Er fährt übrigens ein Motorrad, eine Moto Guzzi.«

»Und was will er von Ihnen?«

»Die Lageskizze von dem Reisfeld, in dem der Einsatz gestern stattgefunden hat. Die in den Unterlagen von Kemmerling war und die ich Ihnen gezeigt habe.«

»Warum?«, fragte Carla. »Was will er damit?«

»Keine Ahnung. Raffaella Foracci hat sie wohl bei Fontana gefunden, vermute ich, und Kemmerling gegeben, damit er sie in Ruhe lässt. Er hat sie tatsächlich erpresst, um an Informationen über die Mafia-Geschäfte zu kommen. Irgendetwas muss mit dieser Skizze sein. Eine Information, die wir übersehen haben. Und Fontana war bestimmt der Komplize von De Luca und der zweite Mann im Reisfeld. Ich bin ihm im *Palazzo Motta* begegnet, auf dem Weg zu Kemmerlings Zimmer, und er war es vermutlich, der durch den Kanal entkommen konnte. Und vielleicht ist er auch Borlettis Mörder.«

»Okay, das sehen wir alles später. Jetzt bringen wir Sie erstmal wieder in Form.« Sie lächelte schon wieder. Er musste erbärmlich aussehen. In den nassen, lehmverschmierten Kleidern, mit Mückenstichen und Schwellungen im Gesicht.

»Können Sie laufen, Simone?«, fragte sie.

»Ja, das wird schon gehen.« Seine Kräfte kamen allmählich zurück, mit ihnen allerdings auch der Juckreiz.

»Sie und Signor Rossi fahren mit uns«, sagte Carla in einem Ton, der keinen Widerspruch zuließ. »Ihren Peugeot holen Sie dann irgendwann später mal.«

Einen Moment wollte er protestieren, dann nahm er doch ihr Angebot an. Dass das die richtige Entscheidung war, spürte er schon auf dem Weg zum Polizeiauto. Fast wäre er über einen winzigen Stein gestolpert und der Länge nach hingefallen, so wackelig war er immer noch auf den Beinen.

Oben erwartete ihn Gianluca, der ihn erst in die Seite boxte, dann in den Arm nahm. »Das kostet dich aber einige Schnitzel«, sagte er grinsend, offenbar fast schon wieder in alter Form. Simon holte noch sein Handy aus dem Peugeot, war einen Moment versucht, Luisa anzurufen, ließ es aber sein. Dafür würde es einen besseren Zeitpunkt geben.

Stefano öffnete die hintere Wagentür des Jeeps für sie – so viel Aufmerksamkeit hatte der *Carabiniere* Simon noch nie geschenkt – und sie machten es sich in den Polstern im Fond bequem. Carla fuhr nicht so schnell wie sonst, jedoch mit Blaulicht, und Stefano neben ihr auf dem Beifahrersitz telefonierte. Die Klimaanlage blieb ausgeschaltet, aber die warme Frühlingsluft wehte durch die offenen Fenster, blies Simon in das zerstochene Gesicht, was den Juckreiz etwas linderte.

Auf der kleinen Straße war immer noch nichts los, obwohl die Mittagszeit längst vorbei sein musste. Simon schaute auf seine Uhr – eine uralte, die ihm Luisa einmal zum Geburtstag geschenkt hatte –, aber sie hatte Wasser abbekommen und war stehen geblieben. Er hatte keine Ahnung, wie spät es war. Später Nachmittag, dem Licht nach zu urteilen. Wie lange hatte er wohl in dem Graben gelegen, überlegte er. Und der arme Gianluca im Kofferraum? Er wusste es nicht. Eine Stunde bestimmt, vielleicht auch länger.

Jetzt tauchte vor ihnen, ganz am Ende der Straße, ein helles einzelnes Frontlicht auf. Stefano sah es zuerst. »Da kommt uns jemand entgegen. Ich glaube, es ist ein Motorrad.«

Carla schaltete sofort das Blaulicht aus. Aber es war zu spät. Der Fahrer hatte sie schon gesehen. Reifen quietschten. Das Motorrad geriet ins Schleudern, machte eine waghalsige Wende, nahm Geschwindigkeit in die Gegenrichtung auf und wurde schnell kleiner. Carla trat aufs Gas, schaltete das Blaulicht wieder ein. »Könnte das Fontana sein?«, fragte sie mit einem schnellen Blick nach hinten zu Simon und Gianluca.

»Gut möglich«, antwortete Simon und Gianluca nickte dazu. »Das sah aus wie sein Motorrad. Wahrscheinlich war er auf dem Weg zurück zu uns.«

Sie rasten über die Landstraße, die Reisfelder flogen vorbei. Aber mit dem schweren Motorrad konnten sie nicht mithalten. Der Abstand wurde größer, schnell war es ganz außer Sicht. Stefano telefonierte hektisch, gab ihre Position durch, forderte Verstärkung an.

Auf einmal ein gewaltiger Knall. Carla bremste scharf ab, fuhr im Schritttempo weiter. Hinter der langen Biegung sahen sie, was passiert war. Das Motorrad lag seitlich in einem Maisfeld, brannte mit kleiner Flamme. Ein asphaltierter, sehr schmaler Weg bog dort in das Feld ab, den Fontana vermutlich als Fluchtweg hatte nutzen wollen. Beim Abbiegen musste er die Kontrolle über sein Motorrad verloren haben und war gegen eine Birke geknallt, die am Straßenrand einsam in den Himmel stach.

Sie näherten sich vorsichtig der Unfallstelle. Gut fünfzig Meter davor hielt Carla an. Ein weiterer Streifenwagen mit Blaulicht raste heran, bremste scharf, kam hinter ihnen zu stehen.

»Rufen Sie die Ambulanz«, sagte Carla zu Stefano, bevor sie ausstieg. Dann zu Simon und Gianluca: »Und Sie beide bleiben im Wagen.«

Für alle Fälle – sie ging immer auf Nummer sicher – zückte sie ihre Pistole, ging langsam auf das brennende Motorrad zu, Stefano hinterher. Natürlich stieg Simon doch aus, während Gianluca im Wagen blieb, jetzt einfach genug vom Polizeispielen hatte, wie er sagte. Auch die *Carabinieri* aus dem zweiten Wagen waren ausgestiegen und folgten ihnen mit entsicherten Waffen.

Fabrizio Fontana lag bewegungslos im Feld, knapp zwanzig Meter von seiner Moto Guzzi entfernt. Er hatte den Sturzhelm noch auf, aber er war verrutscht und seine Lederkleidung verschrammt. Ein Blutrinnsal lief ihm aus der Nase. Carla fühlte seinen Puls. »Er ist tot«, sagte sie.

»Sicher?«, fragte Simon.

»Ja, damit kenne ich mich aus«, sagte sie zu ihm gewandt, als wäre es selbstverständlich, dass er ihr doch gefolgt und an ihrer Seite war. Sie hatte wohl nichts anderes erwartet.

Wieder knallte es, mehrmals hintereinander und heftiger als zuvor. Eine Feuersäule schoss auf. Der Benzintank musste explodiert sein. Simon und Carla waren beide zur Seite gesprungen, dabei aneinandergeprallt und der Länge nach hingefallen, lagen nebeneinander im Feld, sahen sich an, einen langen Moment, ein bisschen erstaunt, dass sie noch lebten. Das Feuer loderte weiter, doch die Flammen schlugen nun weniger hoch. Die Luft flimmerte vor Hitze. Im Norden, wo die Ebene endete, weit weg und doch vor ihren Augen, erhob sich hinter dem Feuerschein der gewaltige Monte Rosa mit seinen schneebedeckten Zacken. Es knallte noch einmal, dann herrschte Ruhe.

19

Das abgelegene Haus sah aus wie vorher. Als wäre in den letzten zwei Stunden nichts geschehen. Als wäre Simon nicht fast in einem Wassergraben ertrunken, Gianluca im Kofferraum seines Wagens erstickt und Fabrizio Fontana nicht gegen einen Baum gerast und gestorben. Da war die Schaukel, da war die halb vertrocknete Palme im Topf und da war das unwirtliche Gebäude. Auch das Rennrad und Raffaellas lehmverspritzter Geländewagen. Nur das Motorrad fehlte.

Carla stand vor der Haustür, die Pistole entsichert, und klopfte nun schon zum dritten Mal. Gianluca war wieder im Polizeiwagen geblieben, während Stefano und Simon ausgestiegen waren, sich aber ein Stück hinter Carla hielten, beobachteten, was geschah, der *Carabiniere* mit der Waffe im Anschlag. Niemand öffnete. Hatte Raffaella Foracci das Haus verlassen?

Noch immer tat sich nichts. Carla wandte sich halb zu Simon um. »Als Sie vorhin von hier abgefahren sind, war sie aber noch da? Und Fontana auch?«

Simon nickte. »Ja, vor dem Haus stand sein Motorrad, und während wir mit der Signora Foracci gesprochen haben, haben wir Geräusche im Nebenraum gehört. Das muss er gewesen sein. Er hat uns wohl belauscht. Daher wusste er, dass Kemmerling die Lageskizze von Raffaella bekommen hat, und nahm an, dass er sie mir dann gegeben hat.«

»Und die Signora Foracci, in welcher Verfassung war die?«

»Sie war sehr nervös. Kann sein, dass sie irgendwann mitbekommen hat, dass er zurückgekehrt ist und unser Gespräch belauscht hat und etwas gehört hat, was ihm nicht gefallen hat. Sie hatte jedenfalls vor etwas Angst, ich schätze, vor ihm.«

Carla wechselte einen Blick mit Stefano. »Okay«, sagte sie, »das reicht. Wir gehen rein und schauen, was da los ist. *Andiamo*, Stefano.«

Eine Minute später hatte der *Carabiniere* die Haustür geöffnet.

»Sie bleiben draußen, Simone. Diesmal wirklich«, sagte Carla und verschwand mit ihrer gezückten Pistole in den Flur. Stefano folgte ihr auf den Fersen. Und natürlich Simon, aber leise und diskret und nur so weit, dass er mitbekam, was passierte, Carla ihn aber nicht bemerkte.

Raffaella Foracci lag ausgestreckt auf dem gefliesten Steinboden in der Küche, eigenartig verdreht, mit abgewandtem Gesicht, die Schürze noch umgebunden. Simons Blick aus dem Flur fiel sofort auf den Tisch in der Mitte der Küche, wo das Gemüse bunt verteilt war, genauso, wie es vorher da gelegen hatte. Auch das Messer befand sich noch am selben Platz. Also konnte Fontana es nicht angerührt haben. Wenigstens das. Aber was war mit ihr?

»Sie ist bewusstlos, aber sie lebt«, sagte jetzt Carla, die neben Raffaella kniete, ihren Puls fühlte. Simon war erleichtert und wagte sich nun doch einen weiteren Schritt in die Küche vor, was Carla sofort bemerkte, aber wider Erwarten erneut hinnahm. Es gab zweifellos für sie jetzt Wichtigeres. »Sie hat eine Verletzung am Kopf, das sieht nach einem Faustschlag aus«, fuhr sie an ihn gewandt fort.

»Das muss dann aber sehr schnell gegangen sein«, bemerkte Simon. »Fontana ist uns ja vorhin gleich hinterhergefahren. Wir haben zwar noch eine Weile im Auto gesessen, uns unterhalten, aber so lange nun auch wieder nicht. Aber warum hat er ihr das angetan?«

»Ich hoffe, sie wird bald in der Lage sein, uns das zu erzählen«, sagte Carla seufzend und erhob sich, blickte zu dem *Carabiniere*, der sie begleitete, immer noch mit schussbereiter Pistole. »Benachrichtigen Sie den Notarzt, Stefano, sofort. Und die Kollegen in Vercelli. Die sollen auch die Spurensicherung informieren.«

Eine halbe Stunde später fuhr der Krankenwagen mit Raffaella Foracci ab. Sie war kurz zu sich gekommen, als die Sanitäter sie auf die Trage hoben, noch ganz bleich im Gesicht, hatte gestöhnt, aber kein Wort über die Lippen bekommen. Der Notarzt war vehement eingeschritten, als Carla einen Versuch machte, sie anzusprechen. »Lassen Sie sie in Ruhe, *Maresciallo*«, hatte er in scharfem Ton gesagt. »Sie ist nicht vernehmungsfähig.«

»Und, kommt sie durch?«, fragte Carla.

»Ja, ich denke schon. Das kann man natürlich nie wissen. Sie hat einen bösen Schlag abbekommen, aber lebensgefährlich sieht das nicht aus.«

Carla überließ den inzwischen eingetroffenen Kollegen aus Vercelli das Feld. Zu viert brachen sie zurück an den See auf, Stefano jetzt am Steuer, Carla auf dem Beifahrersitz, Simon wieder neben Gianluca hinten im Wagen und in trockener Hose und einem Hemd, Kleider, die ein Sanitäter wer weiß wo für ihn aufgetrieben hatte, beides viel zu groß. An der Provinzstraße passierten sie Simons Peugeot.

»Gut, dass du keinen Fiat 500 fährst, da habe ich ja nochmal Glück gehabt«, sagte Gianluca, der bisher fast nur geschwiegen hatte, und Simon war froh, dass dem Freund wieder eine ironische Bemerkung über die Lippen kam. Ihm selbst taten noch immer die Knochen weh, die Stiche plagten ihn und der Juckreiz war inzwischen heftig geworden. Es tat gut, in dieser Verfassung chauffiert zu werden, im bequemen Fond des Wagens zu sitzen, die Reisfelder wie einen Film an sich vorüberziehen zu lassen, zuzuschauen, wie sich die Dämmerung auf sie herabsenkte und dabei seinen Gedanken nachzuhängen. Weit hinten am Horizont glitten ein paar Fischreiher knapp über die Felder, aber Simon hatte für Details gerade keinen Blick, nahm nur das große Ganze wahr. Es war eine Landschaft, die Raum für alle möglichen Assoziationen ließ. Sie konnte verführerisch und poetisch sein, vor allem, wenn der Nebel sich wie ein weißes Tuch über sie legte, aber ebenso konnte ihre Flächigkeit, diese monotone, nur von grob aufgeschütteten Erdwällen unterbrochene Weite auf der Seele lasten. Letztlich lag das im Auge des Betrachters und Simon neigte an diesem Tag definitiv zur schwermütigen Variante. Immerhin hatte er in diesen Feldern gerade fast sein Leben verloren.

Und nicht nur das. Den Weg, den sie jetzt nahmen, hatten vor ihnen der Leichenwagen mit Fabrizio Fontana und dann der Krankenwagen mit der schwer verletzten Raffaella Foracci eingeschlagen. Was für ein Alptraum! Mit so viel Gewalt hatte Simon nicht gerechnet. Und immer wieder drängte sich ihm der Gedanke auf, ob er nicht mitschuldig an dieser Eskalation war. Und dass er seinen Freund und Kollegen in Gefahr gebracht hatte. Wenn er dieser Frau nicht so verbissen nachgespürt hätte. Vor allem nicht auf eigene Faust, ohne Carla ...

Kurz vor Vercelli drehte Carla sich wieder zu ihnen um. »Haben Sie eine Idee, Simone, warum Fontana das getan hat?«

»Ich weiß es nicht. Ich denke, er ist nach Hause zurückgekommen, hat meinen Wagen gesehen und sich gefragt, was da los ist. Dann hat er uns belauscht und mitbekommen, dass seine Freundin Kemmerling getroffen hat und dass sie ihn mit

Informationen und mit dieser Lageskizze versorgt hat, weil der sie erpresst hat.«

»Sie meinen, das hat Fontana nicht gewusst?«

»Vermutlich nicht. Nur so kann ich mir seine plötzliche Wut und die Attacke auf sie erklären. Jedenfalls ging es wohl in erster Linie um diese Lageskizze.« Simon machte eine nachdenkliche Pause. »Ich bin ja schon länger überzeugt, dass sich darin irgendetwas versteckt, was wir übersehen haben.«

»Das hört sich einigermaßen plausibel an«, sagte Carla, den Blick jetzt wieder nach vorne auf die Straße gerichtet, weil Stefano gerade zu einem rasanten Überholmanöver ansetzte. »So könnte es tatsächlich gewesen sein«, fuhr sie fort, als sie wieder auf die rechte Spur zurückgekehrt waren, immer noch in hohem Tempo. »Auch wenn wir dafür noch keine Beweise haben, sieht es ganz danach aus, dass Fontana es war, der Borletti umgebracht hat, und nicht De Luca. Aber der hat das Gift dafür besorgt. Und natürlich hat er Kemmerling auf dem Gewissen, das hat er ja zugegeben.«

Stefano warf Carla einen respektvollen Seitenblick zu, nickte zustimmend.

»Ja schon, aber da ist noch etwas«, wandte Simon ein.

»Ich weiß schon«, sagte Carla. »Wir sollten uns die Lageskizze von dem Reisfeld nochmal ansehen. Das machen wir auch.« Ihr Blick ging zu ihrem Kollegen am Steuer, der gerade erneut zum Überholen ansetzte. Wollte sie diese Aufgabe etwa Stefano überlassen und ihn heraushalten?, fragte sich Simon. Wortlos lehnte er sich in die Polster zurück. Sollte sie doch. Die Schmerzen und die Mattigkeit nahmen gerade wieder zu, seine Füße waren taub. Es ging ihm nicht gut und er würde nicht protestieren.

Den Rest der Fahrt schwiegen sie alle vier. Nach einer guten halben Stunde hatten sie Borgomanero erreicht, setzten dort

Gianluca vor seinem Haus ab, der jede weitere Fürsorge ablehnte. »Macht euch keine Gedanken um mich«, sagte er. »Ich habe noch ein ganzes Pfund gefüllte Pasta im Kühlfach und eine Flasche Barbera im Schrank, besser regenerieren kann man sich nicht.«

Als sie den See erreichten, begann es schon dunkel zu werden, das Wasser war tiefschwarz. In San Maurizio lenkte Stefano den Wagen nach rechts in Richtung Ronco, aber Carla griff ihm sacht ins Steuer. »Nein, Stefano«, sagte sie. »Wir wollen uns doch noch den Lageplan ansehen. Und da muss der Mann auf dem Rücksitz mit.« Sie blickte feixend in den Rückspiegel.

»Haben Sie auch Hunger?«, fragte sie noch. »Mir knurrt nämlich der Magen.«

Simon überlegte. Hatte er Hunger? Er hatte überhaupt nicht an Essen gedacht, aber tatsächlich den ganzen Tag seit dem Frühstück nichts zu sich genommen.

»Ja, das ist eigentlich keine schlechte Idee«, sagte er.

»*Pizza va bene?*«, fragte Carla.

»*Pizza va benissimo*«, antwortete er. So richtig Appetit hatte er auf nichts, aber es würde ihm guttun, etwas in den Magen zu bekommen. Vielleicht linderte das auch die Schmerzen und den Juckreiz. Und es würde ihm hoffentlich wieder warm werden.

Das Revier in Omegna war verwaist, außer einem *Carabiniere*, der am Eingangstresen Wache hielt; die Büros lagen zu dieser Stunde alle im Dunkeln. Carla hatte auch Stefano nach Hause geschickt, der das mit einem missmutigen Blick zu Simon, aber unkommentiert akzeptiert hatte.

»Der junge Mann hat zwei kleine Kinder, das vergisst er gerne«, erklärte sie Simon, als sie mit ihren Pizzapaketen, die Stefano noch unterwegs besorgt hatte, durch den leeren Flur auf ihr Büro zusteuerten. Warum diese Rechtfertigung?, fragte sich

Simon. Um ihm zu signalisieren, dass er sich nicht zu wichtig nehmen sollte, auch wenn sie Stefano weggeschickt hatte und sich den Lageplan nun doch gemeinsam mit ihm vornahm?

Sie schloss ihr Büro auf, schaltete das Neondeckenlicht an. Es sprang flackernd an, lief summend weiter und verbreitete ein helles, bläuliches Licht, das ihrem ohnehin unpersönlichen Arbeitszimmer den letzten Rest von Wärme nahm. Sie stellte die Pizzakartons ab und packte sie aus, rührte ihre Pizza dann aber nicht an, sondern zog ihre Jacke aus, ging auf eines der Regale zu, griff zielsicher zu einem Ordner, blätterte ihn durch und entnahm ihm eine durchsichtige Plastikhülle mit der Lageskizze. Sie zog das Blatt vorsichtig heraus, legte es auf ihren Schreibtisch, richtete zusätzlich noch das Licht der Schreibtischlampe direkt darauf.

Simon war hinter ihr stehen geblieben, suchte nach seiner Lesebrille, kramte in allen seinen Taschen, fürchtete einen Moment, sie in dem Wassergraben verloren zu haben. Dann entdeckte er sie doch in der Innentasche seiner Jacke, verschmutzt, aber intakt. Eigentlich vermied er es in der Regel, also wann immer das möglich war, die Lesehilfe aufzusetzen – und erst recht in Anwesenheit von Carla. Aber so zerschunden und so unansehnlich, wie er sich in seinen fremden und zu großen Kleidern fühlte, zumal in diesem gnadenlosen Neonlicht, kam es darauf schließlich auch nicht mehr an. Überhaupt war eigentlich alles egal. Er war müde. Ihm war kalt. Er fühlte sich hundeelend. Carla hatte ohnehin keine Augen für ihn, war einzig und allein auf das Blatt vor sich auf dem Schreibtisch konzentriert. Außerdem, ahnte Simon, ging sie vermutlich bewusst jedem Anflug von Intimität aus dem Weg, erst recht zu zweit in ihrem Büro und das zu nächtlicher Stunde. Ganz über den Berg waren sie miteinander eben doch noch nicht, gestand er sich ein.

»Ich kann beim besten Willen nicht erkennen, was wir übersehen haben könnten«, sagte sie, trat ein Stück zurück, um Simon Platz zu machen, damit auch er einen Blick darauf werfen konnte, ohne ihr zu nahe zu kommen. Jetzt griff sie endlich zu ihrer Pizza, während Simon seine in der Zwischenzeit schon fast aufgegessen hatte.

Er fühlte sich etwas besser, gab sich einen Ruck, zwang sich aus seiner Lethargie heraus, säuberte sich mit einer Serviette sorgfältig die Hände und griff sich den Lageplan. Systematisch ging er durch, was dort eingezeichnet war, die Linien und die Symbole, dann die Begriffe und die Namen. Gab es vielleicht eine zweite Ebene dahinter? Eine Geheimschrift, einen Code? Plötzlich zündete diese Überlegung. Simon war erneut über die Namen gestolpert. Mit einem Schlag war er hellwach, alle Mattigkeit von ihm abgefallen. Denn jetzt sah er es. Anders als der erste Name, Pier Roncarolo, war der zweite zusammengeschrieben, Vorname und Familienname gingen nahtlos ineinander über: DomenicoCarenzo. Mittendrin stand da also *Coca*. Das musste es sein. Die Gedenkstele verbarg ein Kokaindepot. Wahrscheinlich hatte man es unter ihrem Fundament angelegt. Ein gutes, da unantastbares Versteck, ohne Zweifel. Das je nachdem, wie viel Drogen dort lagen, von großem Wert war. Kein Wunder, dass Fontana es mit Zähnen und Klauen vor der Entdeckung zu schützen versucht hatte und die Lageskizze, in der es verzeichnet war, unbedingt zurückhaben wollte.

Simon war jetzt richtig in Fahrt, seine Gedanken flogen geradezu, jetzt weiter zu dem V, dem Buchstaben, der am rechten oberen Rand des Blattes eingezeichnet war. Eine Erinnerung kam ihm zurück, ein Bild tauchte vor seinen Augen auf. Ein Wegweiser am Straßenrand. Das musste es sein. Das V war nicht die Abkürzung für Vercelli, wie alle automatisch gedacht hatten, weil die Stadt dort lag, wo der Buchstabe eingezeichnet war. Aber auch etwas anderes befand sich dort, das ebenfalls mit V begann. Der Name eines Mannes. Alessandro Vanetti. Noch vor wenigen Tagen war Simon auf der Fahrt zu Raffaella Foracci kurz hinter Vercelli der Wegweiser zu dessen Reisgut ins Auge gefallen. War Alessandro Vanetti Caruso? Hatte die Skizze Thomas Kemmerling also nicht nur das Drogendepot, sondern auch die Identität von Caruso offenbart?

Carla war nicht überzeugt. »Das Kokaindepot, ja, das könnte gut sein«, sagte sie nachdenklich. »Ich gebe das gleich weiter und lasse das checken. Bevor die das Lager womöglich ausräumen. Wahrscheinlich sind sie ja jetzt durch die Aktion in dem Reisfeld und Fontanas Tod gewarnt. Allerdings wird das Feld noch weiter beobachtet, da haben sie es schwer. Aber Vanetti? Alessandro Vanetti?«, fragte sie mit hochgezogenen Brauen. Das Pizzastück, das sie sich eigentlich gerade in den Mund schieben wollte, hatte sie zur Seite gelegt. »Der Reis-Unternehmer? Das kann ich mir nicht vorstellen.«

»Sie kennen ihn?«, fragte Simon zurück.

»Nicht persönlich. Aber seinen Reis habe ich schon probiert. Der ist köstlich. Und er selbst hat einen untadeligen Ruf. Ein über jeden Verdacht erhabener Bürger.«

»Ich weiß. Ich habe ihn vor Kurzem kennengelernt.«

Jetzt sah Carla ihn erstaunt an. »Wie das?«

»Er ist, oder war«, verbesserte er sich, »der Freund einer Kollegin von *Il Giorno*. Ein charmanter Typ, ohne Zweifel. Er hat mir sogar einen Job angeboten.«

»Als Killer?«, fragte Carla.

»Nicht ganz. Ich habe jedenfalls nicht zugesagt.«

»Besser so.« Jetzt schwieg Carla. »Aber wer weiß, vielleicht ist doch etwas dran«, sagte sie schließlich. »Die Mafia hat sich ja auch verändert, ist nicht mehr ganz die alte. Und vielleicht ist er ihr modernes Gesicht. Kein Pate, sondern ein weltgewandter Manager.«

Sie griff wieder zu der Skizze, studierte sie noch einmal genau. »Jetzt können wir nur hoffen, dass Raffaela Foracci ihre Kopfverletzung überlebt. Danach sieht es wohl aus, und dann wissen wir mehr. Ich schätze, in ihrer misslichen Lage wird sie bereit sein zu reden. Zumal, wenn sie erfährt, dass ihr Lebensgefährte tot ist.«

Sie steckte entschlossen das Blatt zurück in die Plastikhülle, wandte sich von Simon ab, griff zu ihrer Jacke. »*Buonanotte*, Simone, *ci sentiamo*. Wir hören voneinander«, sagte sie.

Er verstand ihre Aufforderung sofort, zögerte keinen Moment und verschwand mit einem *ciao, Carla* aus ihrem Büro. Im Flur, er war fast schon am Ausgang, hörte er, dass ihre Tür noch einmal aufging, wandte sich um. Nur ihr schwarzer Haarschopf ragte aus dem Rahmen heraus. »Danke, Simone. Und schlafen Sie gut«, sagte sie so leise, dass er es gerade noch verstand.

Die Nacht war düster, Wolkenberge hatten sich vor den Mond geschoben, kein Stern am Himmel zu entdecken. Es war schon fast zehn Uhr und Simon in einem Taxi unterwegs, das ihn über die kurvenreiche Hügelstraße von Omegna zurück nach Ronco brachte. Auf den ersten Kilometern war von hier oben der See noch zu sehen, aber bis auf den Lichtschein, der hier und da von Häusern auf der anderen Uferseite auf das Wasser fiel, verlor er sich in der Finsternis. Ein vereinzeltes Motorboot zog mit grün-roten Positionsleuchten seine Bahn schnurgerade auf Orta San Giulio zu. Simon verfolgte es mit den Augen, aber es war schneller als das Taxi, und hinter Nonio geriet der See ohnehin ganz aus dem Blick, verschwand hinter den Hügeln. Der Taxifahrer war ein schweigsamer Typ, was Simon nur recht war. Wieder saß er im Fond eines Wagens, ließ sich chauffieren und kämpfte gegen seine Erschöpfung an. Er musste an Roberta denken. Seine wunderbare Kollegin von *Il Giorno*. Ohne die der Tag ganz anders ausgegangen wäre. Wenn sie Carla nicht informiert hätte. Aber mit Männern hatte sie offenbar kein Glück. Oder aber er hatte sich geirrt und Vanetti war nicht Caruso. Vielleicht hatte er sich in der Euphorie über die Entschlüsselung der Skizze doch vergaloppiert. Denn Roberta war nicht nur eine sehr gute Journalistin, sie war auch menschenklug. Wie konnte ihr das also entgangen sein? Aber wenn es nicht Vanetti war, wer war es dann? Simon lehnte sich in die Polster zurück, schloss die Augen. Das herauszufinden, sollte er anderen überlassen. Er hatte nach diesem Tag genug von allem, wollte nur noch seine Ruhe haben, stellte er zu seiner eigenen Überraschung fest.

Plötzlich fiel ihm wieder seine Katze ein. Die hatte er über den Ereignissen des Tages völlig vergessen. Ob sie zurückgekehrt war? Auf einmal hatte er es doch etwas eilig, nach Ronco zu kommen. Aber inzwischen hatte es begonnen zu nieseln, die Sicht war schlecht, und der Mann am Steuer musste seine Geschwindigkeit im Gegenteil noch drosseln. Schließlich erreichten sie das Dorf und den nur noch halb vollen Parkplatz. Im jetzt prasselnden Regen lief Simon hinunter zu seinem Haus. Er war noch wenige Meter entfernt, als er das Maunzen hörte. Kläglich, aber unverkennbar. Da saß sie, zitternd vor der Haustür. Er nahm sie hoch, strich ihr beruhigend über das Fell, schloss auf und füllte ihr eine Schale mit Futter, das sie aber nicht anrührte. Sie sah jämmerlich aus. Wahrscheinlich so ähnlich wie er. Was hatte sie wohl alles erlebt? Er würde es nicht erfahren.

Simon verschwand ins Badezimmer und nahm – ganz gegen seine Gewohnheit, er liebte es eigentlich zu duschen – ein

Vollbad. Als er todmüde im Bademantel zurück in den Salon kam, schlief die Katze und der Napf war leer. Er würde es ihr nachtun. Noch ein oder zwei Gläser Wein und dann schlafen.

Es fielen ihm schon die Augen zu, als sein Handy auf dem Nachttisch neben dem Bett zu summen begann. Eigentlich war er zu müde. Aber vielleicht war es eine Nachricht von Luisa? Er griff zu seinem Telefon. Die WhatsApp kam von Nicola: *Am Sonntagabend spiele ich in Turin im Blumusica. Kommst du?* Das war gut. Seine Tochter machte ihren Weg. Wie auch immer. *Ja, klar komme ich*, schrieb er zurück, setzte noch drei Smileys dahinter, legte sich zurück in die Kissen und schlief sofort ein.

Gegen zehn Uhr morgens weckte ihn die Sonne, deren Strahlen durch das offene Fenster auf sein Bett fielen und tanzende Lichter an die Wand warfen. So lange hatte er schon ewig nicht mehr geschlafen. Die Schmerzen und auch der Juckreiz waren fast abgeklungen, seine Lebensgeister zurück. Er überlegte, nach Pella zu fahren und in die Bar zu gehen, entschied sich dann aber doch anders. Er hatte Lust auf ein opulentes deutsches Frühstück.

Zum Cappuccino bereitete er sich eine riesige Portion Rührei mit Schinken zu, gab seiner Katze etwas davon ab, die ähnlich gierig wie er selbst zulangte. Mit den Lebensgeistern kam auch die Neugier zurück. Was war in der Zwischenzeit wohl geschehen?, fragte er sich. Hatte er recht gehabt? Hatte Carla wegen des Drogendepots schon etwas unternommen? Und wegen Vanetti? Normalerweise zögerte sie nicht lang, und in diesem Fall war erst recht Eile geboten. Sollte er sie anrufen? Nein, er musste sich gedulden, abwarten, dass sie sich bei ihm meldete. Was sie hoffentlich bald tun würde. Immerhin hatte er die zündenden Ideen gehabt. Auch wenn er sich natürlich geirrt haben konnte. Zumindest was Alessandro Vanetti anging.

Um sich abzulenken, klappte er das iPad auf und las seine *Frankfurter Nachrichten*. Aber aus der deutschen Heimat gab es nichts Neues, nur dass die Eintracht in der Tabelle in bedenkliche Tiefe gerutscht war, so kurz vor dem Ende der Saison.

Unweigerlich gingen seine Gedanken auch zu Luisa. Er würde sie heute anrufen, ihr aber verschweigen, was passiert war und dass er gestern fast gestorben war. Sonst würde sie sich zweifellos sofort ins nächste Flugzeug setzen und zu ihm eilen, das wusste er, so war sie. Baustelle hin oder her. Überrascht konstatierte er, dass sein Misstrauen ihr gegenüber verschwunden war. Gut so. Er sehnte sich nach ihr, nicht nach Trost, aber nach ihrer Wärme und ihrer Munterkeit. Vielleicht sollte er sie doch gleich anrufen und ihr alles erzählen?

Er war jetzt bei den Sportseiten von *Il Giorno* angelangt. Am Wochenende würde wieder ein Lauf stattfinden, las er, diesmal am Lago di Mergozzo und über die ganzen 42,2 km. Simon wollte schon weiterblättern – der Artikel zu dem Sportereignis interessierte ihn eigentlich nicht –, da fiel sein Blick auf das Foto, das den Bericht begleitete. Es war eine Aufnahme von dem Marathon, bei dem Franco Borletti sein Leben gelassen hatte. Der Fotograf hatte sie an dem Strand gemacht, wo der Reis-Unternehmer zusammengebrochen war. Im Vordergrund waren zwei Läufer zu sehen, im Hintergrund der Kiosk, an dem Nicola das Eis geholt hatte, und daneben Zuschauer, ein paar Frauen und Männer.

Simon durchfuhr ein Schlag. Er vergrößerte das Foto, kniff die Augen zusammen, um die Details genauer zu erkennen. Konnte das sein? Ja, er war sich sicher. Er hatte ein hervorragendes visuelles Gedächtnis, Namen vergaß er, aber niemals

Gesichter. Auch jetzt täuschte er sich nicht. Auch wenn die Haare nicht braunrot und kurz, sondern schwarz und halblang waren. Aber es gab keinen Zweifel. In der letzten Reihe unter den Zuschauern war Elena Borletti. Die Frau des ermordeten Unternehmers. Unter einer Perücke. Elena Borletti, die angeblich zum Zeitpunkt des Marathons mit ihrem Verwalter in den Reisfeldern unterwegs war. Sie war also in Pella gewesen und hatte den Lauf und wahrscheinlich auch den Zusammenbruch ihres Mannes miterlebt. Sie hatte gelogen. Warum? Dafür gab es eigentlich nur eine Erklärung.

20

»Raffaella Foracci ist bei Bewusstsein und ich konnte heute Morgen schon mit ihr sprechen. Sie hat richtig ausgepackt.« Carla klang für ihre Verhältnisse aufgeregt. »Sie hatten recht, Simone. Jedenfalls mit dem Drogendepot. Ob auch mit Vanetti, das weiß ich noch nicht. Die Kollegen von der Anti-Mafia-Einheit haben das Lager unter der Gedenkstele heute im Morgengrauen schon ausgehoben und vor allem Kokain und auch Crack und Marihuana kiloweise gefunden. Wohl gerade noch rechtzeitig. Und was Fontana angeht, lagen Sie auch richtig. Er hat Raffaella niedergeschlagen, nachdem sie zugegeben hat, dass sie seine Lageskizze an Kemmerling weitergegeben hat. Dem wollte sie die eigentlich nur zeigen, sagt sie, aber der habe sie eingesteckt und sie damit in Schwierigkeiten gebracht. Aber Caruso kenne sie nicht, behauptet sie. Mag sein, dass sie lügt. Sie steht jetzt im Krankenhaus unter Polizeischutz. Aber zumindest kann ihr Fontana ja nichts mehr antun.«

Carla sprudelte über. So hatte Simon die nüchterne Polizistin noch nicht erlebt. Gerade hatte er sie eigentlich selbst anrufen wollen, um ihr von dem Zeitungsfoto von Elena Borletti zu berichten, aber er kam gar nicht zu Wort.

»Jedenfalls sind die Morde jetzt aufgeklärt, Simone«, fuhr sie lebhaft fort. »Sowohl Kemmerling wie Borletti wussten, wo das Drogendepot ist, und wollten das ausplaudern. Dario De Luca hat dann Thomas Kemmerling umgebracht und Fabrizio Fontana Franco Borletti.« Jetzt unterbrach Carla sich doch, und es entstand eine Pause. »Sind Sie noch da, Simone?«, fragte sie.

»Ja natürlich, ich bin noch da. Ich höre zu.«

»Sorry, dass ich Sie so überfalle.« Ihr stürmischer Monolog schien ihr nun etwas peinlich zu sein. »Wie geht es Ihnen?«, fragte sie in ruhigerem Ton. »Besser?«

»Ja, alles gut.«

Carla wartete ab, ob von Simon noch etwas kam. Aber er zögerte jetzt doch einen Moment. Denn er wusste, dass das, was er sagen würde, der Polizistin in ihrer Euphorie über die Aufklärung der Morde nicht gefallen würde. »Ich bin mir nicht sicher«, sagte er schließlich, »ob die beiden Fälle wirklich gelöst sind. Zumindest der Mord an Borletti.«

Carla atmete tief durch. »Wie kommen Sie denn nun schon wieder darauf?« Das klang ungläubig und wie erwartet ein wenig unwirsch.

Simon ließ sich davon jetzt nicht mehr irritieren und berichtete ihr in wenigen Worten von seiner Entdeckung in *Il Giorno*. Carla hörte stumm zu. Dann reagierte sie wie immer, prompt und professionell. »Sie sind sich sicher, dass sie es auf dem Foto ist? Dann hat womöglich doch nicht Fontana, sondern Elena Borletti ihren Mann umgebracht?«

»Ja.«

»Dann fahren wir zu ihr. Sofort. Haben Sie Zeit? Dann können Sie auf der Rückfahrt auch gleich Ihr Auto wieder von dort unten mit zurücknehmen. Das steht doch noch da, oder?«

Simon zögerte keinen Moment mit der Antwort.

Schon wieder Vercelli. Zum wievielten Mal eigentlich? Dabei hatte Simon von der Stadt, außer ein paar Altstadtgassen und den Türmen der Basilika, die sie überragten, in der ganzen Zeit so gut wie nichts gesehen. Vage erinnerte er sich noch an sein Abendessen mit Carla auf der Piazza und an die beeindruckende Karfreitagsprozession. Dann an sein Herumirren in den Straßen. Jetzt, nach den ganzen schrecklichen Ereignissen, hatte er sich eigentlich vorgenommen, für eine Weile keinen Fuß mehr in diese Gegend zu setzen. Aber seinen Peugeot hätte er ja ohnehin dort noch abholen müssen. Es war nur gut, das sobald wie möglich hinter sich zu bringen.

Carla saß am Steuer des Polizeiautos, sie hatten Vercelli wie immer schnell passiert und nun fuhren sie auf Borlettis Unternehmen zu, diesen nüchternen Kasten mit dem roten Schriftzug auf dem Dach. Das Graffito am Eingang war noch nicht entfernt worden und der große Hof ähnlich ausgestorben wie bei ihrem letzten Besuch. Gerade mal eine Woche war es her, dachte Simon, dass er mit Carla hierhergefahren war, um mit Borlettis Geliebter und mit seiner Frau zu sprechen. So viel war passiert in diesen wenigen Tagen, nicht nur was die Morde anging, sondern auch zwischen ihm und der Polizistin.

Aber dieses Thema blieb ausgespart, tabu. Auf der langen Fahrt vom See nach Vercelli sprachen sie nur über die laufenden Ermittlungen, gingen gekonnt jedem intimen Gespräch aus dem Weg. Es kam Simon jedoch nicht vor wie ein peinliches Vermeiden, sondern wie ein stilles Einverständnis. Denn komischerweise funktionierte das gut, jedenfalls für ihn. Was in Carla vorging, wusste er nicht, gestand er sich ein. Aber sie wirkte sachlich und unbefangen, schien ihm nichts nachzutragen und ihrer leidenschaftlichen Begegnung nicht nachzuhängen. Aber sicher war Simon sich nicht. Vielleicht färbte er sich die Dinge schön.

Carla ließ ja von ihren Gefühlen niemals viel nach außen dringen. Dennoch, er meinte sie inzwischen so gut zu kennen, dass er schon aus Nuancen ihren Gemütszustand herauslesen konnte. Also irrte er sich womöglich doch? Denn fuhr sie nicht noch etwas schneller als üblich? War es normal, dass sie an der roten Ampel mit ihren Fingern ungeduldig aufs Lenkrad klopfte? Hatte sie schon immer so viel Schokolade gegessen?

Die Trüffel, eine neue, noch nicht angebrochene Packung, hatte sie aus dem Seitenfach ihres Wagens hervorgeholt und bot auch Simon wieder freundlich davon an. Er lehnte ab, während sie sich eine Kugel nach der anderen in den Mund schob und mit vollem Mund von der Vernehmung Raffaellas im Krankenhaus von Borgomanero berichtete. »Ich hatte nur eine halbe Stunde mit ihr, länger hat der Arzt mir nicht gegeben. Aber es hat gereicht.«

»Und was haben Sie noch von ihr erfahren? Noch mehr über Fontana?«

»Ja, schon. Wie ich Ihnen schon am Telefon sagte, lagen Sie da richtig. Der Mann war gewalttätig und er hatte Raffaella in der Hand. Sie wollte ihn eigentlich verlassen, aber mit ihrer Vergangenheit und ihrer illegalen Existenz hat sie das nicht geschafft. Aber verstehen Sie mich nicht falsch, sie ist alles andere als das Unschuldslamm, das nur das Werkzeug eines brutalen Mannes war. Sie hat zugegeben, dass sie in München ganz freiwillig bei diesem Menschenhandel mit den Nigerianerinnen mitgemischt hat.«

»Und Fontana wusste also nicht, dass Kemmerling sie erpresst hat?«

»Nein, seit sie in Italien war, hat sich ihre Beziehung zu Fontana wohl sehr verändert. Er hat sie ziemlich drangsaliert, auch geschlagen. Sie hatte Angst vor ihm. Der typische Fall. Diese Frau ist zugleich Täterin und Opfer.«

Sie schwiegen eine Weile. Carla aß den letzten Trüffel, Simon schaute aus dem Seitenfenster, verlor sich erneut in den Anblick der Reisfelder. Wenn man genau hinsah, konnte man hier und da schon ein paar Spitzen erahnen, die bald aus dem

Wasser aufragen und die die Felder später in einen leuchtend grünen Teppich verwandeln würden.

Nach einer Weile kam Carla auf Elena Borletti zu sprechen, wollte wissen, was Simon aus der Tatsache schloss, dass sie gelogen hatte und in Wahrheit Zeugin des Zusammenbruchs ihres Mannes bei dem Marathon gewesen war. War sie seine Mörderin? Aus Eifersucht? Dann hatte sie das allerdings geschickt zu verbergen gewusst, bemerkte Carla. Geradezu strategisch musste sie vorgegangen sein, ergänzte Simon. Aber warum war sie das große und vollkommen überflüssige Risiko eingegangen, am See von den Zuschauern des Marathons erkannt zu werden?

Carla parkte den Jeep in einer etwas versteckten Ecke gleich bei der Einfahrt in den Betrieb, wollte vermeiden, dass man drinnen vorzeitig auf sie aufmerksam wurde. Diesmal stand eine junge Frau in einem dunkelgrauen Kostüm an der Rezeption, sah ihnen freundlich entgegen. »Was kann ich für Sie tun, Signori?«

Carla zeigte ihren Dienstausweis. »Ist Signor Romano im Haus?«

»Unser Verwalter?«

»Ja. Mit dem würde ich gerne sprechen.«

»Der ist da, ja, aber gerade in der Produktion beschäftigt.«

»Können Sie ihn bitte anrufen und zu uns bitten?«

Bruno Romano war ein schlanker, in seinem gut geschnittenen Overall sportlich aussehender Mann, dem man sein Alter nicht ansah. Wenn er schon Jahrzehnte in der Firma arbeitete, wie Elena Borletti bei ihrer ersten Begegnung gesagt hatte, musste er mindestens auf die fünfzig zugehen, sah aber jungenhaft und zehn Jahre jünger aus. Ein voller grauer, kurz geschnittener Pagenkopf mit einem akkuraten Pony, der ihm in die Stirn fiel, darunter ein gebräuntes Gesicht, in dem helle grüne Augen mit denen von Carla um die Wette strahlten. Der Mann war unverkennbar viel im Freien unterwegs.

»Gibt es hier einen Raum, in dem wir ungestört reden können?«, fragte Carla.

Romano nickte. »Worum geht es denn?«

»Nochmal um den Mord an Ihrem Chef. Ich hätte noch ein paar Fragen an Sie.«

Irrte er sich, fragte sich Simon, oder war gerade ein Schatten über Romanos Gesicht geflogen? Hatte der Mann gelogen, als er Elena Borletti das Alibi gab? Es musste so sein. Anders war das Foto von ihr in der Zeitung nicht zu erklären. Sie konnte ja kaum bei dem Marathon in Lagna und gleichzeitig mit dem Verwalter in den Reisfeldern unterwegs gewesen sein.

Sie hatten auf harten Holzstühlen in einem kleinen Raum unweit des Empfangs Platz genommen. Er hatte nur ein vergittertes Fenster, das auf den Hof hinausging, und war eher spärlich mit ein paar Wandregalen voller Aktenordner ausgestattet, wahrscheinlich war es ein Archivraum. Romano saß Carla gegenüber, zwischen ihnen ein schmaler Tisch.

Wie stets kam Carla ohne Umschweife zur Sache, griff in ihre Tasche, holte die Zeitung hervor, die sie sich noch vor ihrer Abfahrt in Omegna besorgt hatte, und legte die Seite mit dem Foto, das Elena Borletti bei dem Marathon zeigte, vor Bruno Romano auf den Tisch.

»Sehen Sie sich das mal an«, sagte sie freundlich. »Erkennen Sie, was das ist und was darauf zu sehen ist?«

Romano zog die Zeitung zu sich heran. Er betrachtete sie eine Weile, erstarrte dann, sagte nichts.

»Sie haben sie erkannt?«, fragte Carla.

»Ja. Sie hat eine Perücke auf, aber ja, das ist die Signora.« Die Antwort kam erstaunlich schnell und eindeutig.

»Sie will aber an diesem Tag während des Marathons mit Ihnen in den Reisfeldern unterwegs gewesen sein. Und Sie haben das gegenüber meinem Kollegen bestätigt.«

Carla fixierte Romano. Er lehnte sich in seinem Stuhl zurück, strich sich den Pony aus der Stirn, beugte sich dann abrupt nach vorne. »Ich habe gelogen. Sie war nicht mit mir unterwegs.«

»Und warum haben Sie gelogen?«

»Die Signora ist eine anständige Frau. Ich konnte mir nicht vorstellen, dass sie mit dem Giftmord etwas zu tun hat. Sie hat mich gebeten, ihr das Alibi zu geben.«

»Aber dann muss Ihnen doch klar gewesen sein, dass sie etwas zu verbergen hatte?«

»Ja, aber ich wusste nicht, was. Und ich konnte, also ich kann mir nicht vorstellen, dass sie eine Mörderin ist. Und sie hat mir versichert, dass sie damit nichts zu tun hat, aber andere Gründe hat, warum ich ihr das Alibi geben soll. Ich bin natürlich nicht weiter in sie gedrungen. Sie ist ja – auch wenn ihr Mann den Betrieb führt – so etwas wie meine Chefin. Eine gute.«

»Sie wissen, dass Sie sich mit dieser Lüge strafbar gemacht haben? Warum haben Sie das getan? Hat sie Sie unter Druck gesetzt?«

»Nicht direkt. Aber zwischen den Zeilen war schon klar, dass sie mich sonst nicht vor einer Entlassung schützen würde. Ihr Mann hat ja einige Mitarbeiter gekündigt oder auf Kurzarbeit gesetzt, weil der Laden wegen dieser Kampagne gegen die Firma so schlecht lief. Und mich hatte er ohnehin auf dem Kieker. Wegen des verunreinigten Reises. Er hat mir die Schuld dafür gegeben. Und ich habe drei Kinder, elf, dreizehn und fünfzehn.«

»Und wie war das denn eigentlich mit den Unkrautvernichtungsmitteln? Haben Sie tatsächlich illegale eingesetzt?«

»Nein, natürlich nicht. Ich kann es mir nur so erklären, dass da eine Flasche verwechselt worden ist.«

»Also zurück zu Signora Borletti. Sie hat Sie also unter Druck gesetzt. Und das war Grund genug für Sie, um eine Mörderin zu schützen?«

»Ich glaube nicht, dass die Signora Valenti eine Mörderin ist.«

»Wieso Signora Valenti?«, fragte Carla.

»Ach so, entschuldigen Sie. Das ist ihr Familienname. Den hat sie ja behalten. Ich kannte sie schon vor der Heirat und nenne sie immer noch so. Das ist ja eigentlich auch üblich bei uns in Italien, wie Sie ja selbst wissen.«

Simon hörte aufmerksam zu. Gleichzeitig rasten seine Gedanken. Valenti. Wieder ein Name mit V. Und wie das Reisgut von Vanetti lag der Borletti-Betrieb dort, wo das V in die Lageskizze eingezeichnet war. Die beiden so unterschiedlichen Betriebe lagen nicht einmal einen Kilometer voneinander entfernt. Es war ein verrückter Gedanke. War Elena Borletti Caruso? War das möglich? Simon wagte es nicht, seinen Verdacht auszusprechen. Noch einmal durfte er nicht voreilig spekulieren, Carla auf eine falsche Fährte setzen und damit in Verlegenheit bringen. Er warf ihr einen Blick zu. Sie war aufgesprungen und ließ ihm gar keine Zeit für weitere Überlegungen. Hatte sie denselben Gedanken wie er?

»Entschuldigen Sie, Signor Romano, aber dann möchte ich jetzt bitte Elena Borletti sprechen. Sofort. Finde ich die in ihrem Büro?«

Romano nickte.

»Und Sie kommen bitte mit uns.«

»Sie wollen mich sprechen?« Elena Borletti war ihnen zuvorgekommen, hatte unbemerkt die Tür zu dem Archivraum geöffnet und stand dort jetzt deutlich eleganter als bei der ersten

Begegnung, in einem dunklen Hosenanzug, cremefarbenem Pullover und auf Pumps. Die schwarze Perücke auf dem Kopf. Mit ihren großen Zähnen kühl lächelnd. Eine Pistole in der Hand. Jemand musste sie alarmiert haben, dass die Polizei im Haus war, wahrscheinlich die junge Frau vom Empfang. Vermutlich hatte sie schon eine ganze Weile vor der Tür gestanden und alles mitgehört.

Carla machte einen Schritt auf sie zu.

»Bleiben Sie, wo Sie sind, *Maresciallo*«, kam es scharf von der Tür.

Carla blieb stehen. »*Salve*, Elena Valenti«, sagte sie. »Alias Caruso, wenn ich nicht irre.« Die rechte Hand lag an ihrem Halfter mit der Waffe. Sie hatte also den gleichen Gedankenblitz gehabt wie er, dachte Simon.

»Ganz richtig, *Maresciallo*«, antwortete die Signora. »Und jetzt werfen Sie mir bitte Ihre Pistole zu.«

Carla tauschte einen Blick mit Simon, legte dann ihre Pistole auf den Steinboden, schob sie mit dem Fuß in ihre Richtung.

»Und jetzt die Handys bitte, Signori.«

Am längsten brauchte Bruno Romano. Er saß starr in seinem Stuhl, sprachlos, schien nicht zu begreifen, was geschah. Schließlich zückte auch er sein Handy und gab ihm einen Tritt in Richtung seiner Chefin.

»Und Ihre Schlüssel, Signor Romano.«

Der Verwalter tat jetzt sofort, was sie von ihm verlangte.

»Warum musste Ihr Mann sterben?«, fragte Carla. »Weil er aussteigen wollte?«

Elena Borletti nickte. »Wissen Sie, *Maresciallo*, wenn Männer alt werden, – ich hoffe, Sie verzeihen mir diese Bemerkung, Signor Strasser – sind sie vor keiner Dummheit gefeit. Mein Mann hat diese junge Frau aus Hamburg kennengelernt. Ich hätte ihn ja mit ihr ziehen lassen. Aber er hat es damit nicht genug sein lassen. Er hat sich noch dazu mit diesem deutschen Journalisten eingelassen, weil der ihm seinen Neustart in Hamburg versilbern sollte. Von mir wollte Franco auch Geld. Auch das hätte ich ihm sogar gegeben. Ich hatte ihm ja auch schon zu einem Kredit für die Firma verholfen. Nachdem er den Betrieb so heruntergewirtschaftet hat.«

»Es ist doch auch Ihre Firma?«

»Ich hatte andere Prioritäten. Und er wollte nicht nur aussteigen aus der Firma und aus den Drogengeschäften mit dem Reis. Er hat mich bedroht, nachdem er herausbekommen hat, was meine Rolle ist.«

»Er wusste nicht, dass Sie sich hinter Caruso verstecken?«

»Er war eben ein Esel. Seine Drohungen gegen mich waren jedenfalls sein Todesurteil. Er hat wohl gedacht, dass ich vor meinem Mann halt mache. Da hat er sich getäuscht. Ich wollte und musste gerade in seinem Fall Härte zeigen. Das gehört zu den Regeln.« Sie lächelte immer noch.

»*Ho capito, Signora*«, sagte Carla. »Sie haben ihm also hier in der Firma das Gift in die Wasserflasche gefüllt. In seinem Büro, als er kurz in die Produktion gerufen wurde. Vielleicht haben Sie das sogar veranlasst, damit Sie freie Bahn hatten. So weit ist mir das klar. Aber warum haben Sie das nicht wie bei Kemmerling Ihre Leute erledigen lassen? Stattdessen sind Sie sogar selbst an den See gefahren. Das war doch vollkommen unnötig. Sie sind zwar nicht besonders bekannt am See und hatten eine Perücke auf. Aber trotzdem ... Das verstehe ich einfach nicht.« Das war keine Routinefrage, spürte Simon, das war echte Neugier bei Carla. »Sie haben alles so geschickt geplant«, fuhr sie fort, »haben vorher den Einbruch in das Lager mit den Unkrautvernichtungsmitteln inszeniert, um den Verdacht von sich abzulenken, oder? Der Einbruch hat doch gar nicht stattgefunden ...«

Elena Borletti nickte.

»Und dann haben Sie den Verdacht noch ganz nebenbei auf die Umweltaktivisten gelenkt, die das Graffito draußen an die Wand gesprüht haben.«

»Ja, richtig. Sie sind eine kluge Frau, Signora Moretti.«

»Aber dann fahren Sie an den See«, nahm Carla den Faden wieder auf, »und sind Zeugin seines Zusammenbruchs. Überflüssig und ein ganz unnötiges Risiko. Warum? Nur weil wir dieses Foto von Ihnen heute in der Zeitung entdeckt haben, sind wir Ihnen noch auf die Spur gekommen.«

»Das müssen Sie nicht verstehen, Signora Moretti. Es ging um so etwas wie Loyalität. Ja, grinsen Sie nicht, *Maresciallo.* Eine Frau in meiner Rolle, das ist ungewöhnlich und jederzeit anfechtbar. Es war also ein Zeichen nach innen, aber auch für mich selbst. Ich wollte ihn eigenhändig umbringen.« Sie machte eine kleine Pause. »Und ich wollte ihn sterben sehen.« Zum ersten Mal war bei Elena Borletti eine Emotion zu spüren, ein leichtes Zittern in der Stimme. Aber sie hatte sich schnell wieder im Griff. »Den Fotografen habe ich übrigens gar nicht bemerkt, bis heute Morgen, da habe ich das Foto in der Zeitung natürlich auch gesehen.«

Sie beugte sich hinunter, hob Carlas Pistole auf und machte mit beiden Waffen in ihren Händen ein paar Schritte zurück, Carla und die Männer weiter fixierend. Dann warf sie die Tür mit Schwung zu, drehte den Schlüssel im Schloss. Das dumpfe Klackern ihrer Pumps auf dem Steinboden verlor sich schnell. Simon machte sofort einen Satz zur Tür, warf sich dagegen, aber sie gab keinen Millimeter nach. Carla versuchte erfolglos das Fenster mit dem Gitter davor zu öffnen. Elena Borletti war schon draußen angelangt, querte den Hof, hatte es noch nicht einmal besonders eilig, stieg in ein großes Auto und fuhr mit quietschenden Reifen davon.

Auf der Rückfahrt an den See, kurz bevor Simon in San Maurizio ankam, meldete sich sein Handy. Elena Borletti hatte bei ihrem Abgang sein Telefon und die Handys von Carla und Bruno Romano am Empfang zurückgelassen. Welche Selbstgewissheit! Wie sehr er diese Frau unterschätzt hatte! So falsch hatte er noch selten gelegen, dachte Simon.

Nachdem die Signora abgefahren war, hatte es noch eine Weile gedauert, bis sie aus dem kleinen Raum herausgekommen waren. Die junge Frau an der Rezeption hatte irgendwann endlich auf Simons Trommeln reagiert, aber noch länger nach einem Schlüssel gesucht, sie dann befreit, verstört, nicht verstehend, was geschehen war. Dann wimmelte es bald von Polizei und Ermittlern in Zivil.

Für Simon gab es nichts mehr zu tun, und Carla hatte ihn nach Hause geschickt. Sie selbst war in Vercelli geblieben, kümmerte sich um den vollkommen erschütterten Romano, hatte einen Psychologen zu Hilfe gerufen. Ein *Carabiniere* fuhr Simon zu seinem Auto, half ihm sogar noch, den Reifen zu wechseln.

Er war dann sofort gestartet, ohne einen Blick für das Haus in der Ferne, in dem Raffaella Foracci und Fabrizio Fontana gelebt hatten. Es würde ohnehin lange dauern, dachte er, bis all diese furchtbaren Bilder aus seinem Kopf verschwunden waren. Die niedergeschlagene Raffaella auf dem Küchenboden und der mit seinem Motorrad verunglückte Fontana. Sein eigenes Martyrium im Wassergraben, Gianlucas im Kofferraum. Und jetzt Elena Borletti, die sie in Schach gehalten hatte und nun spurlos verschwunden war. Ob ihr die Flucht gelang? Diese Frau war eine gute Strategin. Seit sie am Morgen das Foto in der Zeitung gesehen hatte, hatte sie bestimmt ihren Abgang gut vorbereitet. Und viele Helfer überall.

Borletti-Valenti-Caruso. Ganz glauben konnte Simon es

noch immer nicht. Eine Frau als Mafiaboss. War das das neue Gesicht der ehrenwerten Gesellschaft, dieser Bastion der Männerwelt? Hatten in ihr nun nicht mehr nur Manager statt Paten, wie Carla es formuliert hatte, sondern auch Frauen das Sagen?

Hatte Carla eigentlich eine Antwort auf ihre Fragen bekommen? Ganz war Caruso nicht zu durchschauen. Simon fiel die erste Vernehmung im Büro von Signora Borletti vor einer Woche wieder ein. Ihre ironischen Spielchen. War sie die eiskalte Mörderin, die ihren Mann umbrachte, weil der Kodex von ihr verlangte, selbst Hand anzulegen, um seinen Verrat zu ahnden? Oder waren da doch verletzte Gefühle, war Rache im Spiel gewesen? War sie deshalb an den See gefahren? Um das Spektakel seines Todes zu erleben? Wahrscheinlich würde er das nie erfahren, dachte Simon. Sogar wenn man ihrer habhaft wurde. Was unwahrscheinlich war, glaubte er.

Über diesen Gedanken hatte er das Handy klingeln lassen, war nicht drangegangen. Jetzt meldete es sich wieder. Eigentlich hatte er keine Lust zu telefonieren. Er schaute auf das Display. Luisa.

»Hey Luisa«, meldete er sich und versuchte, seine Stimme munter klingen zu lassen. Allerdings freute er sich wirklich, dass sie ihn anrief.

»Wo bist du?«, fragte sie.

»Unterwegs. Im Auto. Gleich in San Maurizio. Und du?«, fragte Simon.

»In Ronco.«

Simon war sprachlos.

»Bist du gerade in Ohnmacht gefallen?«, fragte Luisa.

»Nein, natürlich nicht. Ich bin nur vollkommen perplex.«

»Soll ich wieder zurückfliegen?«

»Nein, bloß nicht.« Das meinte er ernst. Es hatte einen Moment gedauert, aber jetzt durchströmte ihn ein Glücksgefühl.

»Wow, Luisa, wie bist du nur auf diese wunderbare Idee gekommen?«

»Wir müssen morgen Abend nach Turin. Zu Nicola. Ins *Blumusica*. Außerdem habe ich gehört, was dir gestern passiert ist.«

»Von wem?«

»Geheimnis.«

Sollte er insistieren? Nein, das war nicht der Moment dafür.

»Du musst dich beeilen, Simon. Ich habe für uns gekocht. Ich schätze, ein bisschen Seelenfutter kannst du gut gebrauchen.«

»Das stimmt. Aber ich kann vor allem dich gebrauchen. Was gibt es denn?«

»Risotto. Den klassischen. Milanese. Mit Carnaroli-Reis. Den hast du ja kiloweise im Schrank. Der sieht richtig lecker aus. Von Vanetti. Scheint eine super Quelle zu sein. Und dann habe ich noch so scheußliche Reisplätzchen gefunden. Die sind von Borletti. Wo hast du die denn her?«

Nachbemerkung der Autorin

Die Geschichten und Personen in diesem Roman sind natürlich alle von mir erfunden und haben keinen Bezug zu realen Orten und Menschen am Lago d'Orta. Viele der Orte, an denen die Handlung spielt, gibt es zwar, aber es gibt sie auch nicht, denn auch wenn sie zum Teil den richtigen Namen tragen, habe ich sie verändert, also so beschrieben, wie es zu meiner Handlung passt. Das gilt mit einer Ausnahme: Die beiden jungen Partisanen aus Stroppiana, Domenico Carenzo und Pier Roncarolo, sind nicht erfunden. Die jungen Männer sind tatsächlich einen Tag vor der Befreiung Italiens von der faschistischen *Guardia Nazionale Repubblicana* erschossen worden. Bei Sali Vercellese erinnert die im Buch beschriebene Stele an die beiden Ermordeten.

Giulia Conti
Lago Mortale
Ein Piemont-Krimi
288 Seiten, Klappenbroschur
ISBN 978-3-455-00546-2
Auch als Taschenbuch erhältlich
978-3-455-00868-5
Atlantik Verlag

Der erste Fall für Simon Strasser

Inmitten der flirrenden Augusthitze träumt der ehemalige Polizeireporter Simon Strasser von nichts weiter als einem erfrischenden Bad im Lago d'Orta. Doch dann entdeckt er auf einer herrenlosen Yacht die Leiche eines einflussreichen Fabrikantensohns. Simons alte Instinkte sind geweckt, aber an diesem beschaulichen See scheint jeder ein Geheimnis zu haben, das um jeden Preis gewahrt werden muss.

»Beckmann beschreibt das Glitzern, Gurgeln und Rauschen des Wassers so intensiv, dass man am liebsten mit der Hauptfigur im See eintauchen möchte.«
Stefanie Meinecke, *SWR1*

Giulia Conti
Isola Mortale
Ein Piemont-Krimi
320 Seiten, Klappenbroschur
ISBN 978-3-455-00935-4
Auch als Taschenbuch erhältlich
ISBN 978-3-455-01231-6
Atlantik Verlag

Dio Mio! **Ein neuer Fall für Simon Strasser**

Nach einer stürmischen Dezembernacht wird am Ufer des Lago d'Orta die Leiche einer Frau angespült. Die Tote ist eine junge und ausgesprochen hübsche Nonne, die erst kürzlich auf die Isola San Giulio gekommen war, um nach ihrer verschwundenen Mutter zu suchen. Hat sie etwas herausgefunden, das sie das Leben kostete? Als am Grund des Sees zwei weitere Leichen geborgen werden, kann Simon Strasser *La Dolce Vita* endgültig vergessen. In einem Fall, in dem nichts so ist, wie es zunächst scheint, sind der ehemalige Polizeireporter und die örtliche Kommissarin erneut ein perfektes Team.